KB269340

사람들은
세상의
종말에
익숙하다

사람들은 세상의 종말에 익숙하다

마르탱 파주 지음 · 용경식 옮김

문이당

1부

On s'habitue aux fins du minde

1

아무튼 시작은 아주 좋았다. 당신은 아무것도 가진 게 없고, 아무런 존재도 아니었으니까.

그런데, 파리에 첫눈이 내리던 11월의 어느 수요일, 한 남자가 편지 봉투를 개봉하면서부터 사정이 달라졌다. 그 남자는 극장의 무대에 서 있다. 몸에 꽉 끼는 턱시도를 입은 그는 왼손에 루비 반지를 끼고 있다. 객석에는 긴장감과 설렘 속에 침묵이 흐른다. 그가 사각봉투를 여는 순간, 긴장감은 최고조에 달한다. 뼈만 앙상한 그의 긴 손가락들이 봉투의 내용물을 꺼내서 약지로 그 종이의 테두리를 만지작거린다. 그는 표정이 굳어지며 극도로 집중한다. 눈을 가늘게 뜬다. 객석에 전율이 흐르는 순간이다. 마침내, 그는 한 음절씩 분명하게 발음하며 거기에 적힌 이름을 부른다.

스포트라이트가 당신에게 집중되고, 주변 사람들이 당신에게 시선을 보내며 박수를 쳐주고, 당신의 어깨를 토닥여 주고, 입술들이 당신의 뺨에 부딪칠 때, 당신은 그 남자가 틀림없이 당신의 이름을 불렀다는 것을 알아챈다. 당신이 바로 그날 밤의 주인공이다. 당신은 자리에서 일어나 무대에 발을 내딛는 순간, 자신이 이제 더 이상 관객 중 한 사람이 아님을 깨닫는다.

그렇게 큰 홀이 아니었음에도, 엘리아스에게는 너무 컸고, 사람도 조명도 너무 많았고, 너무 시끄러웠다. 아테네 극장의 인도식 홀인 그곳이 아르테미스 상 시상식장으로 선택된 이유는 우선 작고 아담했기 때문이다. 로코코 건축 양식, 저부조, 칸막이 좌석의 주조물들, 스태프(장식용, 산업용 식물 섬유와 석고의 혼합물ー역주)와 펠트가 고색창연한 분위기를 연출했다.

매년 11월 마지막 수요일, 30여 개의 상이 수여된다. 엘리아스는 그중 하나인 프로듀서 상을 받았다. 언론 담당 기자로부터 전화가 왔을 때, 그는 처음엔 농담인 줄 알았다. 그는 사람들이 프로듀서에게도 상을 줄 생각을 했다는 것부터가 신기했다. 그의 이름이 자막 첫머리에 나와도, 사람들은 아무도 그 이름을 기억하지 못하기 때문이다.

프로듀서란 조명 아래 있는 사람들을 돌보는 직업이다. 정작 그 자신은 사람들의 시선이 닿지 않는 어둠 속에 남아 있기 때문에 때리고 위로하는 것까지 가능하다. 맞고 위로받는 따위의 일은 결코 일어나지 않겠지만. 엘리아스는 일을 계획하고, 협상하고, 수표에 사인하고, 사람들과 포옹하고, 제트 비행기와 호텔을 예약하고, 좋은 배우들과 약효가 뛰어난 수면제를 찾아낸다. 그러나 그가 한 일들은 흔적이 남지 않았다. 유령처럼 눈에 보이지 않지만 그 없이는 아무것도 이루어지지 않는 존재랄까. 파리에 첫눈이 내리던 그날 저녁, 어떤 시상식이 이런 비물질성으로부터 그를 끌어내었다. 그를 모르던 사람들도 이제는 그의 존재감이 전혀 없었다는 사실을 부인했다.

물론 수상의 결과가 가져다 줄 광고 효과가 별로 없었기 때문에, 엘리아스는 수상의 영예를 받아들였다. 상은 경력에 지엽적인 보상만을 줄 뿐이었다. 시상식 참석자들만이 어렵지 않게 수상자들을 알아보았다. 그들은 깜짝 쇼와 열광적인 분위기를 즐기는가 하면, 또 한편으로는 뷔페 음식을 즐기고 악수를 하기 위해서 에너지를 아껴 두었다. 엘리아스는 자신의 힘이 막강해졌음을, 대화 상대자의 미소와 네크라인에서 보았다. 6일 후, 그는 마르시알 칼데이라의 새 영화를 찍기 위해 아프리카의 빅토리아 호수 주변으로 떠날 것이다. 이런 식으로, 영화의 거장 중 한 사람을 보좌한다는 것이야말로 진정한 보상이다. 6년간 노동의 결실이었다. 그러니까 그 요란한 시상식에 참석한다고 해서 금전적으로 큰 보상을 받는 것은 아니라는 뜻이다.

객석 첫 줄에 앉은 갈락시 스튜디오의 주인인 아르덴 가스트는 그를 돌아다보고 머리를 끄덕이며 격려해 주었다. 엘리아스는 그의 눈에서 동지애를 읽어 낼 마음의 준비가 되어 있었다. 그는 스튜디오 책임자들과 시상식장에서 알게 된 사람들을 매혹적이고 믿을 만한 사람들로 생각했다. 그러나 시상식이라는 시련이 끝나자마자, 그는 마치 카니발 옷을 벗어 버리듯 이런 친밀감에서 벗어나게 될 것이다.

엘리아스가 자리에서 일어났다. 그의 검은색 턱시도에는 좌석의 붉은색 벨벳 자국이 남아 있었다. 그는 통로를 따라 앉아 있는 사람들과 시선을 교환하며 가벼운 손짓으로 인사를 대신했다. 주변에 있던 사람들의 시선을 한 몸에 받자 그는 갑자기 꼭두각시가 된 것처럼 행동이 부자연스러워졌다. 그들의 눈에서 실들이 나와 그의 근육과 자존심을 팽팽하게 끌어당기고 있었다.

그의 평온한 얼굴과 자신감 넘치는 걸음걸이를 보면, 그의 마음이 편해 보일 수도 있었다. 아이러니하게도, 그는 그런 상황이 자기와 잘 어울린다는 것을 확인했다. 반세기 전부터 수많은 수상자들이 그랬듯 그는 자연스럽게 연단으로 올라갔다. 아마도 그는 재능 있는, 그래서 상을 받게 된 젊은이로 보였을 것이다. 그러나 엘리아스는 자신이 기계의 톱니바퀴가 아니라—그렇기만 하다면 더 바랄 게 없겠지만—기계와 톱니바퀴를 돌아가게 하는 기름일 뿐이라는 사실을 알고 있었다.

루비 반지를 낀 남자는 그에게 메달을 걸어 주고 나서, 그의 등에 손을 대고 단호하게 마이크 쪽으로 떼밀었다.

시상식장을 메운 깊은 침묵은 옆 사람과의 작은 속삭임조차도 금세 들릴 정도였다. 원래 뛰어난 사람이든 아니면 다른 사람들이 그렇다고 믿거나 그럴 것이라고 짐작하는 사람이든, 재주꾼들은 어떤 모임에서나 질서를 유지하는 데 탁월한 효과를 발휘했다. 엘리아스는 앞으로 나가서, 이 순간을 위해 몇 주 전부터 준비해 두었던 자신의 본질을 전부 끌어냈다. 객석에는 여차하면 터져 나올 것 같은 숨죽인 한숨 소리와 하품 소리가 준비되어 있었다. 시상식은 의사를 방문할 때와 닮은 구석이 있다. 왜냐하면 자기가 건강하다는 것을 보이는 것이 중요하기 때문이다. 주먹을 입에 대고 기침을 조금만 해도 사람들은 흥분한다. 그것도 지나치게.

마이크를 입술 가까이 대며 엘리아스는 객석을 바라보았다. 무대 가장자리에 박혀 있는 조명 때문에 관객을 자세히 볼 수는 없었지만, 그들이 자신의 수상 소감을 기다리는 중이라는 것은 분명했다. 그가 그들에게 해야 할 말이 있기라도 한 것처럼. 그들은 착각하고 있는 것이다. 사실 그는 아무에게도 할 말이 없다. 엘리아스는 자신의 턱 어디쯤에서 막 웃음이 터질듯 따끔거리는 것을 느꼈다. 그는 이를 악물었다. 그는 너무 긴장했다. 그는 강철 활로 화살을 쏘듯, 느닷없이 말문을 열었다. 아무도 그것을 막을 수 없었다. 곧이어 그 압력은 견딜 수 없을 정도로 세졌고 그의 두 눈 앞에서는 불꽃이 튀었다. 이런 식으로, 그렇다, 바로 이런 식으로. 수상 소감은 시작되었다.

「제가 어떻게 이 상을 받게 되었는지 잘 모르겠지만, 아무튼 저는 이 상을 받게 된 것을 자랑스럽게 생각합니다. 제가 하는 일은 이야기가 존재하도록 해주는 것입니다. 저는 창작을 하는 것이 아닙니다. 다만 산파 역할을 할 뿐입니다. 작품이 숨을 쉬는지, 관객의 엄격한 시선을 잘 견딜 만큼 건강이 나쁘지는 않은지 확인하고 돌보는 의사일 뿐입니다. 제 친구이자 동료인 빅토르 말렌느는 어느 날 제게 진지하게 말했습니다. 프로듀서는 신에게 부족했던 유일한 물건이었다나요. 누군가가 신에게 이렇게 말했다고 합니다. "천천히 여유를 가지고 하세요. 당신은 당신이 원한다면 세상을 2주 동안, 아니, 1년 동안에라도 만들 수 있어요. 하지만 당신이 만든 창조물들은 너무 엉망이에요. 아이디어는 좋았죠. 하지만 인정하고 싶지 않더라도 내 말을 인정해야 해요. 사막 지역이 너무 많다는 것. 화산은 또 어떻고요? 물론 화산은 아름답지만 그 결과를 생각해 봤나요? 그리고 제발, 당신의 복제품인 인간은 다시 생각해 보세요. 결함이 너무 많아요." 제 생각에는, 신이 프로듀서를 한 명만이라도 데리고 있었다면 세상이 이렇게 황폐해지거나 큰 혼란에 빠지는 일은 없었을 것입니다. 이렇게 큰 고통과 가난 역시 없었을 것이고요.」

웃음이 터져 나왔다. 박수갈채가 쏟아졌다. 엘리아스는 적당히 빠져나오지 않았다. 계속해라, 넌 아직 1분쯤 더 쓸 수 있다. 그게 네 직업이다. 너는 지금, 자신이 세상에 내놓을 만한 작품을 가지고 있다고 생각하는 감독들에게, 또 대중이 자신을 사랑한다고 믿는 배우들에게 이야기하고 있다. 너는 지금 그들이 할 수 있다는 말을 해주고 있다. 네 앞에는 200명의 감독과 배우들이 있다. 너는 충분히 영리하다, 엘리아스, 너는 그들이 혼자가 아니라는 것과 시네마스코프에서 분명히 행복해질 수 있다는 것을 믿게 할 수 있다.

그의 귀에 윙윙거리는 소리가 들렸다. 심장은 몸통을 쿵쿵 울릴 정도로 뛰고 있었다.

오랫동안 그를 못 본 척하거나 믿지 않았던 사람들로 그날 저녁에는 그가 성공했다는 것을 인정하지 않을 수 없었다.

한 번 더 말하지만, 엘리아스 카르넬은 〈어떤 남자의 인생 속의 무엇〉과 같은 꽤 유명한 영화들의 프로듀서로서, 스물여덟 살의 수상자였다. 그는 자신을 발견해 준 신비한 심사위원늘을 생각해 보았다. 그들은 가면을 쓰고 검은색 예복을 입고 지하 묘지에 모여서 심사를 했겠지. 엘리아스가 이런 생각에 빠져 드는 동안, 극장의 은은한 조명과 수백 개의 빛나는 눈동자들이, 그가 지금 연설 중임을 일깨워 주었다. 그는 남들이 생각하기에 자신이 감사

의 말을 전할 것으로 예상되는 사람들, 즉 그가 함께 일하는 영광
을 누렸던 감독들과 아르덴 가스트에게 전하는 감사의 말로 마무
리를 지었다.

그의 연설에 만족한 관객들의 박수를 받으며, 엘리아스는 무대
를 떠나 다른 수상자들과 합류하기 위해 통로를 걸어갔다. 그는
자신이 경멸해 마지않던 이런 행사를 즐겼다는 생각에 화가 나면
서도, 흥분한 상태로 자신의 즉흥 연설에 대해 칭찬하는 사람들
에게 답례를 보냈다. 하지만, 그는 이미 자신이 무슨 말을 했었는
지 기억하지 못했다.

웨이터가 샴페인 잔들을 얹은 쟁반을 그에게 내밀었다. 알코올
냄새가 그의 머릿속에 클라리스의 편안한 이미지를 생생하게 떠
오르게 해주었다. 그는 그녀가 그 자리에 참석하지 않은 것이 못
내 아쉬웠다. 그가 그녀에게 수상 소식을 전했을 때, 그녀는 그의
목을 끌어안고 마구 키스를 퍼부으며 가녀린 팔로 그를 꼭 끌어
안아 주었다. 그는 그녀의 머리카락이 얼굴을 스치던 촉감과 캐
모마일(국화과의 약용 식물-역주) 향, 그리고 그의 가슴을 파고들
던 고양이 발톱같이 날카로운 그녀의 작은 손톱들을 떠올렸다.
그는 잔을 비웠다. 누군가의 손이 그의 목덜미를 꽉 움켜쥐었다.
금발의 조각상같이 생긴 한 남자가 그의 어깨에 한 팔을 둘렀다.

「아주 인명부를 인용하지 그랬어. 그랬더라면 그들이 좋아했을
텐데.」

「물론 그게 그들이 이해할 수 있는 유일한 책일 거야.」

「자네가 상을 받고 행복해하는 것을 보니 좋군……. 음, 나는 신에게 프로듀서가 필요했을 거라는 얘기는 꺼낸 적이 없어. 그랬다면 나야 좋았겠지만…….」

「자네는 다른 사람의 생각을 도둑질해 가는 데는 선수면서, 자네 것을 하나 빌려가자마자 항의를 하는군.」

남자는 웃음을 터뜨렸다. 두툼한 입술 사이로 치아가 드러났다. 빅토르. 완전무결한 빅. 그는 엘리아스보다 몇 개월 먼저 갈락시 스튜디오에 들어왔다. 그들의 화려한 이력은 비슷했지만, 재능은 서로 달랐다. 빅토르는 자신의 본성에 충실했다. 그는 아무에게도 해를 끼치고 싶어 하지 않았으므로, 그를 아주 싫어하는 사람들조차도 그가 근거 없는 폭력을 휘두른다고 비난할 수는 없었을 것이다. 그러나 사람들이 그의 행동과 결정 때문에 고통받고 모욕당하고 깨질 수 있다는 사실은 그에게 아무런 문제도 되지 않았다. 폭력과 힘의 관계는 보편적인 언어였다. 그는 그것을 공식적으로 인정했다. 누군가가 그의 길을 가로막고 있으면, 그는 가차 없이 그를 짓밟아 버렸다.

엘리아스와 빅토르는 학교 때 한 책상을 쓰는 짝꿍과 같은 친구가 되었다. 유럽의 대규모 스튜디오의 프로듀서 중에선 젊은 편인 그들은 동갑내기였지만, 야망은 서로 달랐다. 보통의 우정이 헛된 희망과 기대로 실망만 안겨 주는 데 반해, 그들의 우정은 서로에게 깊은 존경심을 심어 주었다. 그것은 투쟁의 중요성과 현재의 가치를 아는 사람들끼리의 존경심이었다. 그들은 바쁜 중에도 틈을 내서 스튜디오 근처에 있는 '카멜리아'라는 바에서 시간을 보냈는데, 그것은 세상을 바꾸기 위해서라기보다는 세상을 해체하기 위해서였다.

나탈리는 엘리아스의 팔 위에 자기 손을 얹었다. 그녀의 틀어 올려붙인 머리는 어둠 속에 후광처럼 빛났다. 주변 남자들의 모든 시선을 끌어당기는 그녀의 풍만한 가슴만이 그녀의 드레스를 지탱해 주는 것 같았다. 엘리아스는 천하의 바람둥이 빅토르와의 결혼 생활을 가능케 해주는 동정심 많고 너그러운 그녀의 성품을 높이 평가했다. 빅토르에 대한 그녀의 열정은 부드러우면서도 결단력 있는 광기에 속했다. 왜냐하면 그녀는 그와 평생을 함께 하기를 원했기 때문이다. 그녀 스스로 눈이 멀었다는 자각에서 오는 노여움은 별로 없었다.

시상식은 매년 그래 왔듯 똑같은 방식으로 계속되었다. 정치적인 주장과 유머가 섞인 수상 소감은 눈물을 글썽이며 코가 막힌 소리로, "하느님과 나의 아내와, 관객들, 그리고 나의 부모님께"로 시작하는 감사의 말로 끝났다. 식용이라기보다는 차라리 관상용 같은 수프의 양념처럼. 나탈리는 두 남자의 마음을 사로잡았다.

엘리아스는 클라리스를 생각했다. 그녀는 다섯 달 전부터 술을 끊었다. 진정한 변화가 일어났다. 피부는 부드럽고 깨끗해졌으

며, 머리카락엔 윤기가 흐르고 눈가의 달무리는 사라졌으며, 눈
동자에는 다시 생기가 돌았다. 화장을 하고, 잘 어울리는 옷을 차
려입은 그녀는 다른 사람 같았다. 새로 시작하기에 너무 늦은 때
란 없다.

인생에서 클라리스의 존재는 오늘 저녁 그의 곁에 있길 바랐던
클라리스의 존재보다 더 중요했다.

찰칵 소리와 동시에 조명들은 이제 더 이상 무대를 비추지 않았
다. 검은색의 맨바닥도 그 특성을 잃어 이제는 보통의 연단에 불
과했다. 홀은 텅 비었고, 사람들은 서로 악수와 포옹을 하고, 명
함을 교환하고 있었다. 마치 어수선한 시장 바닥에서 각자의 가
치를 거래하는 유일한 소통 수단인양. 엘리아스는 자기에게 말을
걸고 싶어 하는 사람들을 피하려고 빅토르와 나탈리의 뒤를 바싹
따라갔다. 그는 목도리를 목에 두르고 그 속에 얼굴을 푹 파묻었
다. 아르덴 가스트는 환영의 물결을 일으키며, 정장 차림의 남녀
행렬 속을 지나갔다. 그런 교란 작전 덕분에 엘리아스는 무사히
출구를 빠져나올 수 있었다.

일단 밖으로 나온 그는 빅토르와 나탈리에게 인사도 없이 사라
져 버렸다. 그의 주변에서 우산들이 딸깍거리는 소리를 내며 마
치 바람을 맞아 잔뜩 부풀어 오른 검은 돛처럼 펼쳐지고 있었다.
주변의 분주함 속에 엘리아스는 꼼짝없이 갇혔다. 가로등 불빛이
어둠 속에 섬들을 이루고 있었다. 오페라 광장 앞에서 자동차 문

들이 둔탁하면서도 부드러운 소리를 내며 닫혔다. 자동차 헤드라이트들은 도로변의 관목들과 건물들 위를 너울거리며 지나갔다. 쌓인 눈은 구둣발과 타이어 아래 뭉개졌다. 인도와 차도의 가장자리에는 짓밟혀서 잿빛으로 변해 버린 눈들이 진창을 이루고 있었다. 눈송이들이 엘리아스의 외투 위에 내려앉았다. 그는 머리를 쓸어 넘기고 나서 챙 없는 모자를 썼다. 자동차 한 대가 그의 바로 앞에서 '쌩' 하고 바람을 일으키며 출발하는 바람에, 그는 넘어질 뻔했다.

친숙한 얼굴들이 보였다. 그러나 그는 말을 걸고 싶지 않았다. 특히 극장 입구에 숨어서 기다리고 있는 여기자에게는. 그녀는 몇 주 전부터 인터뷰를 하자고 그를 쫓아다녔는데, 포기할 기미가 보이지 않았다. 그의 여비서 마리가 그에게 어떤 택시에서 만나자고 신호를 보냈다. 어떤 커플이 잠시 그를 가려 주었다. 엘리아스는 그 틈을 타서 우산의 무리 속으로 사라졌다.

눈은 이제 거의 그쳤다. 드문드문 내리는 눈발이 마치 별처럼 하늘에서 반짝였다. 엘리아스는 센 강 쪽으로 걸어갔다. 발소리까지 죽여 가며 조심스럽게. 가는 길에 아무도 마주치지 않았고, 어떤 소음도 그의 텅 빈 머리를 교란시키지 못했다. 공기 중에 노출된 피부로 한기가 스며들었고, 눈이 시렸다.

센 강이 갑자기 눈앞에 펼쳐졌다. 그는 오페라 대로와 튈르리 공원 길을 무심코 지나왔던 것이다.

유람선 한 척이 지나갔고, 조명등들이 엘리아스 주변의 어둠을 걷어 냈다. 그는 물가 쪽으로 몸을 기울였다. 갑자기 배 속이 부글거렸다. 트림이 나오며 신물이 입 안 가득 고였다. 콧물이 흘러나오고 눈물이 고였다. 그는 비틀거리며 강을 등지고 멀리 가서 벽에 대고 구토를 했다.

어쩌면 그는 성공했다. 그는 어리석은 소리들을 더 이상 지껄여대지 않아도 될 것이다. 클라리스가 그를 속였다는 사실을 고백한 것은 잘한 짓이었다. 나흘 전부터 그녀는 집에 돌아오지 않았고 어쩌면 영원히 돌아오지 않을 것이다.

그는 갑자기 가슴을 한 대 얻어맞은 것처럼 호흡이 멎었다. 얼음같이 찬 공기가 폐부를 찔렀다. 염증으로 부풀어 오른 목구멍이 따끔거렸다. 그는 잔기침에 이어 가래를 뱉었다.

엘리아스는 입가에 흘러내린 침을 닦고 나서, 주머니에서 상으로 받은 메달을 꺼내 손으로 단단히 움켜쥐었다. 날카로운 모서리가 피부를 파고들었다. 칼날의 냉기가 느껴졌다. 그는 주먹을 다시 펴서 손바닥에 있는 황금빛 메달을 유심히 바라보았다. 별은 사람들이 딸 수 있도록 만들어진 것이 아니다. 만약 누군가가 당신에게 별을 하나 줬다면, 조심하시길. 그것을 있는 힘을 다해 멀리 던져서 다시 하늘 속 제자리를 찾아가게 해주시길. 아무도 다시는 그것을 따지 못하도록. 아무튼 빛나면서 동시에 순수한 것은 결코 없는 법. 그들은 이 금덩이를 가지고 무엇을 살 수 있다고 생각하는 걸까? 그들은 무슨 잘못을 용서받았다고 믿는 걸까? 그것이 나에게는 손해인가 아니면 이익인가? 엘리아스는 그것을 센 강물에 던져 버렸다. 검은 물이 그것을 날름 삼켜 버렸다. 엘리아스는 자신의 행동을 금세 후회했다. 클라리스가 이 메달을 봤더라면 얼마나 행복해했을까. 그녀는 이 전리품을 봤더라면 좋아 죽으려고 했을 것이다. 아마도 그녀라면……

엘리아스의 인생은 첫 단추를 잘못 끼운 것 같지만, 그다음은 미화된 전기를 닮았다. 당신이 스물여덟 살에 자전적인 영화를 만든다면, 해피 엔딩으로 끝낼 수도 있을 것이다. 그런데, 파리에 첫눈이 내리던 11월 어느 날, 당신에게는 센 강가에서 구토를 하는 일이 생겼다. 어쩌면 이것이 그 영화의 결말이고, 그 결말은 행복과 거리가 멀다고 고백해야 한다. 당신이 너무 큰 실수를 해서, 감정의 금리 생활자처럼 그동안 조금씩 모아 온 행복이 겉에서부터 부패하기 시작했기 때문이다.

엘리아스는 퐁데자르 아래쪽 벤치에 앉아 있었다. 두 쌍의 연인이 팔짱을 끼고 걷고 있었고, 또 어떤 남자는 두 다리를 물가에 늘어뜨린 채 흔들고 있었다. 사마리아 여인과 루브르 남자의 역사는 바로 그날 밤 시작되었다.

그의 뜨거운 숨결이 차가운 공기를 만나자 작은 뭉게구름이 되었다. 엘리아스는 고개를 숙이고 눈을 감았다.

하늘은 검게 탄 도자기 색깔이었고, 검은 구름의 윤곽은 마치 둥근 천장에 난 균열처럼 보였다. 그 천장은 곧 파리 위로 내려앉을 것 같았다. 엘리아스는 입술을 약간 벌리고 심호흡을 했다. 그는 턱의 떨림을 막기 위해 손으로 두 뺨을 문질렀다. 그는 외투 앞자락을 단단히 여미고, 목도리를 두르고 모자를 눈썹까지 눌러 썼다. 눈만 빼고 온통 다 검은색으로 휘감은 그는 마치 어둠 속에 녹아들어 사라져 버린 것 같았는데, 거기서 옛날의 에너지를 회복했다. 그의 의지가 다시 발동하기 시작했다.

5분쯤 후, 택시 한 대가 그를 오르세이 강변 서쪽에 있는 갈락시 스튜디오 앞에 내려놓았다. 아스팔트가 가로등 불빛을 흡수하고 있었다. 눈송이들은 땅에 닿자마자 녹아 버렸다.

엘리아스는 6층에 있는 자기 방을 둘러보았다. 거기에는 아무도 없었지만, 불빛으로 보아 일이 아직 끝나지 않았고, 사람 없이도 매우 신비한 방식으로 일은 계속되고 있다는 것을 알 수 있었다. 형광등 불빛에 그의 안락의자는 따뜻하게 데워져 있었다. 그 불빛은 마치 현대의 과일과 야채들이 자라는 온실의 지지 않는 태양 같았다. 다음 날 아침, 그가 엘리베이터에서 내리자마자 마리는 그에게 커피 잔을 내밀 것이고, 그는 그것을 받아들고 자기 방으로 들어가면, 만사형통할 것이다.

눈이 그쳤다. 어둠에 둘러싸인 그 건물은 육중하면서도 우아한 자태를 뽐내고 있었다. 그는 조각이 새겨진 창문들, 붉은색 벽들, 회전문들을 보는 순간, 그 아름다움과 위용에 강한 인상을 받았다. 태풍이나 폭탄조차도 그 아성에 상처를 주지는 못할 것 같았다.

2

적당한 때에 하루를 붙잡아서, 왼손의 손가락 관절들이 하얗게 될 때까지 그것을 단단히 움켜쥐고 있기만 하면, 혼자서도 잘 굴러가는 시간이라는 기차가 당신을 싣고 간다. 일단 당신은 하루를 시작하기 위해, 납과 유리 섬유로 된 이불 속으로 미끄러져 들어가는 수고만 하면 된다.

노동은 원기 회복제 역할을 한다. 일을 하는 몇 시간 동안, 우리는 더 이상 우리 자신이 아니다. 우리 몸도, 피도 우리 것이 아니다. 우리는 주인의 목적에 우리 자신을 맡긴다. 엘리아스는 그를 피곤하게 만드는 약속들과 힘든 일들을 원했다. 걱정거리들을 마음 밖으로 밀어내는 데에는 그보다 더 좋은 약이 없기 때문이다. 노동은 꿈을 꾸는 또 하나의 방식이며, 졸음과 같은 무의식

상태이다.

10분 전부터, 엘리아스는 파베르 거리와 오르세이 강변 교차 지점에 있는 갈락시 스튜디오의 건물 입구에서 기다리고 있었다. 사람도 없고 조용해 보이는 그 건물은 통풍구를 통해 수증기를 뿜어내고 있었다.

밤은 짧았다. 새벽은 파리의 색깔들을 가까스로 살려 내기 시작했다. 엘리아스는 머리카락을 쓸어내리고 구겨진 턱시도의 주름을 폈다. 나비넥타이는 단추 풀린 깃에 매달려 있었다. 너무 피곤한 탓인지 취기가 오르는 것처럼 어지럽고, 바싹 마른 입 안은 숨을 내뿜을 때마다 더 말라 갔다. 그는 하품을 하면서 입구로 향했다. 회전문을 미는 것이 아이처럼 즐거웠다. 회전문은 마치 모터처럼 돌아가면서 그에게 오늘 하루를 위해 필요한 동작과 말들을 생각해 내는 데 필요한 에너지를 주었다.

커피메이커들은 아직 검은 액체를 쏟아 내지 않았고, 컴퓨터들도 아직 깜빡이지 않았고, 전화벨도 울리지 않았다. 평소에는 소음과 대화로 시끄러운 곳이지만, 엘리아스는 지금과 같은 태초의 분위기가 좋았다. 그는 장엄한 교회에 들어와 있는 기분이 들었다. 곧 임직원들이 들이닥치면 그 신성함은 증발해 버릴 것이다.

청소부 맥스가 불 꺼진 담배꽁초를 입에 문 채 그에게 인사를 건넸다. 엘리아스는 그와 말해 본 적이 없었다. 그들은 아침마다 마주쳤지만 고개만 끄떡하는 정도로 인사를 나눴을 뿐이었다. 그는 배경의 한 부분일 뿐, 아무도 그에게 주목하지 않았다. 엘리아스는 그를 익명인 채로 남겨 두지 않기로 결심했다. 그는 그 사람이 자기 가족과 함께 사진 기자들의 플래시 세례를 받으면서 샹젤리제 극장의 붉은 카펫 위를 걷는 모습을 지켜보는 즐거움을 맛보기 위해 자신의 영화 시사회에 그를 위한 자리를 마련해 두었다. 그는 어린 아들딸의 어깨를 잡고, 부인과 나란히 서 있었다. 외출복을 차려입은 그들은 엘리아스에 의해 단란하고 행복한 가족이라는 색다른 모습으로 재창조되었다. 이번 주 목요일 아침, 맥스는 너무 작은 파란색 콤비네이션을 입고 있었는데, 걸레를 짜기 위해 왼쪽 팔을 구부리자, 소매가 위로 올라갔고, 이두박근 위의 표범 문신이 드러났다. 그의 옆구리에 매달린 트랜지스터라디오에서는 재즈 음악이 흘러나오고 있었다. 엘리아스는 될 수 있는 대로 그에 대해 알려고 하지 않았다. 그의 존재를 보고 계속 감탄하기 위해서. 그와 마음이 통하게 되면 그런 즐거움을 망쳐 버리게 될 것이 너무 두려웠다. 그래서 가리개를 걷어 냄으로써 모든 것을 잃는 위험에 처하기보다는 차라리 이 평범한 걸작의 구경꾼으로 남기로 했다.

 방금 대걸레로 닦은 바닥은 반짝반짝 윤이 났고 강한 자벨수 (하이포아염소산칼륨과 염화칼슘의 혼합 수용액으로 프랑스의 자벨 지방에서 섬유 공업용 표백제로 만들었다-역주) 냄새를 풍겼다. 황갈색 대리석으로 된 로비는 대형 호화 호텔의 로비를 닮았다.

주사위의 4점형으로 배치된 네 개의 엘리베이터는 보초를 서고 있는 군인들을 연상시켰다. 로비 한복판의 우뚝 솟아 있는 보안대에 자리 잡고 있는 안전 요원은 건물에 들어가는 모든 사람들의 신분증이나 출입증, 또는 약속을 확인했다. 회전문과 보안대는 반드시 통과해야 하는 관문이었다. 허드렛일을 하는 일용직부터 건물 주인인 아르덴 가스트까지, 누구든 이 관문을 통과해야만 했다. 그러고 난 뒤 사람들은 네 대의 엘리베이터 중 한 대를 이용해서 각 층으로 흩어졌다.

엘리아스는 엘리베이터의 윙크를 무시한 채, 비상계단 쪽 출입문을 열었다. 잿빛으로 채색된 벽들과 콘크리트 계단들은 복도와 사무실들의 화려함과 대조를 이루었다. 그는 침착하게 다섯 층을 걸어서 올라갔다.

첫날, 그는 자신의 사무실로 안내받은 뒤, 취미에 맞게 실내 장식을 하라는 제안을 받았지만 거절했었다. 한 떼의 실내 인테리어 업자들이 몰려와서 전임자의 자취를 지워 버릴 것을 생각하니 불쾌했기 때문이다.

4년 전 일이 생각났다. 그는 임기를 한 달 남겨 놓고 죽은 어떤 프로듀서의 뒤를 승계했다. 그 프로듀서는 전 세계를 누비고 다니며 촬영에 인생을 몽땅 바쳤었다. 살바도르의 게릴라, 알래스카의 부패한 관리들, 길들여지지 않은 호랑이들 따위와 맞서 싸웠던 그가 생 미셸 대로에서 버스에 치어 생을 마감했던 것이다. 엘리아스는 그의 발자취를 따라가는 것 외에 다른 야망은 없었다. 우리는 사랑이나 일에 있어서 새로운 영역 속에 살고 있다고 믿지만, 사실은 침대와 책상에서 지나간 시대를 잇는 또 다른 시대에 살고 있을 뿐이다.

엘리아스의 방과 빅토르의 방은 6층에 있었다. 6층에는 열두 개의 개인 방, 그리고 안락의자 스물네 개, 물병 여섯 개, 로스코(Rothko) 원작 한 점을 갖춘 회의실이 있었다. 직원들은 각자의 커피 잔을 앞에 놓고 많은 시간을 보낸다. 각 방에는 욕실과 개인적으로 시사회를 가질 수 있는 작은 스크린도 갖춰져 있었고, 공동 헬스장과 사우나도 있었지만, 사우나는 사용하는 사람이 없어서 흡연실로 쓰였다. 플렉시 글라스 유리에 갇힌 작은 대양처럼, 한 줄로 배열된 수족관이 엘리아스의 영역과 빅토르의 영역을 구분 지어 놓았다.

안락의자에서 몇 분간 휴식을 취하고 난 엘리아스는 커피를 끓였다. 커피 가루가 마치 바싹 마른 검은색 눈발처럼 필터 속으로 떨어졌다. 마리가 그들의 2인용 사무실 문을 열고 들어오자마자, 그는 파란색 토끼 그림이 있는 찻잔을 그녀에게 내밀었다. 그녀는 그에게 미소를 지으며 재치 있고 우아하게 턱을 들어 올려 보여 감사의 뜻을 전했다. 멋진 아가씨. 그들은 엘리아스가 6층에 온 이후 함께 일하고 있는데, 금세 서로 잘 통하게 되었다. 괴팍한

구석이 없는 엘리아스는 모든 사람들과 잘 지냈다. 능숙하게 친절을 베푸는 솜씨야말로 인간관계 산업에서 가장 효과적인 윤활유이다. 엘리아스는 부드러움을 무기로 상대방에게 스스로 자기 생각을 말하게 만드는 재주가 있었다. 프로듀서는 무수히 많은 방법을 동원해서 거절을 해야 하고, 때로는 역설적이게도 동의하면서 거절을 해야 하기 때문에, 그는 이런 재주를 잘 이용했다. 어쩌면 그런 방법들이 문제를 일으킬 수도 있겠지만, 그것이 근본적으로 부자연스럽지는 않았다. 그는 모든 사람에게 친절을 과시할 줄 알았다. 예를 들어 그의 여비서가 그를 좋아해서, 눈길만 보내도 그녀가 얼굴을 붉혔다면, 그는 그것을 눈치 채지 못한 척하는 세심함을 가지고 있었다.

마리가 외투를 벗고, 터틀 스웨터를 벗자, 가슴 아래쪽이 팽팽하게 당겨진 차이나 칼라의 검은색 실크 블라우스가 보였다.

「어제 외박을 한 모양이군요.」

엘리아스는 턱시도를 입고 있었다. 그는 일단 집으로 돌아와서 옷도 벗지 않고 소파 위에 쓰러져 버렸다. 잠에서 깼을 때, 그는 아직도 무언가 쾌락의 냄새가 배어 있는 그 예복을 벗고 샤워할 엄두를 내지 못했었다. 엘리아스는 찻잔을 두 손에 꼭 쥐고 만족할 만한 답변을 생각해 내느라 골몰했다.

「클라리스가 밤새 아팠거든요.」

「아…… 그랬군요.」

사실 클라리스는 핑계였다. 칼데이라만 빼고 아무도 그녀가 사라진 것을 알지 못했다. 그녀는 이제 더 이상 술을 마시지 않기 때문에, 알코올 중독을 핑계 삼는 것은 무리였다. 그는 거짓말한 것을 곧 후회했지만, 친절하고 호기심이 너무 많은 자신의 비서에게 뭐라고 대답해야 좋을지 몰랐기 때문에 어쩔 수 없었다.

스튜디오에서 보낸 처음 두 해 동안, 그는 온갖 역할을 다 맛보았다. 시나리오 읽어 주는 사람, 언론 담당, 조수……. 그는 곧 능력을 인정받았다. 몇몇 시나리오들에 대해 수정을 제안함으로써 폐기될 뻔한 운명에서 살려 냈고, 곤란한 상황들을 잘 풀어 나갔고, 배우들과의 충돌을 해결했다. 그는 스튜디오를 내 집처럼 여겼고, 그곳의 모든 식구들은 그의 기술적인 인간적 능력을 인정하기에 이르렀다. 어느 날, 신중함과 끈기가 있는 이 젊은이가 거대한 야망을 감추고 있을 뿐이라고 생각한 아르덴 가스트는 이 젊은이에게 기회를 줘야 할 때라는 결론을 내렸다. 그래서 그에게 어려운 프로젝트를 맡겼다. 스튜디오의 다른 프로듀서들이 모두 포기했던 영화를 맡겼던 것이다. 시나리오가 시원치 않았고, 감독은 의기소침했고, 배우들은 고분고분하지 않았다. 그들은 아직 유명해지기 전의 이 젊은이가 병들고 약한 어린아이와도 같은 영화를 책임지는 과정을 지켜보면서 그의 실패를 점쳤다. 그러나 엘리아스는 자신의 추락을 바라는 사람들 앞에서 언제까지나 예의 바르게 구는 것은 어리석은 짓이라고 생각했다. 그는 그 영화를 살려 낼 수 있는 데까지 살려 냈다. 그 결과는 영광스러웠다.

그는 프로듀서로 불리게 되었고, 자기만의 방과 여비서와 권력과 어느 후원자의 경제적 지원까지 받게 되었다. 그는 계속해서 최선을 다했다. 프로젝트들을 잘 소화해 내서 실현 가능하게 만들었다. 그런 식으로 4년이 반복되었고, 매일매일은 대조적이고 다양한 일들 속에서도 그날이 그날 같았다. 그는 무슨 일에서든 최상의 것을 찾아냈다. 그것이 찾기 힘든 경우라 하더라도, 일단 찾아내서 드러내고 확고하게 만들었다. 그가 만든 영화들은 관객의 호응을 얻었고, 제작자들도 만족했다. 그리고 그 스튜디오는 권위를 갖게 되고 돈도 벌었다. 조그만 성공도 크게 떠벌리는 빅토르와는 반대로, 엘리아스는 자신을 잘 드러내지 않는 뛰어난 미덕을 가지고 있었다. 그는 자신의 노력을 돈 안 되는 일에만 쏟아 부었지만, 다른 사람들을 설득하는 데에는 성공했다. 그는 천재성이니 재주니 하는 말을 듣지 않도록 처신했다. 그런 그를 비난하는 사람은 아무도 없었고, 칭찬의 말은 칭찬을 듣고 싶어 하는 사람들을 쉽게 찾아냈다.

오전 9시 정각, 그 건물은 먹이인 인간을 삼키기 시작했다. 동요가 너무 심해서 땅바닥이 흔들리기 시작했다. 일이 시작될 때에는 지진 초기와 같은 진동이 있다.

영화의 마술은 여전히 작용하고 있었다. 그 건물 안에서는 계산

서를 작성하든, 커피를 끓이든, 원고 교정을 하든, 무슨 일을 하는
누구든지 유치한 자부심을 가지고 일하고 있었다.

「그 여기자가 또 전화했어요.」

마리는 시나리오 낭독 중인 엘리아스를 불러내서 말했다.

「클라라 뭐였더라……」

「호비. 클라라 호비. 그 여자는 '누가 뭐래도' 당신을 만나야겠
답니다. '누가 뭐래도'라고 강조하더군요.」

마리는 질투심에 불타는 표정으로 툴툴거렸다.

「그 여기자에게 내가 정신없이 바쁘다고 말해 줘요. 난 아프리
카로 떠나야 하고, 몸이 많이 아프고, 전염병에 걸려 있고, 기분
도 나쁘고 호흡이 곤란하고, 할 말도 없고, 너무 소심하고, 그녀
는 내게 강한 인상을 남겼고, 우리 증조모가 방금 돌아가셨고,
내 아이들이 아프고, 나는 목이 잠겨서 소리도 안 나오고, 따분
한 사람이고, 나와의 대화는 공허와 거만함이 뒤죽박죽으로 섞
여 있고, 촌스러운 말밖에 할 줄 모르고, 성희롱으로 여러 차례
고소당한 적이 있는 사람이라고 말해 줘요.」

「그게 다예요?」

마리는 주먹으로 터져 나오는 웃음을 억지로 막으면서 물었다.

「나는 당신이 그중에서 가장 그럴듯한 변명거리를 하나 찾아
주리라 믿어요.」

「당신 책상 위에 비행 편에 대한 정보를 놔뒀어요.」

마리는 신중하고 완벽한 성격대로 그의 해외 출장 준비물을 챙겨서 구두 상자에 넣어 두었다(그녀는 구두 상자를 쓰기 위해 새 신발을 한 켤레 샀고, 그는 지체 없이 그런 그녀를 칭찬했다).

엘리아스는 자기 책상 앞에 앉아서 그 상자를 열었다. 깜짝 선물을 풀어 보는 어린아이처럼, 가슴을 두근거리며 그 내용물을 하나하나 점검했다. 빅토리아호 주변 관광 지도와 함께 고무줄로 묶은 비행기 표(국방부 산하 작은 회사의 비행기임), 두툼한 달러 두 묶음, 대사관, 영사관, 관청들, 보험 회사 등 여행에 필요한 전화번호 수첩, 스와힐리 어 회화 책자, 커피, 인삼, 그리고 구아라나 맛의 드롭스, 선블록 크림, 매력적이고 순진한 배려심에서 준비한 마약용 주사기까지.

출장 팀의 일부는 이미 탄자니아에 가서 준비 작업을 하고 있었다. 영화는 빅토리아호의 섬들 중 하나인 루본도 섬에서 찍게 될 것이다. 관광 지도에 따르면, 그 섬은 아프리카에서 가장 아름다운 국립공원 중 하나로 손꼽힌다고 한다. C-60 트랜스올 군용 비행기가 무거운 장비들을 싣고 먼저 떠났다. 스튜디오 직원들은 행정상의 문제들을 처리해 주었고, 황무지에 있는 낡은 호텔을 개조해서 자신들의 서양식 엉덩이의 예민한 가죽이 사용하기에 편하도록 고쳤다. 또 에어컨을 설치하고, 욕실 물을 공급하기 위해 우물을 팠다. 보험 회사는 촬영지를 보호하고 통제하기 위해 사설 경비원 고용을 요구했다.

엘리아스는 티켓들을 만지작거렸다. 손의 땀이 종이에 묻어났다. 그는 약도를 살펴보았다. 우간다에 있는 엔테베 국제공항으로 가서, 소형 비행기인 MU-2 마르키즈를 타고 섬으로 갈 것이다.

일주일 안에 그는 또 다른 곳으로 이동할 예정이다. 클라리스처럼 다양한 방법으로 그는 사라질 것이다. 그는 일에 몰두하면서 그들 이야기의 결론을 생각하고 있었다. 이 섬은 완벽한 장소였다. 문제와 충돌이 없지는 않을 것이다. 그는 그것들을 잘 해결할 것이다. 그리고 또 다른 영화를 찍게 될 것이다.

그는 클라리스를 잃었다. 그는 두려워하며 얼굴을 가리는 짓은 하지 않았다. 그의 세상은 대륙 하나를 잃었다. 물론, 클라리스는 진짜 대륙이 아니었다. 오랫동안 그녀는 그의 아틀란티스였다. 그는 신기루를 통해서만 그녀를 알고 있었다. 여기서 몇 달 동안 그녀는 가시도 향기도 없는 추억에 불과할 것이다. 따라서 다른 여자가 그의 아틀란티스가 될 것이다.

그동안 그는 우정의 네 대륙 위에서 휴식을 취할 수 있었다. 조에, 다리우스, 빅토르와 칼데이라는 그의 내면의 지도였다. 조에는 그의 유럽이었다. 아주 가깝고, 아주 친숙한 유럽. 다리우스는 그의 아시아. 빅토르는 산업화되고 자신감 넘치는 아메리카. 칼데이라는 그의 아프리카. 그의 세계 지도는 사라지지 않을 것이다.

공항에서 여승무원에게 비행기 표를 내밀기까지 그는 아직 닷새를 더 기다려야 한다. 예방 접종을 받아야 하고, 짐도 싸야 한다. 기다리는 동안, 그는 어두운 생각들을 떨쳐 버리기 위해 자기 일에 의지할 수 있었다. 그는 사무실 벽 위에 손을 얹었다. 전체가 무너져 내리지는 않을 것이다. 이 건물의 한쪽 벽 아래 몸을 숨기는 것으로 충분하다.

3

카멜리아는 엥발리드에서 100여 미터 떨어진 쉬르쿠프 거리에 있었다. 그곳은 살기에는 어떨지 모르지만, 근무 시간 이후의 시간을 보내기에는 쾌적한 동네였다. 거리는 평온했다. 호화 상점들의 진열창에 조명이 들어오고, 몇몇 맥주홀과 레스토랑들은 유명 인사들과 사업가들을 단골로 맞아들이고 있었다. 소음은 없다. 그 동네는 너무 비싸고 너무 부르주아적이라서 파티가 벌어지는 일은 없었다. 카멜리아는 그 거리에서 아직 문을 열고 있는 유일한 바였다. 꽃 모양의 붉은 네온사인이 입구를 알려 주고 있었다.

1층은 통로에 테이블과 의자들을 놓았기 때문에, 종업원들은 그 사이를 비집고 다니면서 음료와 타파(아페리티프를 마실 때 제공되는 스페인식 다양한 앙트레 모음-역주)를 나르고 있었다. 2층에는 테이블이 여섯 개뿐이었고, 테이블 주위에는 넓은 가죽 안락의자들이 있었다. 테이블 위에 도안된 동백꽃 무늬는 상감 세공되어 있었고, 날씨가 흐리지 않을 때는 대형 통유리로 햇살이 쏟아져 들어왔다. 그곳 음식 값은 아래층에 비해 두 배나 비쌌고, 서비스는 적어도 네 배는 느렸다. 파리의 전통에 충실한 그곳의 종업원들은, 위층 아래층 할 것 없이 한결같이 불친절했다.

빅토르와 엘리아스는 그곳에서 자주 만났는데, 그것은 촬영과 촬영 사이, 약속과 약속 사이의 막간을 이용한 그들만의 만남이었다. 대화에 천부적인 취미를 가진 이 동업자들은 독기를 내뿜고 농담이라는 미명하에 자신들의 고통을 쏟아 내면서 지칠 때까지 말싸움을 벌이곤 했다.

카멜리아는 치외 법권 지대였다. 말하자면 밀수업자들을 위한 평화의 항구요, 그들의 방패(Tortue : 거북 등껍질 모양의 큰 방패로 고대 로마 시대 성을 공격할 때 씀-역주) 섬이었다. 그들이 밀수하는 물건은 무엇일까? 그것은 말하는 자유였다. 그들은 아무런 검열 없이, 이기적인 배우들에 대해, 교양 없는 금융업자들에 대해, 그리고 사람들이 매표소 앞에 줄을 서기 위해 집을 나서는 것을 방해하는 추위에 대해 떠들었다. 이따금 그들은 같은 영화를 놓고 토론을 벌이기도 했다. 둘 다 영화를 무척 좋아했기 때문인데, 특히 빅토르는 오럴 섹스에 관한 영화들을 각별히 좋아하는 경향이 있었다. 그들은 사랑에 관해서도 많은 이야기를 나누는데, 그 것은 사랑에 대해서 말한다기보다는 그 감정이 그들에게 불러일 으키는 생각들을 즐기기 위한 것이었다.

빅토르는 자기 아내 나탈리를 끔찍이 사랑한 나머지, 자신의 왕 성한 성욕의 정열적 공격을 면제시켜 줄 정도였다. 그는 나탈리 와도 여전히 사랑을 나누기는 하지만, 그녀가 견딜 수 없을 격렬 한 섹스를 하기 위해서는 다른 육체를 찾을 줄도 알았다.

「게다가, 우리는 이제 더 이상 시간이 없어. 우리가 함께 산 지 10년이 됐거든. 처음에는 항상 껴안고 살았지. 하지만 말다툼 을 하면서 차츰 서로를 알게 되었지. 무엇 때문에 의사소통을 하는 데 시간이 걸리는지 넌 모를 거야. 우리가 계속해서 서로 이해하기를 원한다면, 우리는 섹스를 줄여야만 해. 그녀에게는 그게 좋겠지. 하지만 난 그럴 수 없어.」

그래서 빅토르는 작업 현장에서 젊은 여배우, 견습생, 여비서들 을 두루 사귀었다.

「싫증나는 여자지.」

「그래서 그녀가 너와 함께 자기를 원치 않는군.」

빅토르는 다음 영화를 위해 상황을 살피고 있었다. 명령이 위로 부터, 말하자면, 스튜디오의 8층, 즉 아르덴 가스트, 그러니까 그 들의 신으로부터 왔다. 종종 영화를 위한 아이디어는 신문에서 읽은 어떤 기사나 우연히 듣게 되는 대화에서 나왔다. 그의 여비서가 메모를 해서 계약 관계에 있는 감독과 시나리오 작가와 프로듀서들에게 보냈다. 이들은 아르덴 가스트의 직관에 주의를 기울여서는 안 되지만, 그가 대중에게 감동을 주는 주제를 찾아내는 데에는 남다른 후각을 가졌다는 것만큼은 인정해야 했다. 그는 젊은 여류 소설가에 대한 기사를 읽고 나서 그녀의 삶을 각색하기로 마음먹었다. 그녀가 쓴 책들은? 그런 것들은 읽지 않았다. 그런 것에는 관심조차 없었다. 영화의 소재로서 믿을 수 없을 만큼 드라마틱한 잠재력을 가지고 있는 것은 오히려 그녀의 삶이었다. 그는 이 프로젝트를 빅토르에게 맡기고, 무언가 만들어 낼 수 있을지 생각해 보라고 부탁했다. 빅토르는 그 젊은 여자와 약속을 잡기 위해 전화를 했다. 그녀의 신랄한 어조에 화가 난 그는 이 작품이 성공하지 못하리라는 것을 깨달았다.

「시작이 안 좋은 것 같아. 그래도 영화는 만들어야겠지. 아무튼, 그녀는 소설을 쓰니까 굶어 죽지는 않을 거야. 그러나 이것은 네가 우리를 위해 준비하고 있는 것에 비하면 아무것도 아니야.」

마르시알 칼데이라가 자신의 새 영화를 제작하기 위해 엘리아스 카르넬을 원한다고 발표하자마자, 빅토르는 질투심을 감추지 않았다. 그는 칼데이라의 작품을 한 적이 없었다. 그러나 그의 영화 중 하나를 만든다는 것은, 그것도 어쩌면 마지막이 될지도 모를 작품을 한다는 것은 어느 프로듀서를 막론하고 환상적인 일일 것이다. 그것은 엘비스 프레슬리와 함께 음반을 내는 것과 같았다. 우리가 그의 스타일과 목소리를 좋아하느냐 싫어하느냐는 중요하지 않다. 무엇보다도 그는 최고이기 때문이다.

「어쩌면 월요일이 되기 전에, 넌 또 다리가 부러질지도 몰라.」

빅토르가 덧붙였다.

「그런다고 떠나지 못할 내가 아니지. 날 믿어.」

엘리아스는 아프리카에서 찍을 영화를 맡게 되었다. 칼데이라가 일정표를 잘 지켜 준다면, 80주가 남아 있다. 이것은 절대 충분한 기간은 아닐 것이다. 모든 것은 현지에 가서 계획될 것이다. 칼데이라는 전권을 요구했고, 그의 요구는 받아들여졌다. 스튜디오도, 배우들도 시나리오를 알지 못했다. 아프리카와 칼데이라의 새 영화라는 이중의 미지의 세계로 뛰어든다는 사실 때문에, 엘리아스는 흥분되기도 하고 걱정스럽기도 했다.

빅토르는 여송연 칼을 쥐더니 잠시 그것을 가지고 장난을 쳤다. 그는 재킷 안주머니에서 악어가죽 담배 케이스를 꺼내서 시가를 하나 집었다. 그의 손가락들은 이 감미로운 것의 부드러운 껍질을 단단히 쥐었다. 그것은 보통 시가가 아니었다. 칼로 벤 자국이 갈색 몸통을 따라 길게 나 있었다. 빅토르는 자신이 흥미를 느끼는 반(反)문화와 권력을 접목시키면서 마리화나가 포함된 담뱃잎으로 만든 쿠바 산 시가인 ‘블런트’를 피우고 있었다. 그래서 이 담배를 피우는 사람은 니코틴과 테트라히드로카나비

놀(마리화나의 활성 성분—역주)의 환각 상태를 맛보게 된다. 시가와 마리화나의 향기가 짙은 연기 속에 뒤섞여 나오고, 끈질기게 따라다니는 고뇌들은 그 연기 속으로 사라졌다. 성냥의 불길이 블런트의 끝을 핥아 주는 동안, 빅토르는 불이 잘 붙도록 하기 위해 세 번 힘차게 빨았다.

웨이터가 위스키를 가져왔다. 그들은 곱빼기로 주문했다. 하루 일을 끝낸 뒤, 그들은 작은 보상이나마 받을 권리가 있기 때문이다. 넥타이를 느슨하게 풀어놓은 채, 어깨는 축 쳐지고 등에 통증을 느끼며 지칠 대로 지친 그들은 아침에 잠을 깬 이후 처음으로 정상적인 호흡을 하고 있었다. 그들은 근육의 피로, 말을 많이 한 탓에 오는 목구멍의 따끔거림, 전화와 무전기를 계속 써서 생기는 관자놀이의 욱신거림을 느끼고 있었다.

「컨디션이 안 좋아 보이는데?」

약간 취한 표정으로 빅토르가 말했다. 흰색의 짙은 연기가 그들 머리 위에 떠돌고 있었다.

「그렇게 보이나?」

「어제저녁에 입었던 옷을 그대로 입고 있잖아. 면도도 안 한 것 같고…….」

「기분 좋은 날은 아니야.」

「망쳐 버린 날들이 있지. 나도 알아.」

「문제 있는 날이 있어.」

「그건 그래, 늘 그렇지.」

「알다시피, 오늘은 그런 날 중 하루야…….」

「아 그래, 그런 날 중 하루…….」

「오늘은 바로, 사람은 희생자와 죄인, 이 두 종류뿐이라는 생각을 한 날 중 하루라고.」

「죽은 자도 있어.」

빅토르는 그런 말 한 것을 곧 후회했다. 죽음은 그의 큰 관심사였다. 그는 죽음을 두려워했고, 어디서든 불안해하는 문제였다. 그는 무공해 식품을 먹고, 오메가3 주사를 맞고, 스튜디오의 헬스장에서 매일 한 시간씩 운동을 하고, 묘지 근처에서는 숨도 제대로 쉬지 못했다. 그는 시가를 씹으면서 얼굴을 찡그렸다.

「틀렸어. 죽은 자는 죄인에 속하지. 그렇지 않다면 그들이 왜 죽었겠어?」

「그건 좀 이상해. 그런데 넌 어느 쪽이지?」

빅토르가 한발 물러서며 물었다.

「난 죄인 편이지. 누군가는 희생을 자처해야 해. 그렇게 생각지 않아? 모든 사람들이 너무도 깨끗하기만을 원해. 나는 죄인이기를 원하는데, 그것은 무고한 사람들이 있다는 의미이기도 하지.」

「넌 정말 가끔씩 사람을 놀라게 해.」

「그 아가씨 이름이 뭐지?」

「누구?」

「그 아가씨.」

「아, 마르고 라자뤼스? 그 여류 작가를 알아?」

「아니. 그런데 그 아가씨가 어떻게 살았기에 영화로 만들 가치가 있다는 거지?」

「자살을 한대. 연애가 끝날 때마다 말이야.」

빅토르는 담배를 입에 문 채, 자신의 말의 효과에 확신을 하면서 눈살을 찌푸리고 말했다.

「좋은 애깃거리네.」

우리는 누군가에 대해 말할 때, 5분 정도만 지나면, 그들을 이야깃거리로밖에 생각지 않는다. 우리는 그 사람에 대해 더 이상 '무척 호감 가는 사람'이라거나, '그의 인생은 얼마나 험난했을까' 따위는 생각지 않는다. 그저, '좋은 얘기가 되겠군'이라고 생각한다. 우리는 사랑하는 여자가 거리에서 의식을 잃고 입에서 피를 흘리며 쓰러지면, 곧 그 곁에 무릎을 꿇고 앉아, 가슴이 찢어지는 것 같은 고통을 느끼며, 다가오는 구급차의 사이렌 소리를 듣게 되는데, 그러는 중에도 그것은 신성한 순간이라 여기며, 비와 추위, 그리고 그 근처를 배회하는 죽음, 행인들의 무관심 등에도 불구하고, 거기에는 아름다움이 있다는 생각을 한다. 그 감정이 너무 강하기 때문에, 그 사건을 잘만 활용하면 멋진 작품이 될 거라는 생각을 떨쳐 버릴 수가 없다. 우리는 자신의 핏줄과 두뇌 속에 이런 끝없는 고통을 황금빛 시로 변화시키는 통로가 있음을 느낀다.

그래서 우리는 이런 감정들을 절대로 써먹지 않겠다고 맹세한다.
왜냐하면 우리는 어떤 것으로도 지울 수 없는 이런 피 냄새가 우
리 자신의 피부에 스며 있다는 것을 잘 알기 때문이다.

4

「그래, 우리는 남자들보다 더 오래 살아. 하지만 영화에서, 여자들은 제3세계 국가에서와 같은 삶에 대한 희망을 가지고 있지. 나는 방글라데시에 사는 기분이 들어, 엘리아스.」

조에는 환멸 섞인 빈정거리는 말투로 말했다. 그녀는 테이블 위에 뜯겨진 채 놓여 있는 담뱃갑에서 담배 한 개비를 뽑았다. 담뱃갑들은 유리잔들 사이에서 붉은색과 흰색의 산을 이루고 있었다. 며칠 전부터 담배를 끊은 엘리아스가 마지막 남아 있던 담배 두 보루를 그녀에게 가져다주었다. 조에는 검은색 바지의 주름들을 펴고 배를 쓰다듬었다. 엘리아스는 집으로 돌아가 텅 빈 아파트에서 저녁 내내 목 빠지게 여자 친구의 전화를 기다리느니, 차라리 자기가 먼저 전화를 걸었다. 그들은 톨로제 거리에 있는 '케 뒤

샤(고양이 꼬리-역주)'에서 만났다.

몽마르트르의 계단, 언덕, 가파른 도로는 파리와 동떨어진 산처럼 보였다. 비는 우산과 후드의 개화를 유도했다. 잿빛 하늘은 검은색으로 변하기 시작했다. 그들은 테라스의 파라솔 아래 자리를 잡았다. 와인으로 몸이 후끈해지는 쾌감을 맛보기 위해서. 이따금 바람에 날리는 빗방울이 그들을 공격했다.

「그건 사실이야. 어떤 나이대의 여자들에게는 마땅한 역할이 별로 없지.」

「내가 바로 그 어떤 나이의 여자잖아. 네 빌어먹을 정확한 정치적 표현이 딱 맞아, 엘리아스.」

「당신은 이제 겨우 마흔이야.」

「그 나이면 할머니지.」

그녀의 날카로운 목소리에는 귀족적 기품이 서려 있었다. 조에는 끔찍한 일도 초연하게 말하는 재주가 있었다. 그녀의 긴 붉은 갈색 머리카락은 튜브처럼 어깨를 둘러싸고 있고, 그녀는 '난 어쩌면 물에 빠져 죽어 버릴지도 몰라'라고 말할 것 같은 표정으로 그 위에 손을 가볍게 얹고 있었다.

「불타는 아름다움을 표현하라면, 그건 늙어서도 가능해. 하지만 나는 젊었을 때에도 최고였던 적이 없었어. 아름다움도 언젠가는 시들 수밖에 없지만, 시든 장미도 나름의 매력이 있지. 하지만 시들어 버린 평범함은 뭐지?」

「당신은 여전히 너무 아름다워, 조에. 나이가 들수록 더 아름다
워지는 사람도 있잖아.」

「넌 귀여워. 정말 귀여워.」

「아부하려고 그런 말 한 건 아니야.」

「알아. 그게 더 끔찍해. 너는 자기가 좋아하는 사람을 실제보다
더 예쁘게 봐주는 눈을 가졌다는 게 문제지. 넌 지금 도수가 맞
지 않는 안경을 끼고 있는 것 같아. 난 많은 역할을 맡아 본 적
이 없어. 그런데 뭐라고? 이제 난 이웃집 여자, 빵집 여주인, 폐
경이 된 마음씨 좋은 여자 친구 정도나 맡게 되겠지?」

「당신에게 맞는 역할들이 있을 거야.」

「널 믿는 것도 지겹다. 내가 네 덕분에 역할을 맡은 게 아닌가
의심하는 것도 지겹고. 난 내 일을 인정받고 싶은 거야. 나는 연
기하는 걸 좋아해. 많은 배우들이 이 직업을 나르시시즘이나 허
영 때문에 가지고 있지만, 난 아니야. 나는 영화를 좋아해.」

「당신이 정말 영화를 좋아한다면 꼭 연기를 해야만 할 필요가
없어, 조에. 표를 사가지고 영화관에 들어가면 돼.」

조에는 잠시 동안 꼼짝도 하지 않았다. 그녀의 뺨 위로 서늘한
그림자가 드리워졌다. 그녀는 엘리아스를 빤히 쳐다보며, 그의 매
끄럽고 창백한 얼굴과 미소를 관찰했다. 그녀는 냉정한 현실에
당황했다. 어떤 남자도 그보다 더 부드러우면서도 용의주도하지
는 않았다. 이따금 그녀는 자신의 내면으로부터 극도의 폭력성이

생겨나는 것을 느꼈다.

엘리아스는 자기 말의 효과를 깨닫자마자, 자기 아버지의 총이 장전되어 있는 것을 모르고 만지다가 방금 여자 친구에게 총상을 입힌 젊은이가 된 기분이 되었다.

「미안.」

「아니야. 네 말이 딱 맞는 말이지.」

조에는 곧 원래의 모습으로 되돌아오며 말했다.

「전화나 기다리면서 평생을 보낼 수는 없어. 아무도 자기하고 할 일이 없다는 것을 알면서도 고상한 이유로 자기를 불러 주기를 바라면서 말이야. 난 연극에 몰두할 거야. 거기서도 일을 못 찾으면 글을 쓸 거고. 그래, 그럴 거야. 마흔 살 먹은 늙은 여자에 관한 작품을 쓸 거야. 빌어먹을, 신은 왜 늙음이란 걸 만들어 놓은 거야?」

「어떤 사람들은 자기가 늙는 것을 안타깝게 여기지 않기 때문이지.」

「틀렸어. 늙은 육체는 분해가 더 쉽게 되기 때문이야.」

조에의 얼굴은 아름다웠다. 몇 년이 흐른 뒤, 엘리아스는 주름이 생겨나는 것을 보았고 그것은 추억을 간직하는 가장 자연스러운 표현 방식이라는 것을 알게 되었다. 그는 몇 시간이고 여자 친구의 얼굴을 바라보라고 해도 볼 수 있을 것 같았다. 이목구비 하나하나에 모두 역사가 있었고 무한한 빈정거림과 섬세함이 담긴 표정이었다.

「그게 나한테만 한정된 이야기라면, 나는 보상금 한 푼 없이 신을 당장 해고해 버리겠어.」

조에가 덧붙였다.

「당신은 그럴 수 없어. 신도 조합원이거든.」

「내가 네 의견에 너무 신랄하게 나온 건가?」

「아니, 당신은 항상 웃잖아.」

「그건 웃는 게 아니고, 안면 근육 마비 때문이야. 근데 당신 뭔가 걱정스러워 하는 표정이네.」

「나 정말 화나려고 해. 아무튼 클라리스는 나를 속이고 있어.」

그들은 로마 지도에서 고추와 파르마산 치즈 묻은 깃털을 뽑아낸 셈이었다.

「바보. 그거 확실한 거야? 뭣 때문에 그렇게 생각한 거지?」

「클라리스에게 애인이 있다는 의심이 들게 하는 일들이 몇 가지 있지.」

당신의 여자가 주말에 베니스로 출장을 간다면, 또 당신이 욕실에서 나오는 것을 보고 수화기를 내려놓는다면, 자기 어머니를 만나러 간다면서 섹시한 속옷을 입고 향수를 뿌린다면, 만약 당신의 여자가 그런 식으로 행동한다면, 그것은 그녀에게 애인이 생겼을 뿐 아니라, 그 사실을 당신에게도 알리고 싶어 한다고 보아야 한다.

그는 그들이 몽토르게이 거리의 자기들이 사는 아파트 앞 카페에서 키스하는 장면을 목격했다.

클라리스의 애인은 우리가 보통 '애인' 하면 떠오르는 전형적인 모습 그대로였다. 그는 엘리아스에게 낯선 얼굴이 아니었다. 엘리아스는 캐스팅 감독인 한 여자 친구의 파일을 뒤져서 그를 찾아냈다. 그의 이름은 트리스탄이고 클라리스보다 열 살 위였다. 엘리아스는 촬영장에서 여러 차례 그와 마주친 적이 있었다.

엘리아스는 그들을 멀찌감치에서 관찰했는데, 트리스탄이 클라리스의 어깨에 팔을 두르는 모습이 무척 거만하고 편해 보였고, 그것은 아무것도 의심하지 않는 사람이 취할 수 있는 유연한 몸짓이었다. 그는 전형적인 바람둥이 모습과 일치했다. 의기양양한 시선, 무언가 못마땅한 듯한 표정, 딱 벌어진 어깨, 이태리제 양복, 반짝반짝 윤나게 닦은 구두. 최악인 것은, 그 남자가 연기했던 영화들을 떠올려 본 결과, 그 밥맛없는 녀석은 아주 훌륭한 배우였다는 사실을 깨닫게 된 것이다. 엘리아스는 즉시 스튜디오에서 찍고 있는 영화 중 하나에 그를 쓸 수 있을 거라는 생각을 했다.

남자 애인이나 여자 애인의 선택은 부부의 숨겨진 부분을 드러낸다. 트리스탄은 축제 장터에 있는 오락용 거울이었다. 거기에 비친 일그러지고 비웃는 표정 때문에, 엘리아스는 6년 동안이나 품에 안고 있었던 클라리스를 알아보지 못했다.

그는 그녀와의 결별을 생각해 본 적이 한 번도 없었다. 그들의 생활 자체가 자신들의 관계에 대해 심사숙고할 시간적 여유를 주지 않았다. 미래를 생각해 볼 틈이 없었다. 현재만 있을 뿐, 다음 날을 생각하는 것조차 불가능했다. 다만 '오늘보다 더 나빠지지는 않겠지'라는 생각으로 만족했다. 그는 클라리스에게 6년 동안 한결같이 매일 새로 시작하는 하루살이 남자에 불과했었다. 말하자면 그는 남편이 아니고, 앞날이 없는 한 여자의 일회용 남자일 뿐이었다. 지난여름 그녀가 제대로 삶을 회복하자, 애인을 만들었던 것이다. 그건 당연한 결과였다.

그녀가 먼저 떠나지 않았다면, 그는 그녀를 떠나지 않았을 것이다. 그는 계속해서 모르는 척했을 것이다. 그는 그녀가 새로 생긴 애인의 존재에 대해 그가 모를 수가 없도록 만들기 위해 노골적으로 그를 기만하고 있다는 것을 깨달았다. 그러나 명백한 증거 앞에서도, 그는 아무런 반응을 보이지 않았었다. 아마도 그녀는 엘리아스가 눈을 뜨도록 하기 위해 스스로 사라져 준 것 같았다.

「그 여자를 풀어 줘.」

「그럴 수도 없게 되었어. 떠나 버렸거든.」

「언제?」

「닷새 전에. 나는 이제 그녀를 버릴 수도 없고, 말다툼을 할 수도 없어. 실망스럽게도.」

「그러면 그녀를 다시 찾아내서 버려.」

6년을 잃어버린 사람의 현기증. 그에게는 먼지 앉은 날조된 추억만 남아 있을 뿐이었다. 그는 클라리스와 한 번도 키스를 해본 적도, 사랑을 나눠 본 적도 없는 것 같았다.

웨이터가 소비뇽 한 잔과 코트 뒤 론 한 잔을 가져왔다. 조에는 남자 친구가 입술 끝으로 와인 잔 가장자리를 어루만지는 모습을 바라보았다. 그는 그녀에게 미소를 보내면서 한 모금 마셨다. 그녀는 클라리스를 좋아하지 않았다. 그 불쌍한 여자는 절대로 혼자 있는 적이 없었다. 어느 날은 잭 다니엘스와 다음 날은 발랑틴과, 이런 식이었다. 그녀가 엘리아스를 속인 것도 놀랄 일이 아니었다. 엘리아스가 어떤 양복을 입고 어떤 술을 마시듯, 그녀에게는 항상 애인이 있었다. 혼자 있는 것을 두려워하는 사람을 믿어서는 안 된다. 왜냐하면 그런 사람은 절대로 혼자 있지 못하니까. 그들은 상상력이든, 남자든, 여자든, 술이든 무슨 수단을 써서라도 그 공허함을 메우려 한다. 그들은, 외로움은 달래지지 않는다는 것을 알지 못한다. 외로움은 밑 빠진 독인 것을. 그것을 피할 방법은 없다는 것을. 고독은 적당히 무시해 버릴 필요가 있는 진드기 같은 여자라는 것을.

클라리스는 버릇없는 아이처럼 행동하곤 했다. 조에는 자신이 질투심을 느끼고 있음을 깨달았다. 이기적이고 파괴적인 이 아가씨는 엘리아스를 물고 늘어졌었다. 그녀는 어리석게도 자기가 행운을 잡았다는 것을 깨닫지 못한 채, 그를 간호인으로 써먹었다. 조에는 자신이 엘리아스를 얼마나 사랑하는지 처음에는 알지 못했다. 남자 친구에 대한 사랑이 사랑인 줄도 모르는 사이에 생겨났던 것이다. 그녀가 그것을 깨달았을 때, 그들은 가벼운 키스조차도 나눠 본 적이 없었음을 알았다. 그와 어떤 관계를 가지는 것은 그를 잃을 위험을 감수하는 것을 의미했다. 그것은 상상조차 할 수 없는 일이었다. 엘리아스는 그녀에게 너무 잘 해주었다. 그러나 아무리 완벽한 사람이라도 한 가지쯤 문제는 있게 마련이다.

조에는 웨이터가 옆 테이블에 있는 한 여성 고객에게서 눈길을 떼지 못하는 것을 지켜보았다. 순간, 그녀는 자신은 그런 시선을 받을 권리가 없음을 안타까워했다. 물론 그녀는 매력이 있었다. 그러나 지금은 아니다. 화장, 기교를 부린 머리, 이국적인 의상 취향 따위가 그녀를 그럴듯하게 보이게 했지만, 그녀 자신에게서 우러나오는 자연미는 아니었다.

몇 년 전만 해도, 젊음으로 눈부시게 아름답던 그녀는 시선을 받는 쾌감과 동시에 그녀를 전통적인 자리에 앉히려는 남자들의 달콤한 욕망을 향한 분노를 경험했었다. 베티 파지는 더 이상 아름답지 않게 되자 사라져 버렸다. 조에는 베티 파지가 더 이상 남자들의 음탕한 시선을 받지 못한다는 이유로 자기의 성에 갇혀 버리는 이런 세상이 싫었다. 엘리아스의 눈에 그녀는 여전히 아름다울지 몰라도, 그것은 수요가 없는, 애매모호한 구석이 없는,

독립적인 아름다움이다. 엘리아스는 거울 같은 사람이다. 누구나 그를 통해서 그를 보는 것이 아니라 자신을 볼 수 있다고 조에는 생각했다.

「사실, 나는 식도락 취미를 가진 사람을 찾고 있어.」

엘리아스는 무슨 뜻인지 모르겠다는 표정으로 눈살을 찌푸렸다. 조에는 자기 잔의 바닥을 들여다보았다. 그녀는 이마에 흘러내린 머리를 뒤로 넘겼다. 그녀의 뺨이 빨개졌다.

「식도락 취미를 가진 누군가와 키스해야 해. 오디션 때문에 몇 킬로그램을 빼야 하거든.」

「미쳤군.」

「하지만, 빌어먹을, 엘리아스. 미치는 것 외에 달리 방법이 있어?」

그는 어느 촬영장에서 조에를 만났었다. 그녀는 신랄한 늙은 여점원 역으로 잠깐 출연할 뿐이었다. 그는 그녀의 집중력과 섬세함에 감동받았다. 낯설어 보이면서도 은근하고 강한 인상을 주는 그녀의 우아함에 그는 충격을 받았다. 그녀는 어두운 색의 옷을 우아하게 입곤 했다. 어깨 위에 걸친 작은 검은색 블라우스가 눈부셨다. 잿빛조차도 그녀의 팔을 따라 흘러내릴 때 따뜻한 색깔로 변했다.

조에는 우울한 인상을 강하게 풍기는 귀부인이었다. 그녀는 풍경을 닮은 부류의 사람에 속했다. 조에는 바람과 이슬비로 다져진 스코틀랜드의 황야였다. 그녀의 검은 눈동자는 피가 흘러나오는 가느다란 상처처럼 절망적인 시선으로 반짝였다. 그녀가 당신을 바라보고 있을 때, 당신은 그녀의 수정체 위에 비친 반사광에 불과하다는 느낌을 받는다. 이것은 사람을 불편하게 만든다. 그것이 그녀가 캐스팅이 잘 안 되는 이유였다. 강한 인상을 주지 못한다는 것은 큰 결점이다. 그것은 거의 직업적 결함이라고 할 수 있다.

그들은 두 장면의 막간을 이용해서 잔을 들었다. 그리고 조에가 엘리아스를 있는 그대로—즉 장래가 유망하고 이미 막강한 힘을 가진 젊은 프로듀서로—인정하려 애쓰지 않았기 때문에, 그들은 친구가 되었다. 조에의 경력은 엘리아스가 은근히 신경을 써주는 데도 나아지지 않았다. 그는 조에를 쓰게 하기 위한 계략을 쓰거나, 부탁을 하거나, 다른 여배우들을 멀리하지는 않았다. 왜냐하면 그가 그런 행동을 했다는 것을 그녀가 알면 그를 용서하지 않을 것이기 때문이다. 그러나 엘리아스는, 냉장고가 더 이상 자기가 좋아하는 상표의 요구르트로 채워지지 않을 때, 그녀가 늘 마시던 와인 대신 그냥 커피를 마시고 자기가 돈을 내겠다고 막무가내로 우기는 것을 볼 때, 동료들이나 감독들과 점심 식사를 하면서 그녀의 이름을 거론하고 자기 애인이라는 말을 덧붙이곤 했다. 그렇게 해서 그녀는 그저 그런 영화에서 별로 중요하지 않은 인물을 연기하게 되고, 그것이 그녀로 하여금 별 볼일 없는 하루하루를 지탱하게 해주었다.

그녀가 어떤 작품에서 연기를 하게 되면, 엘리아스는 며칠이고 연달아 그녀를 보러 왔다. 뤼세르네르나 아틀리에 극장에서, 그녀는 얼마 안 되는 관객 앞에서 열정적으로 연기하곤 했다. 그것이 그에게는 너무 마음에 걸렸지만, 그런 일거리라도 마련해 주지 않으면, 그녀는 천장에 구멍이 나고 조명도 난방도 잘 되지 않는 텅 빈 극장에서 무료로 공연을 했을 것이다. 벽도 없는 극장에서 대본도 무대 의상도 없이 연기를 했을 것이다.

그녀의 감정 상태는 직업의 상황과 일치했다. 12년 전부터 그녀는 유부남의 정부였는데, 그 남자를 마음으로부터 밀어내지 못하고 있었다. 그녀는 영화 속에서와 똑같이 그 남자의 삶에서 별 볼일 없는 자리를 차지하고 있었다.

엘리아스는 테이블 아래에서 주먹을 쥔 채, 여자 친구의 눈을 뚫어져라 바라보면서, 상황을 바꿔 놓기로 결심했다. 그녀는 이름이 벽보에 크게 새겨지고 한 남자의 아내가 될 자격이 충분하다.

5

주사기가 램프 불빛 아래 빛나고 있었다. 촉촉하게 젖은 바늘 끝이 파르르 떨렸다. 그는 피부에 그것을 가져다 대고 찔러 넣었다. 주사액이 주사기를 빠져나와 엘리아스의 몸속으로 들어갔다. 그것이 마지막 주사였다. 그는 이제 디프테리아, 파상풍, 소아마비, A·B형 간염, 황달, 콜레라, 광견병, 장티푸스, 세균성 뇌막염 예방 접종을 마쳤다. 파리의 하늘 아래서는 이런 병에 걸릴 염려가 없다 할지라도, 이 약들은 그를 안심시켰다. 무수히 많은 작은 생물체들이 그의 세포들 사이를 누비고 다니면서 그를 면역시켜 주고 있었다. 완전히 면역성을 갖게 되었다고 믿기 위해서 몸과 정신이 최소한의 질병과 온갖 열정으로부터 안전하려면 넘어야 할 마지막 단계가 하나 남아 있었다. 그것만 넘으면 그는 장티푸스도 걸리지 않을 것이고, 클라리스를 잃은 고통도 겪지 않을 것이다. 이런 것에 대한 항체는 분명 존재했다. 빌어먹을, 그것들을 위해서 제약 연구소들은 수백만 달러씩 쓰고 있다. 그들은 침팬지에게 백신 주사를 놓고 그 결과를 실험했음이 분명하다.

그것으로 충분치 않은 까닭은, 세상의 모든 질병이 빅토리아호에서 만나기로 약속이라도 한 것 같기 때문이다. 그는 매일 아침 말라리아 치료제인 클로로퀸 겔 상태 알약과 말라리아 예방을 위한 프로구아닐 정제를 먹었다. 그래도 모기들은 잘만 살아 있었다.

앙세르메 박사 진료실은 바르베스 대로 모퉁이, 오르드네 거리에 있었다. 구체적으로, 그 진료실은 오르드네 거리 오른쪽에 있었다. 바르베스 대로는 18번 구역을 완벽하게 둘로 갈라놓았다. 몽마르트르와 라마르크 쪽에는 여행객과 음식 배달부들과 와인 저장 지하 창고들이 있고, 반대쪽에는 구트 도르의 인기 있는 거리들, 도랑 속에 굴러다니는 쉬뷔텍스(Subutex, 아편과 유사한 만성 통증 치료제—역주) 광고지, 그리고 향신료의 즐거움이 있었다.

교통량은 별로 중요하지 않았다. 초저녁의 옅은 어둠이 행인들의 움직임에까지 스며들었다. 손에 꾸러미들을 든 그림자들이 인도에 나타났다. 크리스마스가 다가오고 있었다. 가을부터 거리들은 초롱불을 밝히고 꽃 장식을 하고 그날을 기다렸다. 교통 체증

이 심했기 때문에, 자동차들은 도랑의 물을 튀기면서 천천히 굴러
가고 있었다.

몽토르게이 거리의 엘리아스 아파트와 파리 북부 지역은 광년
의 세월이 갈라놓았다. 그렇지만 거리로 치면 20분밖에 걸리지
않는다. 그는 택시 차창을 통해 그의 중심지 도착을 환영하기 위
해 꽃 장식을 하고 있는 것 같은 이 동네를 즐거운 마음으로 바라
보았다.

앙세르메 박사의 진료비는 터무니없이 비쌌다. 엘리아스는 이
용감한 부인이 손님의 옷차림을 보고 진료비를 정한다는 것을 알
았다.

그녀는 자기가 직접 짠 스웨터와 고물상에게서 산 헌 옷가지를
기괴한 방식으로 걸치고 있었고, 더부룩한 흰 머리카락은 어깨까
지 흘러내려 와 있었다. 상처 자국들이 얼굴과 손에 줄무늬처럼
나 있었다. 검은 피부 위의 흰색 반점들이 보기 흉하지는 않았지
만 불안하게 보였다. 이 강한 여인이 틀림없이 구타를 당했구나,
라는 생각이 들 정도였고, 또 그녀도 자신이 그런 인상을 준다는
것을 알고 있었다.

진료실은 노신사의 사무실 같았다. 체스터필드 제품인 긴 소파,
서가, 그림들, 원탁 위에 놓인 바이올린이 방을 세련되게 꾸미고
있었다. 검사하는 데 필수인 진료용 긴 의자만이 그 방의 용도를

증명해 주고 있었다.

낮은 탁자 위에 놓인 이싱의 다기들에서 김이 올라오고 있었다. 그는 그녀의 친절에 감사하면서 손에 다기의 열기를 느끼기는 했지만, 커피와 술·담배로 몹시 지쳐 있는 그의 미각은 매우 세련된 그 맛을 느낄 수가 없었다.

진료실이 진료실 같지 않다는 생각을 하면서, 엘리아스는 피아노 위쪽 선반 위에 놓인 의사의 수집품에 감탄했다. 일곱 세트의 다기들, 영국제 다기와 구이완 주전자, 그 위 선반에는 고전적 광고문들로 장식된, 차가 들어 있는 흰색 깡통, 투명무늬가 들어간 종이로 만든 예쁘고 작은 상자, 그리고 군대에서나 쓸 법한 상자가 있었다.

진료실은 환자를 질병과 그 병으로 인한 고통에서 구해 냈다. 조용한 분위기는 심기증(신경 쇠약의 한 증세. 스스로 생각하기에 큰 병에 걸렸다고 느끼는 증세—역주) 환자 중에도 가장 심각한 환자에게까지도 안정을 주었다. 나무 색과 황갈색, 장뇌 냄새, 아프리카산 발, 붉은색 병풍과 원시 부족의 투창들은 환자로 하여금 관목 숲 속의 낡은 집을 연상케 했다.

의사는 흰색 셔츠와 여러 가지 톤의 푸른색이 섞인 모헤어 터틀 스웨터를 입고 있었다. 찻주전자에서 풍기는 향기가 의약품 냄새와 담배 냄새 속에 섞였다. 묵주처럼 그의 목둘레를 두른 청진기를 두드리면서 앙세르메는 차를 소리 나지 않게, 길게 한 모금 마셨다. 담배 연기는 그의 두꺼운 안경알 앞으로 피어올랐다.

앙세르메는 최근 5년 동안 클라리스의 치료를 맡아 왔다. 클라리스가 아주 독한 칵테일 몇 잔을 비운 뒤, 마르시알 칼데이라는 엘리아스에게 그 의사를 소개해 주었다. 클라리스를 알코올 중독 센터에 입원시켰더라면 그렇게 알코올 중독으로 인한 혼수상태에 빠지는 것은 막을 수 있었을 것이다. 아무튼 그날 그녀는 결국 가스트 방의 손님 대기실에 있는 좁은 야전 침대 위에서 잠들어 버렸다. 머리 위의 가르마를 선명하게 드러낸 채.

자기가 좋아하는 진을 한 잔 마시고 나서, 감독은 엘리아스를 따로 불러냈다. 엘리아스는 이런 고통스러운 순간에 감독이 술을 마신 것을 원망했다. 8층의 넓은 복도에서 얼굴을 마주하고, 그는 칼데이라의 주름 진 얼굴을 바라보았지만 거기에 씌어 있는 의미는 읽어 내지 못했다. 엘리아스도 아무런 감정을 드러내지 않았다. 그가 아무것도 느끼고 있지 않기 때문이 아니라, 클라리스로 인한 스트레스가 그를 굳어 버리게 했기 때문이다. 그의 찡그린 표정은 모든 것이 잘될 것이라고 믿고 싶은 사람의 슬픔이 새겨진 결심을 보여 주고 있었다.

이 시기, 클라리스는 특히 좋지 않았다. 잦은 지각과 음주 문제로 그녀는 자신이 흥미를 갖고 몰두하던 유일한 일자리에서 해고되었던 것이다. 그녀는 자신의 어머니와 만나기만 하면, 몇 주 후에 오스만 대로에 있는 큰 가게의 점원 자리를 구할 수 있겠지만, 그때까지가 문제였다. 엘리아스는 자기 일 하랴 그녀 돌보랴 잠을 거의 자지 못했기 때문에 에너지를 짜내기 위해서 신경 안정제와 각성제를 번갈아 가며 먹어야 했다. 그는 뺨이 움푹 패고, 거의 10킬로그램이 빠졌으며, 매일 세 갑씩 피워 대는 담배 때문에, 아침이면 30분씩 기침을 하곤 했다. 1년 전 스튜디오에 온 그는 마르시알 칼데이라를 우연히 만났지만, 그에게 말을 걸 기회를 만들지는 못했다. 엘리아스는 그를 무척 좋아했기 때문에, 오히려 그런 열혈 팬으로 보이기가 싫었는지도 모른다.

칼데이라는 복도 불을 껐다. 엘리아스는 왜 그가 주변을 어둡게 만드는지 이해하지 못했다. 그때 그 노인은 그를 품에 안았다. 엘리아스는 칼데이라의 풍만한 몸속에 파묻혔다. 깜짝 놀란 그는 순간 반사적으로 뒤로 물러났지만, 그 포옹에서 풀려나지 못했다. 그것은 힘 때문이 아니라 온화함 때문이었다. 일단 그의 지배하에 놓이게 되면, 그 부드러움에서 몸을 빼낼 수가 없게 된다. 저항하기에는 이미 늦어 버린 것이다. 마치 칼데이라의 그런 몸짓이 잊혀졌던 하늘의 계시를 따른 것처럼, 두 사람 사이의 친밀감은 전혀 거부감 없이 자연스러웠다. 엘리아스는 칼데이라의 냄새와 자신의 내면에서 팔딱이는 강렬한 생명을 느끼며 황홀해졌다. 이 노인의 느리고 무거운 심장 박동은 자신의 혈관 속 피를 부드럽게 달래 주고 있었다. 아빠 품에 안긴 어린아이처럼, 엘리아스는 이런 예기치 않은 감정 앞에서 휘청거렸다. 두 눈에 눈물이 주르륵 흘러내리고서야 엘리아스는 칼데이라가 왜 불을 껐는지 이해가 갔다. 칼데이라는 그의 손에 종이 한 장을 쥐어 주고 가던 길로 가버렸는데, 거기에는 앙세르메의 이름과 연락처가 적혀 있었다. 그날 이후, 그들은 이 순간에 대해 다시 말한 적이 없었지만, 어떤 공범 관계 같은 것이 둘을 단단히 묶어 주었다. 그들은 기회가 될 때마다, 엘리아스의 사무실이나 갈락시 스튜디오의 지하방에서 한잔 하면서 토론을 벌였다.

의사는 알루미늄 소독 용기 속에 담배꽁초를 짓이겼다. 그녀는 엘리아스의 심장에 귀를 기울이고, 손은 그의 목구멍 경정맥 위에 대고 새 담배에 불을 붙였다. 엘리아스는 앙세르메가 은제 담배 케이스에서 담배 한 개비를 꺼내서 손가락 사이에서 만지작거리다가 끝을 입술에 살짝 문 채 불을 붙이는 모습이 보기 좋았다.

엘리아스는 이 진료실에 클라리스를 데려오던 때가 기억났다. 클라리스가 자기 몸도 못 가누고, 발작으로 자신뿐 아니라 다른 사람들까지 위험에 빠지게 했던 일들. 그녀가 엘리아스에게 욕설을 퍼붓고 그의 옷을 찢던 일. 그때마다 그녀를 잠잠하게 만들 수 있었던 것은 의사의 주먹뿐이었다. 앙세르메는 싸움을 허락하지 않았다. 그의 시선은 예의와 친절이라는 규칙을 지켜 줄 것을 요구하고 있었다. 클라리스는 토할 수도 있었고 멋진 카펫 위에 코피를 흘릴 수도 있었기 때문에 잘 처신해야 했다. 엘리아스는 앙세르메가 상대방에게 불러일으키는 존경심이 약, 치료, 그리고 네케르 병원의 후원자들만큼이나 중요하다는 것을 깨달았다. 앙세르메는 클라리스를 인간답게 만들었고, 그녀에게 감동과 분노를 자제할 수 있는 능력을 되찾게 해주었다.

「셔츠를 다시 입도록 하세요.」

그의 뼛속을 따라 전율이 흘렀다. 의사의 담배 끝이 그를 다시 따뜻하게 만들었다. 그는 닷새 전부터 담배를 끊었는데, 금단 증상은 느끼지 못했다. 그는 시선을 창 쪽으로 고정시킨 채, 어둠 속의 빗줄기를 바라보며 말없이 옷을 다시 입었다.

「잘 지내요, 엘리아스?」

「클라리스는 이제 좀 괜찮아졌어요.」

「클라리스에 대한 얘기가 아니에요. 당신 말이에요. 지금 당신 혈압은 산송장 같은 상태에요. 담배 끊은 것은 아주 축하할 일이지만, 그것만 가지고는 안 되고, 관리를 더 철저히 해야 해요.」

보통 때 그는 착한 환자가 되려고 애썼지만, 그날 저녁은 본의 아니게 농문서답을 계속했다. 자신의 혈압이나 심장 상태는 그에게 별로 중요하지 않았다. 그는 벽에 걸려 있는 앙세르메의 학위 증명서를 바라보았다. 직업적 비밀. 그는 모든 것을 읽을 수 있었다.

「그녀는 떠났습니다.」

「알아요. 마르시알이 내게 말해 줬어요. 당신은 다른 일을 기대했나요?」

앙세르메는 팔짱을 낀 채 말했다.

「아마도.」

「그녀는 치료되었어요, 엘리아스. 그녀에게 이제 더 이상 당신은 필요 없어요.」

어떤 격렬한 동요가 엘리아스의 속을 뒤집어 놓았다. 그의 근육들이 수축되었다. 그는 마치 강한 부정을 하려는 듯 몇 번이고 고개를 저었다. 앙세르메의 시선은 그를 사정거리 안에 가둔 채 꼼짝도 하지 않았다.

「클라리스는 그런 여자가 아니에요.」

엘리아스는 분노를 삭이며 중얼거렸다.

「클라리스는 이 모든 일에 아무런 책임이 없어요. 당신은 그녀의 목숨을 구했어요. 6년 동안 당신은 그녀의 간호인이 아니라 그녀의 약이 되었던 겁니다. 그녀는 치료되었고, 따라서 당신은 이제 더 이상 필요 없어요. 나는 그녀가 떠난 것을 이해해요.」

자신이 진실을 아는 것과 남이 그것을 말할 때 알아듣는 것 사이에는 차이가 있다. 진실을 자신의 내부에 가지고 있을 때 우리는 그것을 애지중지한다. 왜냐하면 그것을 재빠르게 애완동물로 변형시키기 때문이다. 그러고는 그것을 애무하고 이불을 덮어 주고 우리가 정신 속에서 만들어 낸 온갖 식량으로 그것을 부패시킨다. 그것을 콧노래로 부르기도 하는데, 그렇게 되면 그것은 우리 자신의 운명에 대해 눈물을 흘리게 하는 노래일 뿐이다.

우리의 측근들이 우리에게 해줄 수 있는 가장 좋은 봉사는 우리가 이미 알고 있는 것이 무엇인지 우리에게 알게 해주는 것이다. 엘리아스는 자신이 왜 클라리스를 사랑했는지 그 이유가 의심스러웠다. 그는 자기 머릿속에 떠도는 말들을 누군가가 정확히 발음해 주었으면 싶었다.

"당신은 술을 너무 마셔요"라고.

엘리아스는 손이 떨리는 것을 막으려고 자기 손을 꼭 잡았다. 이런 떨림이 스트레스 때문이라고는 생각할 수 없다. 베타선을 차단하는 약을 너무 많이 먹었다는 것도 있을 수 없는 일이다. 그는 손바닥에 손톱자국이 나도록 주먹을 꼭 쥔 채 억지로 미소를 지어 보였다.

「클라리스가 회복된 만큼 이제 누군가가 그 불꽃을 이어받아야 해요. 질병은 전염된다고 나는 늘 생각합니다. 누군가가 치료되자마자, 또 다른 사람이 환자가 되는 겁니다. 그것이 균형이지요.」

「독창적인 생각이군요. 그것은 당신의 고뇌를 더 흥미롭게 만들 것이 분명해요.」

거짓말은 앙세르메의 시선에 부딪치자 미끄러져 떨어져서 비참하게 널리 퍼져 나갔다. 그녀는 그의 말이 진리와 관계가 있다는 희망도 없이 그를 뚫어지게 바라보았다.

「나는 술 하면 클라리스가 떠오릅니다.」

「술은 당신에게 그녀의 알코올 중독을 떠올리게 하는 거겠지요. 그것은 아주 다릅니다. 당신은 누구를 아쉬워합니까? 클라리스인가요, 그녀의 병인가요? 당신은 내가 이 불쾌한 이야기들을 말하기를 진심으로 원하나요?」

「오늘은 이걸로 충분하다고 생각합니다. 시간이 너무 많이 지났습니다.」

그는 재킷 주머니를 뒤져서 구겨진 지폐를 몇 장 꺼냈다. 그는 그것들을 책상 위에 놓고 나와 버렸다.

그는 현기증을 느끼며 바르베스 대로를 건너갔다. 자동차들이 사방으로 피해 갔다. 그는 울부짖고 싶었지만, 내색은 하지 않았다.

6

빗물로 센 강이 넘쳐서 강변의 쓰레기들과 나뭇잎들을 쓸어 갔다. 왜 이렇게 비가 많이 오는지에 대해 기자가 기상학자에게 묻고 있었다. 엘리아스는 텔레비전을 껐다. 아파트는 어둠 속에 잠겨 버렸다.

6년 전, 그가 클라리스를 만났던 것도 이 강변에서이다. 한발 물러서서, 그는 이 모든 일이 어떻게 시작되었던가를 회상했다. 그가 변호사 자격증을 막 땄던 때였는데, 큰 로펌들의 영입 제안을 두 번이나 거절했다. 그는 영화 스튜디오 중에서 어디든 한 자리를 얻어 보려 애쓰고 있었다. 잊혀진 시대에, 꿈을 가지고 볼 수 있는 무언가를 해야겠다고 결심했기 때문이다. 그의 재킷 안주머니에 갈락시 스튜디오의 채용 확인서가 들어 있었다. 정오가 되어 갈 무렵, 택배 배달원이 그것을 그에게 전달하기 위해 레옹 가에 있는 그의 아파트 문을 두드렸다.

그 소식을 접했을 때 그는 아무런 기쁨도 느끼지 못했고, 다만 새로운 길로 접어들게 되었다는 생각뿐이었다.

클라리스는 바로 그날 저녁 그의 새로운 길을 알리는 소식을 완성하기 위한 것처럼 나타났다. 엘리아스는 쓴웃음이 나왔다. 여자란 현대 남성의 액세서리다. 그는 언제부터 일을 할 수 있는지 묻기 위해 스튜디오에 전화를 하고 나서, 초보 감독 시절을 보내게 될 이 동네에서 하루 종일 어슬렁거렸다. 가장 부드러운 천으로 재단된 이 거리들을 누비고 다니기 위해 곧 과거의 옷을 벗게 되리라는 생각을 하면서. 저녁이 되자 북적거리기 시작한 바르베스를 떠나 마장타 대로를 지나 레퓌블리크까지 내려가, 센 강가에서 산책을 하고 있었다.

그는 바로 그때 그녀가 물가에 너무 가까이 서서 비틀거리고 있는 것을 발견했다. 그녀는 곧 강물에 휩쓸려 들어갈 것처럼 위태로워 보였다. 그는 검은색 큰 외투 호주머니 속에 손을 넣은 채 무심코 그녀에게로 다가갔다. 그는 고통스러워하는 영혼에게 하듯 그녀에게 말을 걸거나 도와줄 생각은 없었다. 자신이 난처한 상황에 빠지게 될 만한 말은 절대로 하지 말 것.

그는 그녀 곁으로 가기는 했지만, 강가에서 약간 떨어진 채 있었다. 나딩구는 보드카 병에서는 투명한 독주가 흘러나오고 있었다. 그녀는 몸을 제대로 가누지 못하는 상태였고, 아마도 당장 뛰어내리느냐, 술을 더 마시느냐를 정하지 못하고 고민하느라 곁에 누가 있는지는 관심도 없어 보였다. 엘리아스는 처음에는 떠돌이 여자쯤으로 여겼다. 하지만 그렇게 생각하기엔 그녀의 옷과 손가방은 매우 아름답고 고급스러웠다. 1미터쯤 거리를 두고 있는데도, 그녀에게서는 강한 술 냄새가 풍겼다.

「미안해요, 내가 너무 늦게 왔군요.」

그가 먼저 말했다.

그녀는 비틀거리기를 멈추었다. 그녀의 숱 많고 헝클어진 머리카락에 뒤덮여 얼굴을 알아볼 수 없었다. 아무튼 그녀의 어깨에 내려앉은 칠흑 같은 어둠 속에서도, 그녀에게는 광채가 살아 있었다.

「택시를 타고 올까 생각했었지만, 택시 기사와 잡담하기가 귀찮아서 지하철을 탔어요. 틀림없이 연착했던 것 같아요. 하지만 쓸데없는 역들만 없었더라면 난 늦지 않았을 겁니다.」

그녀는 검은색 옷을 입은 이 이상한 젊은이에게로 고개를 돌렸다. 유람선이 유유히 지나갔고, 잔물결이 간간이 그들의 신발 바닥을 적셔 주었다.

그들은 자동차 헤드라이트 불빛 속에 빠져 버렸다. 유람선 승객들은 저녁 식사를 하고 있었는데, 어떤 이들은 그들에게 눈인사를 했고, 대부분의 사람들은 다리 난간에 팔꿈치를 괸 채, 무언가를 씹으면서, 이 옥신각신 하고 있는 커플이 한때를 즐기고 있는 것으로 여기는지 무심코 바라보고 있었다. 젊은 여자는 얼굴을 뒤덮고 있는 머리카락 사이로 엘리아스를 자세히 살폈다. 그는 그녀가 정신을 차리도록 계속해서 말을 걸었다.

「당신은 나를 믿지 못할 수도 있겠지만, 나는 당신에게 장미를 사준 적이 있었어요. 개 한 마리가 그 꽃다발을 먹어 버렸지요. 가시 때문에 그 가엾은 녀석은 혼이 났죠. 잠시 생각해 봤는데, 우리 앞길을 가로막고 있는 어떤 운명이 있는 것 같아요. 그래서…… 내가 여기 있는 것이고. 지금 서둘러 가면, 클루니 가의 유명한 레스토랑에 내가 예약해 두었던 자리를 차지할 수 있을 겁니다. 혹시 담배 있어요?」

그 젊은 여자는 가방을 뒤져서 담배 한 개비를 꺼냈다. 그들의 차갑게 언 손가락들이 서로 가볍게 스쳤다. 엘리아스는 입술로 담배를 가볍게 물었다. 그는 손짓으로 자기는 불이 없다는 신호를 보냈다. 그녀가 라이터를 내밀었다. 너울거리는 라이터 불빛 속에 그들의 얼굴이 윤곽을 드러냈다. 엘리아스는 몇 시간 전부터 니코틴 마약 주사를 기다렸다는 듯 담배를 빨았다. 목이 타들어 가는 듯하고 참을 수 없는 콜타르 맛을 느끼면서도, 그는 원래 담배를 피우던 사람처럼 자연스럽게 첫 담배를 피웠다. 젊은 여자는 자기 담배에 그가 불을 붙여 줄 수 있도록 몸을 기울였다.

잠시 동안, 그녀는 자신을 의심했다. 어쩌면 자신이 약속을 잊었던 걸까? 라고. 젊은이의 확신이 너무 자연스러웠기 때문이다.

「당신이 혹시 다른 사람과 나를 혼동한 것 아닐까요?」

엘리아스는 갈락시 스튜디오의 채용 증서를 호주머니에서 꺼내 대충 훑어보는 척했다. 그는 자신의 쇼를 더 그럴듯하게 보이게 하려고 집중하는 표정으로 눈살을 찌푸리고 손가락으로 그 종이를 가볍게 두드렸다.

「못 믿겠어요. 봅시다. '1월 3일 금요일 자정 무렵, 퐁데자르 근처 강변에서 다시 만납시다. 중간 키, 내 머리는 금발로, 얼굴을 가리고 있습니다. 나는 짙푸른색 스커트와 재킷을 입을 것이고 당신에게 담배 한 개비를 권할 것입니다.' 이 메모와 일치한다고 생각해요. 소개소가 착각을 할 수는 없겠죠.」

「무슨 소개소죠?」

그녀는 그 종이를 잡으려 했다. 엘리아스는 그녀의 손을 슬쩍 피해서 종이를 다시 호주머니에 넣었다.

「커플 소개소요. 당신도 잘 아시겠죠. '독신 남자, 22세, 물가 아주 가까이에서 걷고 있는 아주 멋진 젊은 아가씨를 찾고 있음.'」

그녀는 돌 벤치에 앉았다. 왼손으로 그녀는 눈을 가리고 있던 머리카락을 쓸어 올렸다. 그녀는 미소 짓고 있었고, 불과 몇 초 전에 죽으려 했던 여자라는 흔적은 찾아볼 수 없었다. 엘리아스는 그녀를 구했고, 그는 앞으로도 그녀가 꾸며 낼 온갖 위험한 강물에서 그녀를 구하리라는 것을 알고 있었다.

「나는 ‘22세 여자, 세인트버나드(개 품종의 하나. 여기에선 남을
위한 일에 몸을 아끼지 않는 사람을 비유함-역주)를 찾고 있는
알코올 중독자’라고 할까요?」

「그건 난데?」

「짖을 줄 아세요?」

「그건 못 하지만, 던진 물건 집어 오기는 잘 하죠.」

그녀가 고개를 숙이고 보도 위에 토할 때, 엘리아스는 그녀의
어깨를 잡고 머리카락이 흘러내리지 않게 잡아 주면서, 자신이 그
녀를 행복하게 해주고 도와줄 수 있는 남자라는 것을 알았다. 그
는 그녀가 고통받는 것을 내버려 두지 않을 것이다. 그는 이런 감
정을 사랑이라고 불렀다. 왜냐하면 그는 이렇게 강하고 믿음직하
고 부드러운 낯선 감정을 느껴 본 적이 없었기 때문이다.

그날 저녁, 그가 예약했다던 클루니 거리의 레스토랑이 존재하
지 않는다는 것을 확인한 그들은 오 피에 드 코숑에서 혀를 델 만
큼 뜨거운 양파 수프를 먹었다. 그 젊은 아가씨의 이름은 클라리
스였고, 생 토노레 구역의 큰 옷가게에서 점원으로 반나절씩 근
무하고 있었고, 금발 덕을 톡톡히 보았다. 그녀는 센 강에 투신할
생각은 아니었다. 발을 헛디뎌 물에 빠질 가능성은 있었지만, 자
발적으로 뛰어들지는 않았을 것이다. 그녀는 오른손을 들고 푸른
두 눈을 크게 뜨고 그것을 맹세했다. 그런 식으로, 엘리아스는 그

녀의 거짓말 잘 하고 무모한 성향의 첫 번째 증거를 발견했다. 클라리스의 가슴에 불어넣은 신뢰감을 깨지 않고 그녀와 잘 지내기 위해서, 그는 계속해서 담배를 피우기로 했다. 그때부터 그는 하루에 최소 두 갑 이상 담배를 피웠다.

이튿날, 그들은 오데옹 카페에서 다시 만났다. 비가 내리고 있었다. 구릿빛 낙엽들이 분위기를 더 따뜻하게 만들어 주고 있었다. 엘리아스는 검소한 차림에 밝은 표정의 클라리스를 처음에는 잘 알아보지 못했다. 곧 알아보긴 했지만. 그는 술은 더 이상 마약이 아니며 적혈구와 마찬가지로 그녀의 생리 구조상의 한 구성 요소라는 것을 깨달았다.

그들은 서로 꼭 껴안은 채 며칠 밤을 함께 보냈다. 처음으로, 그는 사랑하는 사람과 함께할 때에만 맛볼 수 있는 미칠 듯한 쾌감을 맛보았다. 그들은 똑같은 취기에 사로잡힌 채 흥분의 도가니 속에서 세상을 잊고 지냈다. 엘리아스는 이렇게 함께 나눈 현기증만이 서로를 가깝게 만들어 준다는 것을 이해했다. 그들이 처음 나눈 사랑은 무엇과도 비교할 수 없었다. 그들은 깊은 구렁텅이 속에 빠진 사람들처럼 서로를 더듬어 찾고 무감각 상태도 알코올과 흥분제를 찾았다.

엘리아스는 클라리스를 위해 살아 있었다. 그는 그녀를 잡아 주는 손이었고, 위로해 주는 품이었고, 안심시켜 주는 말이었다. 그는 자신의 사랑을 씻겨 주고, 재워 주고, 먹여 주었다.

그들의 사랑이 계속되었던 것은 클라리스의 눈부신 성격 때문
이었다고 엘리아스는 생각했다. 12월 어느 날 저녁, 산타 할아버
지로 분장한 그녀는 거리에서 지나가는 꼬마들에게 선물을 나눠
준 적이 있었다. 그녀는 술의 힘을 빌어 감히 계략을 쓰기도 하고
엉뚱한 말을 하기도 했다. 한 달 중 30일은 같이 살기 힘든 여자
였지만, 31일째에는 경이로운 모습을 보여 주었다.

물론, 그녀는 주기적으로 문제를 일으켰다. 동거 6년 동안, 매
주, 거의 매일, 엘리아스는 그녀의 제2의 거주지들—경찰서, 정
신 병원 응급실—로 그녀를 찾아다녔다. 그녀는 용서해 달라는
뜻으로 그에게 꽃을 선물하기도 하고, 그의 눈을 빤히 들여다보
기도 했다.

그들이 함께한 6년은 완전 소모전이었다. 아무튼, 그는 살아 있
음을 느꼈고 자신이 존재하는 분명한 이유를 한 가지 가지고 있
었다. 엘리아스는 아무도 그것은 사랑이 아니라고 말해 주지 않
았기 때문에 그것을 사랑이라고 믿었던 것이다.

7

그가 로비로 들어서자마자 카메라가 돌아가며 그의 모습을 잡았다. 플래시가 터지는 순간, 그의 한쪽의 검은 눈동자 위에서 무지개 빛이 반짝였다. 엘리베이터 위쪽에 숨어 있는 플라스틱과 금속으로 된 야수가 붉은 카펫 위로 이동하는 그의 모습을 추적하고 있었다. 엘리아스는 고개를 들어 그 물체를 바라보았다.

건물 로비와 엘리베이터와 복도에 설치된 감시 카메라들을 보고 엘리아스는 몽토르게이 가에 있는 아파트를 얻었다. 클라리스에게 무슨 문제가 생기면 감시 센터에 연결된 누군가가 그것을 알고 도움을 줄 것이라고 생각했다. 검은 눈들이 잠도 자지 않고 감시하고 있었다. 그 기계는 판매 후 2년간 애프터서비스를 보장받은 튼튼한 신이다. 잘못될 수도 있지만 그런대로 무사히 지내는 일상들을 모두 기록하는 이 카메라들에서 그는 위안을 받았다. 그가 로비를 지나서 쇼핑백을 가지고 엘리베이터에 탄 다음 클라리스를 품에 안고 문을 여는 모습을 지켜보는 관객들이 누구냐는 중요하지 않았다. 그래 봐야 그 관객은 보나마나 경비 회사의 야간 경비원들일 것이기 때문에, 그는 상관하지 않았다. 그들은 그가 최선을 다하는 모습을 보고 있었다. 그것은 기록 보관소에 보관된 수십 개의 카세트테이프에 다 기록되어 있었다.

너무 빨리 이사를 결정하고 실행에 옮겼기 때문에, 다른 생각이 끼어들 여지가 없었다. 이삿짐 운송업자들이 클라리스의 개인 소지품들을 거실에 내려놓았다. 며칠 전, 도둑들이 레옹 가의 그의 아파트를 털어 가서 엘리아스는 찌그러진 냄비와 옷걸이 한 쌍 외에는 가져올 것이 없었다.

몽토르게이 가에서 처음으로 어슬렁거렸을 때, 엘리아스는 부유한 백인 30대들을 위한 이런 디즈니랜드가 있다는 사실에 놀랐다. 보행자 전용 도로, 돼지고기 전문 정육점과 화려한 빵집, 멋진 상점가의 분위기. 파리 중앙 시장 근처인데도 불구하고 거리의 치안은 안정되어 보였다. 새로운 동네의 관습을 잘 관찰하기 위해서 엘리아스는 로세 드 캉칼과 레스카르고에 자주 드나드는 습관이 생겼다.

그가 예상했던 전략대로, 그 동네의 체면과 평온은 그들을 평화로운 존재로 바꾸어 놓았다. 레스토랑들의 터무니없는 계산서들은 그들에게 안전을 대가로 주었다. 말하자면 민병대를 돈 주고 사는 것처럼, 그는 그 동네 가게에서 다른 지역보다 비싼 크루아상을 사면서 세금을 납부하는 셈이었다.

아파트는 클라리스를 안전하게 보호해 주는 역할을 톡톡히 했다. 그 건물은 토치카를 연상시켰다. 두꺼운 벽, 경비원, 버튼식 자물쇠, 카메라, 방탄 장치를 한 문 등이 있는 그런 장소에서는 그들에게 아무런 일도 일어날 수가 없었다.

클라리스의 증세가 너무 악화되기 전까지, 엘리아스는 그럭저럭 괜찮은 인생을 사는 데 성공했다고 생각했다. 그의 집에서 빅토르와 나탈리, 스튜디오의 간부들, 배우들이나 감독들과 함께 저녁을 먹을 때면, 배달원들이 초인종을 울렸고, 그들이 가져온 접시에는 놀라운 요리들로 가득했다. 클라리스는 생수만 마셨는데도, 종종 화장실로 사라졌다가 돌아올 때는 걸음이 온전치 않았고 뺨도 붉어져 있었다. 희미한 불빛 아래, 포크들은 속 채운 가지 속에 가서 꽂혔고, 버드 파웰의 곡들이 스피커에서 흘러나왔다. 그들은 다른 사람들의 삶에 대해서, 그리고 그것들을 필름 위에 표현하는 가장 좋은 방법에 대해서 토론했고, 전쟁과 기아와 망각에 대해 분통을 터뜨렸다. 밤이 되면 그들은 기분이 좋아지고 안심하는 모습들을 보여 주었다.

엘리아스에게도 자신이 성공했다고 생각한 날들이 있었다. 그들은 그들의 이웃의 삶을 살고 있었기 때문이다. 다른 누군가의 삶을 사는 것이 바로 그의 목표였기 때문이다. 다른 사람을 위해 했던 말이나 세부 묘사 때문에, 또는 우울한 석양 때문에, 클라리스는 다시 쓰러졌다. 그리고 그는 그녀와 함께 넘어졌다. 우리는 추락에 관하여 잘못 생각하고 있다. 진실은 우리가 더 높은 곳에서 떨어질수록 덜 다친다는 점이다. 왜냐하면 더 높은 곳에서 떨어질수록 우리는 끈적끈적한 액체 상태가 되고, 다시 일어나도 여전히 그런 상태이기 때문이다.

베이지색 카펫에는 발자국이 남지 않았다. 그는 꿈을 꾸는 사람처럼 걸었다. 그의 구두 뒤축이 부드러운 카펫 속으로 빠져 들었기 때문이다. 복도가 숲 속에 난 길처럼 좁아서, 그의 어깨가 벽을 스칠 정도였다. 이삿짐센터 직원들은 피아노와 유리 탁자를 옮기는 데 애를 먹고 있었다.

그는 장의자에 앉았다. 햇빛이 잘 드는 아파트는 아니었다. 한여름에도 햇빛이 대형 유리창을 통과하지 못했다. 그 아파트는 이웃 건물과 마주 보고 있기 때문에 6층에서도 햇빛 보기가 힘들었다. 벽 속에 고정되어 있는 여러 개의 할로겐 등들은 부드러운 빛을 발하고 있었다.

낯선 분위기가 아파트에 스며들었다. 클라리스의 존재 없이는 가구, 피아노, 마루와 벽들조차도 모두 소용없어 보였다. 박제된

해골처럼, 클라리스의 개인 용품들이 옷장과 서랍 안에 정돈되어 있고, 욕실과 거실에 널려 있었다. 그의 추억만이 낯선 장소로 이동하고 있었다. 그곳에서는 그 추억들이 또 다른 남자의 미래가 될 것이다.

이야기는 이렇게 전개되었다. 사건, 격렬한 논쟁, 위세척, 발륨(우울증 치료제-역주) 주사, 그의 손에 부딪쳐 깨진 손톱, 경찰, 경찰서의 취객 대기실, 그리고 그곳의 창녀들과 마약 중독자들 사이에서 그녀를 찾아낸다. 그녀가 삼켜 버린 알약들은 종류도 다양했다. 렉소밀, 자낙스, 캄프랄, 안타부스, 티아프리달, 디스트라뇌린.

그는 둘이 함께했던 행복하고 즐거웠던 순간들을 잊으려 애썼다. 차라리 불행을 즐기고 싶었다. 고통을 불태워 버리기 위해서는 최고로 비참한 추억들이 그의 핏속에 흐르게 해야 한다.

그는 〈잠자는 숲 속의 미녀〉를 좋아했다. 그녀의 금발과 감은 눈, 그녀가 약속한 왕국과 동거 생활 보장을 좋아했다. 왕자는 그 미녀가 깨어나지 않을 것이라고 믿기 때문에 사랑에 빠진다. 그녀가 눈을 뜨면 그는 놀란다. 그는 그것을 예상치 못했다. 그는 뭘 해야 할지 모르게 되고, 어쩌면 그녀가 본질을 비꾼 것을 원망할지도 모른다. 그는 잠든 그녀를 사랑했다. 그녀가 일단 잠에서 깨면 모든 것을 망칠 뿐이다.

엘리아스는 일어나서 서가 구석의 작은 베니어판 쪼가리 뒤에 손을 넣어 위스키 한 병을 찾아냈다. 그것은 그가 어떤 촬영에서 남자 배우의 연애 관계를 감추도록 도와준 대가로 받은 특별한 라프로익 위스키였다. 클라리스는 이 비밀 장소를 알아내지 못했다. 그렇지만 그녀는 술이 있는 곳을 알아내는 데 천부적이었다. 그 위스키는 뜨거운 불길로 그의 목구멍과 정신을 태웠다. 그는 더 이상 클라리스가 거기에 존재하지 않기 때문이 아니라, 그녀가 한 번도 그곳에 있어 본 적이 없다는 것을 깨달았기 때문에 눈물을 흘렸다.

7월, 그녀가 충분히 오래 견뎌 내서 함께 지낼 만해지자, 그는 둘 사이에 아무런 공통점도 없음을 깨달았다. 그녀가 술을 덜 마실수록, 그는 정신이 들었다. 그는 좋은 가문의, 상투적이고 어머니와 유행에 끌려 다니는 한 아가씨를 발견하게 되었다. 그는 취한 그녀를 사랑했다. 왜냐하면 취기와 절망이 그녀의 가장 큰 특징이었기 때문이다.

엘리아스는 서먹해진 둘 사이의 관계에 대해 자신만을 비난했다. 왜냐하면 오랫동안 그런 식으로 그녀를, 다스리고 도와줘야 할 약자요 죄인으로 취급했던 것이 분명했기 때문이다. 그는 그녀를 아무 데도 도망가지 못할, 그리고 매일 아침 거울에 회한으로 인한 주름이 늘어 가는 얼굴을 들여다보는 사람으로만 여겼던 것이다.

어쩌면 그것이 사랑은 아니지만, 사랑의 가장 아름다운 효과였는지도 모른다. 사랑은 아니지만, 사랑보다 더 나은 것.

잔을 내려놓았을 때, 엘리아스는 병이 반이나 비어 있음을 깨달았다.

부엌 쪽에서 소리가 났다. 그는 문에 어깨를 기댔다. 찻잔 가장자리에 숟가락 닿는 소리. 단맛이 지나치게 강한 커피의 친숙한 냄새. 그 냄새와 소리로만 본다면, 아무것도 변하지 않았다고 엘리아스는 믿을 수 있었다. 그는 벽에 기대고 꼼짝 않은 채, 이 환각과 환청을 음미하고 즐겼다. 그들의 동거의 종말은, 그들의 동거가 아파트에 아무런 흔적도 남기지 않았다는 것을 확인하자 더욱더 비참해 보였다. 엘리아스는 벨 소리가 다르게 울리고, 마룻바닥이 더 삐걱거리고, 햇살도 달라지기를 원했다. 그러나 달라진 것은 아무것도 없었다. 그 자신도, 클라리스도 출입문과 긴 의자 외에는 아무것도 바뀌지 않았다는 것을 그는 그제야 깨달았다. 왜냐하면 6년 동안 아무 일도 일어나지 않았으니까.

같이 살았던 여자가 찻잔에 숟가락 젓던 소리를 다시 들어 보려고 엘리아스는 부엌문 앞에 서 있었다. 라이터 켜는 소리, 타들어 가는 담배 끝에서 나는 지직거리는 소리. 엘리아스는 눈을 감고 상상했다. 그들이 이번에는 술 없이 다시 살아 본다면, 진짜 부부처럼 서로 사랑할 수 있을 것이라고.

「난 불안했어.」

그가 부엌으로 들어오면서 말했다.

클라리스는 그를 마주 보았다. 그녀의 손에 들려 있는 찻잔이 더 이상 떨리지 않았다. 그들이 걸음을 옮길 적마다 찐득거리는 특이한 소리를 내던 부엌 타일 바닥에 더 이상 설탕 커피의 끈끈한 얼룩은 없을 것이다. 신발창 틈새에 낀 설탕 커피 때문에 몇백 미터를 가는 동안에도 신발 바닥이 인도에 달라붙었고, 그때마다 엘리아스는 클라리스를 생각했다.

그녀는 웃었다. 처음에 곧바로 그를 완전히 넘어가게 만들었던 매력적인 미소, 바로 그것이었다. 그녀의 미소는 그를 향한 것이 아니었다. 그녀는 그를 쳐다보고 있지 않았다.

「넌 일주일 전부터 집에서 자지 않았어. 내가 얼마나 불안했는지 알아?」

아니, 그것은 사실이 아니었다. 그는 불안해하지 않았다. 왜냐하면 그녀의 뺨은 취기가 올라 발그레했고, 머리카락은 깨끗하고 윤기가 흘렀으니까. 그녀는 계속해서 그를 뚫어져라 쳐다보았다. 마치 그가 거기에 없는 것처럼.

「얘기를 해.」

그녀의 침묵에는 아무 의미가 없었다. 그녀가 어떤 식으로든 반응을 보였어야 했는데, 그게 아니었다. 엘리아스는 말싸움, 눈물, 폭력 사태를 예상했지만, 그에게 돌아온 반응은 그를 보고 있지 않는 눈길과 침묵이었다. 그는 이런 공허함에는 대처할 방법이 없었다.

클라리스는 찻잔을 내려놓고, 그의 앞을 지나서 방으로 가버렸다. 방문이 쾅 닫혔다.

엘리아스는 커피를 끓였다. 그의 손은 떨리고 있었다. 그는 위스키 병을 개수대에 비웠다.

벌레는 과일 안에 있지 않았다. 벌레의 집이 있는 곳은 과일이 아니라 파라다이스였다.

8

아침부터 비가 그치지 않고 내렸고, 마지막 남은 눈들까지 녹아 내리고 있었다. 센 강의 수위가 위험할 정도로 올라갔다. 자동차 헤드라이트와 가로등 불빛들이 작은 망루같이 보였다. 추위가 한 풀 꺾여서, 인도 가장자리에 아직 남아 있던 얼음들이 판 모양으로 녹아 하수구를 향해 미끄러져 갔다. 얼었던 단풍나무 잎들도 녹아서 달빛에 반짝거렸다.

거리는 텅 비어 있었다. 파리 사람들과 여행객들이 억수같이 쏟아지는 비를 피해 들어가는 바람에 카페나 상점들은 사람들로 북적였다. 행인들은 지하철 입구에서 가판대로, 빵집에서 담배 가게로 서둘러 달려가는가 하면, 우산을 펼쳐 들거나 상점들 차양 밑으로 몸을 피했다. 기상 상태에 따라 일을 접어야 하는 사람들은 비 때문에 거리에서 물러났다.

엘리아스는 날씨가 나쁘면 거리가 텅 비어 버리기 때문에 그런 날씨를 좋아하는 사람으로서 행복을 만끽했다.

택시 요금을 지불하고 나서, 엘리아스는 레인코트의 단추를 잠그고 방수모를 고쳐 썼다. 몽파르나스 탑이 이슬비와 안개 속에 부분적으로 가려졌다. 그는 집으로 향했다.

아무도 칼데이라의 작품을 무시하지 않기 때문에 그는 신비 속에 남아 있다. 그는 최후의 거장이다. 세계 구석구석에서 존경받는 그는 보상과 후원금을 받는다. 10여 개의 대학으로부터 명예 박사 학위를 받고, 온갖 국제 상을 휩쓸고, 때로 연단 위에 오르기도 하고, 때로 팬들을 위한 사인회도 가졌다.

아르테미스 상의 언론 담당 직원으로부터 전화를 받고 며칠 뒤, 엘리아스는 칼데이라가 만들고 있던 영화 〈나폴레옹〉의 촬영장에서 칼데이라를 만날 기회가 있었다. 촬영은 상파뉴의 시골을 걷고 있는 황제의 병사들을 찍는 것으로 끝났다. 칼데이라는 진흙탕 때문에 커다란 검은색 가죽 부츠를 신고 있었다. 그는 엘리아스에게 그 상을 받으러 가라고 조언했다. 주목받지 않기 위해서라도 참석해야 한다고 그는 말했다.

「주어지는 보상이란 건 결국 상금뿐이야, 엘리아스. 사람들이 우리에게 보내는 찬사와 인정이란 어찌 보면 우리가 거래를 계속하기 위해 예속될 수밖에 없는 굴레야.」

강도 높은 일의 지배에서 벗어나고 싶을 때, 그들은 횃불 모양의 회중전등과 술병을 들고 엘리베이터를 타고 주차장으로 내려가서, 다시 화물용 승강기를 갈아타고 갈락시 건물 지하로 내려가곤 했다.

건물을 짓는 동안, 인부들은 제2 제정 시대의 기술자 벨그랑의 업적인 하수도가 설치된 호수를 발견했다. 작은 다리와 길이 나 있는 지하 통로에는 식수 저장고가 있었다. 복잡한 그물망 같은 구조로 되어 있는 하수도는 혁명 기간 동안 귀족들이 기요틴을 피해 달아나도록 하기 위해 파놓은 지하 터널과 연결되어 카타콤으로 통했다. 낡은 배들에서 뜯어낸 휘청거리는 널빤지들과 점토로 다져진 긴 복도 끝에는 이 수로의 유지·보존을 책임졌던 사람들이 쉬던 방이 있었다. 그 방에는 헐어 빠진 테이블과 의자들, 그리고 술잔과 접시들, 닭 뼈다귀와 빈 술병들이 여전히 남아 있었다. 가르니에 궁전 아래 호수처럼, 이 저수지에는 돌잉어와 송어들이 살고 있었다.

아르덴 가스트는 이 지하 통로의 용도를 찾아냈다. 스튜디오에서 만든 영화 소도구 중 가장 아름다운 것들을 거기에 보관하기로 한 것이다. 몇 년이 지나자 그곳은 박물관으로 바뀌었다. 잊혀진 영화들의 잔해들, 실현시키지 못한 계획들, 배경들의 재현, 갑옷, 거울, 의상, 이오니아식 기둥, 안락의자 따위가 먼지를 뒤집어 쓴 채 나뒹굴고 있었다.

칼데이라와의 논쟁에서는 빅토르와의 논쟁에서처럼 불꽃 튀는 공방전 같은 것을 찾아볼 수 없었다. 그들은 대화를 하는 게 아니었다. 이 감독은 자기 계획을 마치 채색을 하고 있는 화가처럼 제스처를 써가며 너무도 상세하게 설명했다. 칼데이라는 적지 않은 나이에도 불구하고 아직 수십 년은 더 살 것처럼 미래를 계획하고 자기 욕망을 펼쳐 나갔다. 엘리아스는 죽음을 대수롭지 않게 여기는 그를 존경해 마지않았다. 엘리아스는 그와의 대화를 통해서 평정심과 힘을 얻었다. 그는 칼데이라가 마치 같은 종류의 사람이라는 듯 '우리'라는 표현을 쓸 때면, 내색은 안 했지만 무척 기뻤다. 주니페로나 올드 라이 잔을 놓고, 그들은 후디니에 관한 영화를 만들겠다는 야심 찬 계획에 대해 이야기를 나누었다. 그들은 꿈을 꾸고 그것에 아이디어를 불어넣었다. 이런 계획이 영원히 꿈으로 남고 실현되지 않을 것을 알면서도.

엘리아스는 여러 차례 칼데이라 부부의 집에 초대되었다. 그는 이런 초대에 대해 아무에게도 말하지 않고 가장 소중하고 내밀한 비밀로 간직했다.

자기 사무실 안락의자 위에 간단한 메모를 꽂아 놓았던 이번 토요일을 빼고는, 칼데이라는 낡은 푸조를 타고 그를 찾아왔다. 매번 그는 추적자들을 따돌리기라도 하려는 듯 다른 길을 이용했다. 사람들은 칼데이라를 편집증 환자라고도 했다. 그는 항상 흉기를 지니고 다녔으며, 사람들은 그의 눈을 보면서 그를 유전적으로 믿을 수 없는 사람이라고 여겼다.

그의 집은 몽파르나스 남쪽, 몽수리 공원에 있었다. 이 거리와 이곳의 집들은 현대화 바람을 피해서 파리에 숨어 있는 데 성공한 것 같았다. 다른 곳에서는 볼 수 없는 새들이 이곳에서는 여전히 눈에 띄었다. 가장자리에 실편백이 심어져 있고, 페인트칠이 벗겨진 대형 쇠창살 뒤로, 맷돌용 규석으로 지은 낡은 집 한 채가 영국식 정원 한복판에 있었다. 잡초와 가시덤불이 무성한 길을 가로질러 가면, 나무로 울타리 쳐진, 돌보지 않아서 휴경지가 되어 버린 천국의 매력을 지닌 앞뜰이 나타난다. 장미, 팬지, 튤립, 글라디올러스 들이 색의 향연을 펼치며 봄 분위기를 자아내고 있었다. 집 가까이에 포플러 나무가 한 그루 있는데, 그 잎사귀들이 지붕에 살짝 내려앉은 듯했다. 야생 그대로이면서 동시에 길들여진 자연은 대지 위에서 휴식을 취하고 있었다. 계절을 따라 육두구 나무, 노간주나무, 사사프라스 나무 들의 향기가 났다.

그곳에 있는 나무 세 그루를 베어서 지은 작은 통나무집은 그의 아내인 화가 플레르 잘키노브가 작업실로 썼다. 플레르의 그림은 칼데이라의 영화만큼 명성을 얻지는 못했다. 수집가들의 뜨거운 호응을 얻지는 못했지만, 그녀의 진지한 예술은 세월이 흘러감에 따라 자기만의 색깔을 가지게 되었다. 그녀의 신체적 장애 때문에 사람들은 플레르 잘키노브를 더 알아주었다. 그녀는 말을 하지 못했다. 칼데이라는 사람들이 자기 아내를 벙어리라고 부르는 것을 참지 못했다.

「플레르는 말을 해. 그녀는 말을 한다고, 단어로 하는 말은 아니지만.」

그는 냉정하면서도 분노에 차서 말했다. 그녀가 무슨 말을 하려는지 알기 위해서는 그녀를 바라보기만 하면 된다. 그녀는 얼굴과 몸과 최소한의 제스처로 말을 했다.

그들은 5년 전 갑자기 플레르의 성대가 더 이상 떨리지 않게 되면서부터 같이 살고 있었다. 수많은 여러 가지 검사와 엑스레이 촬영과 분석에도 불구하고, 의사들은 그 원인을 충분히 설명해 주지 못했다. 퐁텐블로 연구소에서, 18개월 동안 일주일에 12시간씩, 칼데이라는 아내와 함께 수화를 배웠다. 이후, 그들은 아무도 모르는 내면적이고 은밀한 대화를 나누고 있었다. 엘리아스는 수화의 기본을 몇 가지 배웠지만, 아직 서툴러서 그가 수화를 하면 플레르는 웃음을 터뜨리곤 했다. 그래서 그는 종이에 글을 써서 그녀와 소통했다.

그들의 결합은 전대미문의, 설명이 불가능한 무언가가 있다는 느낌을 주었다. 플레르는 초봄 아름다운 샘물의 맑고 순수함을 지닌 여자였다. 칼데이라 역시 과묵했다. 굵은 목소리, 굳게 다문 입술, 땅에 뿌리를 박고 있는 튼튼한 두 다리. 그는 살로 만든 진짜 바위 같았다. 그들은 남들이 보는 앞에서 키스나 애무를 나누는 일은 없었지만, 서로를 배려하는 마음은 은밀하게 표현했다.

그들이 그런 마음을 표현하지 않더라도, 사람들은 그들을 둘러싸
고 있는 사랑의 우아함을 피부로 느낄 수 있었다. 하지만 그것은
고통스러운 일이었다. 왜냐하면 그들 부부는 주변 사람들에게 아
무나 도달할 수 없는 경지에 이르렀다는 느낌을 주었고, 폭력이
그들의 운명을 지배해 왔고 그들 스스로를 타인들로부터 보호하
기 위해 그것이 불가피했으리라고 짐작하게 하기 때문이다.

세 개의 자물쇠, 맹꽁이자물쇠, 창살들 사이로 휘감은 쇠사슬이
있었지만, 정원 입구 철책은 잠겨 있지 않았다.
엘리아스가 철문을 밀자, 쐐기풀들이 문에 밀리면서 쓰러졌다.
그는 녹음 짙던 한여름의 화려한 정원을 회상하며 걸어갔다. 7월
말, 삼복더위가 파리를 짓눌렀고, 그들은 나무 아래에서 테이블
위에 커다란 피튜니아 꽃다발을 놓고 점심 식사를 했던 적이 있
었다. 이번 토요일 저녁, 짧게 깎은 잔디와 잎이 엉성한 나무들은
고딕 분위기를 내고 있었다. 그러나 자연은 아직 헐벗지 않았다.
나뭇가지들의 윤곽과 정원의 곡선들은 멋진 풍경을 연출하고 있
었다. 가을의 아름다움이 충만했다. 식물의 붉은색과 갈색이 빗
방울의 글라시 기법(밑그림이 마른 뒤 투명 물감을 엷게 칠하여 화
면에 윤기와 깊이를 주는 유화 기법-역주) 효과로 반짝이고 있었
다. 밤은 온화했다. 날씨는 계속 변했다. 아주 드문 일이지만 눈
이 너무 일찍 내렸다. 그러나 겨울의 시작은 늦어지고 있었다. 마

치 가을이 자기 임무를 다 끝내기 전에는 물러날 수 없다는 듯 이상 난동이 찾아왔던 것이다.

문을 열자 곧 칼데이라가 있는 곳으로 연결되었다. 넓은 방 안에 혼자 있는 노인의 모습이 한눈에 들어왔다. 백발의 거무스레하고 주름 진 그의 얼굴이 엘리아스를 안심시켰다. 칼데이라는 수세기 전부터 거기에 있어 온 존재만이 가질 수 있을 것 같은 카리스마가 있었다.

옷걸이에 레인코트를 걸기 위해 그의 앞을 지나던 엘리아스는 그의 키에 놀랐다. 칼데이라는 그를 둘러싼 현실을 흡수하고 있는 것 같았다. 벽들과 사물들이 그에게로 몰려들어, 그의 사지와 피부 아래로 스며들어서 그를 거대하게 만들고 있었다. 그는 변신술을 쓸 줄 알아서 어떤 크기로도 변신이 가능할 것 같았다. 그의 인터뷰를 몇 번 지켜봤기 때문에, 엘리아스는 그가 결심만 하면 자신의 존재를 어떤 바보 같은 존재로 작게 보이게도 할 수 있다는 것을 알고 있었다. 그의 막강한 힘은 어린아이에게 말을 걸 때만큼은 사라져 버렸다.

「난 자네에게 말하고 싶었어.」

칼데이라는 엘리아스의 손을 잡으며 말했다.

그렇게 뚱뚱한 몸집에서 그렇게 맑은 목소리가 나온다는 것은 놀라운 일이었다. 그의 음색은 아주 독특했다. 그의 가슴은 오페라 가수처럼 들어올려졌다. 그는 문을 잠그고 엘리아스의 어깨를 잡았다. 집의 열기가 그의 얼굴과 손을 감쌌다. 왁스를 바른 지 얼마 되지 않은 마룻바닥은 그가 발을 옮길 때마다 삐걱거리는 소리를 냈다. 왁스 냄새는 달콤하면서도 씁쓸했다. 벽난로 안의 장작이 불타며 내는 소리는 엘리아스의 마음을 가라앉혀 주었다. 클라리스, 그녀의 사라짐, 그들의 관계, 그리고 그 관계에 대한 그의 온갖 생각들이 더 이상 그와 아무런 상관이 없는 것 같았다. 그들은 거실로 들어갔다.

장식 중 어떤 것을 보아도 칼데이라의 정열과 직업을 상상할 수 없었다. 고가구들과 예술품들이 테이블과 선반과 벽을 장식하고 있었다. 칼데이라는 자신이 아침에 눈을 떴을 때 보고 싶은 풍경과 그가 살 수 있을 만한 예술 작품들을 촬영 배경으로 삼았다. 온갖 크기의 그림들이 벽 한 면 전체를 뒤덮고 있었다.

칼데이라는 평소에 하던 대로 엘리아스에게 거실 한복판에 있는 빅토리아 여왕 시대 양식의 벨벳 천의 긴 의자에 앉으라고 권하지 않았다. 그들은 서 있었다. 칼데이라는 차단기 근처의 스위치를 눌렀다. 붉은색 불이 플레르의 작업실에 켜졌다. 엘리아스는 빗방울이 두드리는 대형 유리창을 통해 오두막집을 관찰했다. 담장을 따라 기어가고 있는 송악은 스스로 구부러지고 물들어 있었다. 나뭇잎 세포들이 무수히 죽어 가면서 불붙은 듯한 붉은색의 향연을 펼치고 있었다. 문이 열리고 노란색 덮개가 덮인 어떤 형체가 나타났다.

칼데이라는 창문 앞에서 꼼짝도 하지 않고 서 있었다. 난로의 불꽃 모양을 따라서 얼굴의 명암 위치가 달라졌다. 그의 권총 손잡이가 와이셔츠 허리춤에서 삐져나와 있었다.

플레르가 적갈색의 긴 머리카락이 약간 젖은 상태로 나타났다. 그녀는 먼저 칼데이라에게 말을 하고 나서 엘리아스에게 인사했다. 그는 손과 손가락을 접었다 폈다 하면서 그녀를 본 즐거움을 정확히 알리려 애썼다. 그녀는 부엌 쪽으로 사라졌다. 그릇 부딪는 소리가 안정된 느낌을 주었다. 그녀는 슈크림을 바른 과자 접시를 들고 다시 나타나서 낮은 테이블에 내려놓았다. 그녀는 그들의 잔에는 진을 따라 주고, 자신의 잔에는 토마토 주스를 담아 왔다. 평소대로 엘리아스는 칼데이라에게 잔을 건네주고 자신의 잔을 들었다. 그는 창가에서 망원경으로 밖을 보았다. 검은색 긴 원통 끝의 투명한 렌즈는 하늘을 향하고 있었다. 플레르는 긴 의자에 앉아서 그들을 바라보았다. 그녀의 얼굴 표정은 어둡고 슬픈 모습으로 고정되어 있었다. 엘리아스는 그녀가 몇 달 동안 칼데이라를 보지 못하면 불안해할 것이라고 생각했다.

엘리아스는 그들 가까이에서 그의 입장을 느꼈고, 이상적인 친밀한 분위기를 느꼈다. 칼데이라와 그의 아내는 가장 매력적인 주인들이었다. 그들은 그의 생각을 바꿔 놓을 줄 알았다. 엘리아스는 그들의 침묵의 토론을 지켜보면서 그것을 해석해 보려 애썼다. 그러나 그는 마치 영화의 원조인 무성 영화를 보고 있는 것 같았다. 그들의 가정에는 처녀의 순수와 아름다움이 깃들어 있었다.

엘리아스는 칼데이라가 촬영과 해결해야 할 마지막 몇 가지 질문에 대해 그녀에게 말하고자 하는 것이라고 생각했다. 어쩌면 그는 영화 줄거리를 그녀에게 알려 주려 했는지도 모른다. 그는 자신의 친구가 말할 결심을 할 때까지 끈기 있게 기다렸다.

칼데이라는 진을 다 마시고 엘리아스의 잔을 다시 채워 주면서 잔을 비우라고 권했다. 취할 염려는 전혀 없었다. 클라리스의 방식을 따라 산 6년 동안 그는 주량만 늘었다. 그의 배 속 열기, 별이 가득한 밤하늘, 왁스 냄새와 장작 타는 냄새는 그를 나른하게 만드는 진정제 역할을 했다.

「자네는 파국에 대해 어떻게 생각하나, 엘리아스?」

그의 질문은 대답을 요구하는 게 아니었다. 칼데이라는 자신의 독백에 상대방을 끌어들이는 방식으로 이렇게 질문을 하는 습관이 있었다.

「그것은 아마도 좋은 영화가 될 겁니다.」

엘리아스가 말했다. 칼데이라는 엘리아스의 말에 아랑곳하지 않고 하던 말을 이어 갔다.

「우리 은하계를 만든 것은 파국이야. 우리 달과 지구를 만든 것이 바로 파국이라고. 별들은 서로 부딪치고 폭발하지. 그러면서 별들은 우주에 씨를 뿌리는 거야. 소행성과 행성들의 충돌이 얼마나 아름다운가 보게. 자네도 알다시피 우리 몸을 구성하는 요소들을 창조해 낸 것은 바로 초신성(매우 밝은 빛을 발하며 폭발하는 별의 마지막 진화 과정—역주)의 폭발 아닌가? 그 충격파는 엄청 큰 것이었고, 그것이 우리의 태양과 아홉 개의 행성을 만들었다고. 달은 소행성의 추락 덕분에 생겨난 거야. 공룡들이 우리에게 자리를 내준 것도 같은 이유 때문이었고. 자네 이런 거 상상해 본 적 있나? 나는 몇 년 전부터 자네를 관찰하고 있어, 엘리아스. 그러면서 의문을 가지지. 자네의 파국은 어떤 것일까 하고.」

하늘에 눈을 고정시킨 엘리아스는 별들의 활발한 움직임을 쫓아 가며, 그 별들은 끝없이 폭발하고 새로 생겨나고 있을 것이라고 짐작했다. 술기운과 칼데이라의 말이 합쳐진 때문인지, 그는 현실 감각을 잃고 몽롱해졌다. 그의 가슴을 짓누르던 무게가 사라져 버렸다. 방의 어두움이 그를 감쌌다. 그는 자신의 눈이 친구의 폭로로 흥분되어서 빛나고 있음을 느꼈다. 칼데이라는 그를 뚫어져라 들여다보더니 고개를 끄덕이고 나서 그의 턱에 주먹을 날렸다.

자기에게 무슨 일이 일어난 것인지 가늠할 겨를도 없이, 엘리아스는 입을 딱 벌린 채 땅에 주저앉았다. 그의 잔은 그의 손안에서 깨졌다. 그는 너무 놀라서 칼데이라를 바라보며 다시 일어나려 했지만 또다시 주저앉고 말았다. 그의 다리는 더 이상 그를 지탱하지 못했고, 그의 손가락들은 창가를 잡는 데 실패했다. 그의 손톱이 벽을 긁었을 뿐이었다.

칼데이라는 발로 그의 가슴에 일격을 가했고, 그는 다시 땅바닥에 쓰러졌다. 그가 왼손으로 바닥을 짚었을 때, 유리 조각들이 그의 손바닥에 박혔다. 그는 자기 셔츠에 피를 닦았다. 칼데이라는 허리춤에서 권총을 꺼냈다. 은색 섬광 속에 그 무기의 손잡이가 그의 뺨을 갈겼다.

「난 자네가 누군지 몰라. 자네가 우리 집에 왔으니까 자네를 내 마음속으로 받아들이긴 했지만, 난 자네가 누군지 몰라. 내가 자네의 이야기를 믿기 바라나? 자네는 나를 아주 고약한 공범이면서도 왜 음모를 꾸미는지도 모르는 그런 사람으로 만들고 있어. 아무런 명분도 없고, 어떤 나라를 위한 것도 어떤 정당을 위한 것도 아닌 일을 하는 사람 말일세.」

칼데이라는 힘 안 들이고 냉담하게 말했다.

그 충격에 엘리아스는 아무것도 보이지 않았다. 그는 불빛으로 중간 중간 끊어지는 칼데이라의 흐릿하고 떨리는 모습을 어렴풋이 볼 수 있을 뿐이었다. 그의 그림자가 그에게로 기울어져 왔다. 엘리아스는 긴 의자 쪽으로 고개를 돌렸다. 플레르는 꼼짝도 하지 않고 있었다. 그의 눈 속에서 피가 흐르고 있었다. 마룻바닥이 무너져 내리는 느낌. 엘리아스는 쓰러졌다. 그는 기준이 없어졌다. 누군가가 당신의 몸에 미시시피 강물을 쏟아 붓는다. 히말라야 산맥이 당신의 피부 위로 예리하고 차가운 바위들과 함께 미끄러져 내린다. 온갖 동물들이 당신의 사지를 절단한다. 회오리

바람이 당신을 포위한다. 로세우스 산맥과 알프스 산맥이 당신 머리 위로 내려앉는다.

누군가가 당신에게 손을 내민다. 조금 전에 당신의 얼굴을 빼앗아 간 손이다. 공기가 당신의 폐로 더 이상 들어가지 않았다. 그는 딸꾹질을 했다. 몸을 웅크리고 머리 위에 두 팔을 얹었다. 집게같이 단단한 두 손이 그의 겨드랑이를 잡아서 그를 들어 올려 복도로 끌고 갔다. 그의 발이 몇 가지 물건들과 의자와 화분에 부딪히면서 그것들을 쓰러뜨렸다. 그의 넓적다리가 문틀에 부딪치면서 또 다른 통증이 추가되었다. 그의 의지는 그의 몸을 빠져나와 진한 피처럼 흘러갔다. 그의 힘은 피부의 땀구멍을 통해 땀으로 증발하고 있었다. 그는 분해된 꼭두각시나 다름없었다. 끈들은 끊어졌고, 그는 부서졌다. 문이 열리자, 거센 바람이 불어와 그의 머리카락을 날렸다. 살아 있는 둥근 달이 그의 눈 속 깊은 곳까지 전깃불 빛을 쏘아 댔다. 그를 집 밖으로 힘들게 끌어냈던 손들이 그를 다시 들어 올려서 기름기로 축축한 바닥에 던져 버렸다.

2부
On s'habitue aux fins du Minde

1

일요일 아침, 파리는 엘리아스의 것이었다. 비엔나풍 빵을 좋아하는 사람들이 빵집을 찾아 나서기 전, 어슬렁거리는 산책자들이 와인 병과 맥주 캔 들을 재활용 쓰레기통에 집어넣기 전, 그러니까 날이 슬그머니 밝아 오기 시작할 무렵의 몇 시간 동안 엘리아스는 행복했다. 어떤 자동차도 행인도 그의 군림을 방해하지 않았다. 자신만이 분위기를 바꿀 수 있고 고요를 깰 수 있었다. 파리는 그의 기분에 달려 있었다. 입가에 조용히 행복한 미소를 띤 채 그는 가슴에서 심장이 뛰고 있는 수백만 명의 수면을 감시하고 있었다. 생테티엔 교회 근처 작은 공원 벤치에 앉은 그는 자신의 육체와 생각을 온전히 지배하고 있었다.

그는 신선하고 약간은 순수하기까지 한 공기로 자신의 폐를 가득 채웠다. 햇살이 그의 피부에 쏟아지고 있었다.

그는 아버지로부터 크리스마스 선물로 마술 상자를 받은 적이 있다. 그는 몇 달 동안 클리시에 있는 알자스 거리의 장난감 가게 진열창에서 그것을 유심히 보아 두었다. 다양한 색깔의 크레이프 페이퍼로 된 리본들이 진열장을 장식하고 있었다. 당시에 그곳은 정육점과 더불어 여러 색깔을 볼 수 있는 유일한 장소였다. 그는 무엇보다도 이 마술 상자를 원했다. 금색 아라베스크 무늬가 붉은색 종이 상자의 가장자리를 장식하고 있었다. 그는 꿈에서 수없이 그 상자를 품에 안고 포장을 풀었다. 그는 그것을 너무 많이 상상한 나머지 그의 손가락이 상자에 닿자, 종이의 질과 그 위의 요철 무늬를 이미 알고 있었던 것 같았다.

그는 그해 겨울 더 이상 산타 할아버지를 믿지 않게 되었는데, 때마침 그 자리를 마술이 이어받아서 그의 기대를 채워 주었다. 어린 마술사들에게 하는 조언의 책들과 기교에도 불구하고, 마그네틱 선생의 가짜 구레나룻에도 불구하고, 그는 마술을 믿고 있었다. 그는 이웃 주민과 친척들의 눈에서 행복의 불꽃이 튀는 것을 보면 자신도 행복했다. 마술은 정말 놀라운 기교이다. 정말 정말 놀라운. 마술은 현실에 있는 재료를 가지고 현실이 아닌 무언가를 만들어 낸다. 그는 옷소매에서 꽃을 꺼내고, 주머니에서 비둘기를 꺼낸다. 그의 능력이 더욱 대단해지자, 사람을 사라졌다

다시 나타나게도 했다.

그렇지만 어느 날, 마술 지팡이를 아무리 두들겨도 어떤 사람은 다시 나타나지 않았다. 엘리아스는 마술이 죽은 사람을 다시 살려 낼 수 없다는 것을 깨달았다. 그는 마술 상자와 지팡이와 망토와 마그네틱 선생의 책자들을 모두 버렸다. 기술을 익히자 신비는 사라졌기 때문이다.

비둘기 한 마리가 벤치에 앉았다. 까만 눈동자로 엘리아스를 뚫어져라 바라보고 있었다. 아침이 되자 생테티엔 언덕 어딘가에 숨어 있는 둥지에서 새들이 빠져나왔다. 이미지, 소리, 생각 들이 그의 머릿속에서 빠르고 무질서하게 뒤섞이는 바람에 그의 정신은 마비 상태에 이르렀다.

우리는 현재를 살지 않는다. 바로 거기서부터 우리의 문제들은 시작된다. 우리는 종종 과거가 낳은 부산물들 속에서 산다. 오늘은 진정 존재하지 않는다. 내일은 태어나기도 전에 죽어 버린다.

열린 외투로 바람이 들어와 몸통을 애무하고 팔들을 따라 거슬러 올라왔다. 추위가 고통을 잠재운다. 얼어 죽은 사람들은 평온하게 죽는다. 피하의 미세 혈관들이 확장되고 얼면서 혈관들이 굳어진다. 마침내 얼음이 온몸에 퍼지기 때문이다. 그래서 추위를 쫓기 위해 보드카를 마신다. 그에게 그런 설명을 해준 것은 클라리스였다. 추위는 사람의 취미와 힘을 약화시킨다고도 했다.

파리 중앙시장 앞 광장의 최대 이점은 그의 아파트에서 가깝다는 것이었다. 그는 회랑, 아케이드, 광장, 상품 거래소, 교회와 머리 부분이 잘려 나간 광장 순서로 눈길을 옮겨 갔다. 그는 일어섰다. 무릎뼈에서 삐걱거리는 소리가 났다.

그는 일주일 중 몇 분간만은 편안한 마음으로 과거가 자신에게 흘러 들어오도록 내버려 두었다. 공원을 산책할 때가 바로 그런 순간이었다. 그곳은 그가 화장도 하지 않고 의상도 갖추지 않고 자신을 바라보는 휴게실이었다.

회양목을 심어 놓은 5헥타르 정도 면적에, 좁은 통로가 가로지르고 있는데, 그는 자신의 추억에게 그 길을 오락가락하도록 자유를 주었다.

숨이 가빠서 그는 멈췄다. 우리가 살아 있다고 믿을 수 있는, 그래서 무언가에 쓸 만한 아침들은 사라져 버렸다. 그런 아침들을 다시 살려 내려면 시간이 필요했다. 칼데이라가 루본도 섬의 날씨와 위생 상태에 대해 그에게 말했을 때, 그는 자신이 잘 적응하리라는 것을 알고 있었다. 적도의 숲에서 맹수와 곤충들과 열병에 맞서 싸우려면 모든 것을 참아 내야 할 것이다. 아무것도 그를 멈추게 하지 못할 것이다. 아주 오래전에 그는 결심했다. 시베리아의 추위에도, 에트나에서 분출되는 용암의 가공할 열기에도 놀라지 않겠다고.

엘리아스는 터진 입술을 휴지로 꼭 눌렀다. 피가 이 사이로 흘러들었다.

월급을 받아 생활하는 중간 계층, 스스로 자신들의 고통을 만들어 내는 자유로운 직업들—산업화로 인한 단순 작업으로 먹고살기 바쁜 노동자들은 말할 것도 없고—금리 생활자나 상속인들도 불행하기는 마찬가지다.

사람들은 누구나 드라마 같은 경험을 하며 살아간다. 칼데이라는 무슨 생각을 하고 있었던 걸까? 엘리아스는 평균치 정도의 파국을 경험했고, 그것에 대해 잘 알고 있었다. 비극들은 그의 책상 위에 쌓여 갔고, 그는 그것들을 판단할 능력이 있었다. 몇 년 전 그는 자신의 슬픈 이야기들을 가두어 버렸다. 그는 그것들이 치유를 통해 망가져 버리지 않도록, 그것들을 보호하기 위해서 보물 상자에 넣어 두듯 어린 시절 속에 가두어 버렸다.

엘리아스는 이렇게 수없이 말하고 싶었을 것이다. '상처들아, 너희를 가두게 날 내버려 둬 줘.' 그리고 그는 견뎌 냈다. 치유되어서는 안 된다. 그렇지 않으면 사랑받은 사람들이 두 번 죽기 때문이다. 건강한 사람들은 이해할 수 없는, '불행에 충실하기'라는 것이 있다. 불행에 충실하기는 일종의 애국심이며, 강하고 아름다운 감정이고, 죽은 사람에 대한 망각의 거부이며, 그때의 우리 감정에 대한 거부이다.

산산조각 난 그들의 삶을 잊기 위해 매주 일요일 아침이면 그의 아버지는 어머니에게 영화관에 데려가겠다고 말했다. 그러나 그들은 앙리 바르뷔스 거리로 방향을 바꾸고 외곽 순환도로로 접어

들어서 뱅센 경마장으로 향했다. 제한 속도와 혈중 알코올 농도를 무시하고. 그들은 온갖 창조의 신들에게 기도하면서 꽁꽁 언 손에 티켓을 쥐고 경마장에서 오후를 다 보냈다.

일단 집으로 온 엘리아스는 그들이 보았음 직한 것을 영화의 줄거리로 만들었다. 그는 주인공이 어떻게 자기 약속을 지켰는지 그리고 어떻게 논쟁을 불러왔는지를 너무도 상세하게 묘사함으로써 그의 어머니를 감동시켰다. 일요일마다 그는 다른 시나리오를 썼다. 그는 의상과 배경, 그리고 등장인물들의 대사와 감정을 상상했다. 엘리아스는 영화가 거짓말이라고 믿었다. 사람이 살아갈 수 있도록 도와주는 거짓말이라고 말이다. 그 예술의 마법은 바로 거기에 있다. 말하자면 우리는 실제로 책 한 권 읽지 않고, 음악 한 곡 듣지 않고도 사는데, 영화에는 항상 우리가 하는 것과는 다른 무엇이 있기 때문이다.

아무런 문제없이 몇 년이 흐른 뒤, 파국들은 무대 전면에 나타났다. 한동안 그는 여자 문제와 일에 열중한다는 이유로 거기에서 벗어나는 데 성공했었다. 그는 클라리스에게 비극을 면하게 해주었고, 이때 쓴 시나리오들도 비극적이지 않았다. 게걸스러운 운명의 신에게 온순한 어린아이를 제물로 바치듯, 그는 우상들의 발아래 자신의 성공을 바쳤다. 그러나 파국의 시기가 돌아왔다. 칼데이라는 만족할 것이다.

2

　우리는 세상의 종말에 익숙하다. 아마겟돈(세계의 종말에 있을 선과 악의 결전장-역주)은 당신의 베개에 맺히는 이슬과 함께 온다. 이집트 어린아이들의 대학살은 엘리베이터 안에서 당신 앞에 얼굴을 불쑥 내민다. 파라오는 당신의 위 속에서 자신의 군대를 모집하고, 메뚜기 떼가 당신의 머리 위로 비 오듯 쏟아진다. 마침내 당신은 매일매일 하늘이 무너지고 공기가 불타고 당신의 폐가 폭발하고 당신의 두개골에 금이 가는 것을 감수하지 않을 수 없다. 그래도 우리는 결코 거기에 익숙해지지 않는다. 절대로. 그러나 우리는 그것이 인정해야 하는 요소라는 것은 이해하게 된다. 특히 센 강물이 핏빛으로 변했다는 것을 당신만 알고 있을 때, 또 대학살에 대한 생각에 짓눌려 있는 당신에게, 빵집 주인아주머니나 당신의 여비서가 얼굴에 미소를 띤 채 "안녕하세요?"라고 인사를 해올 때 그렇다. 네, 잘 지내요, 우리는 세상의 종말에 익숙합니다.

친절하지만 믿음이 가지 않는 목소리로 아르덴 가스트의 여비서가 그의 휴대폰에 전화를 해왔다. 가스트가 8층 사무실에서 18시에 기다리고 있을 것이라고. 휴대폰 벨 소리에 잠을 깬 다리우스는 아침 식사 준비를 서둘렀다. 그는 시리얼과 오렌지 주스와 키위 반쪽으로 그럴듯한 아침 식사를 마련했다.

엘리아스는 친구 아파트에서 밤을 보냈다. 9시간을 자고 났는데도 그는 아직 회복되지 않았다. 매를 맞은 것은 마라톤을 한 것만큼이나 피곤했다. 그는 진통제를 먹고 상처를 소독하고 옆구리에 붕대를 감고 손가락 상처를 치료하고 손바닥 위에 습포를 했다. 다리우스의 고집에도 불구하고, 그는 앙세르메나 다른 의사에게 가기를 거부했다. 그는 치료받기 전에 이해하기를 원했다. 여러 차례, 엘리아스에게 다리우스는, 칼데이라에게 복수하라고 말했다. "아니야, 다리우스. 진정해. 괜찮아. 이유가 있어. 이유가 있었을 거야. 틀림없이." 그들은 함께 스튜디오로 갔다. 다리우스는 5층에 있는 프로듀서 중 한 사람인 코샤와 약속이 있었다. 어떤 스토리를 하나 맡겨 볼 생각에서였다.

갈락시 스튜디오는 그 용도와 구성에도 불구하고, 그리고 그것이 휘두르던 권력과 행운에도 불구하고, 따뜻한 장소로 남게 될 것이다. 겉보기에는 그 건물도, 정부 청사들과 청사들 가까이에 있는 대사관들 같은, 그 동네의 다른 어떤 부르주아 건물들과 하나도 다를 바가 없었다. 붉은색 벽돌 건물은 차분한 인상을 주었다. 그러나 깊은 생각에 빠지다 보면 뭐라 정의할 수 없는 특이한 감정에 사로잡히게 된다. 말하자면 우리가 그 어떤 국제적인 사회의 중심에도 있지 않다는 것을 알게 된다고나 할까. 이곳은 유일무이한 곳이다. 방문자들은 영화가 주는 매력에 관해서 그런 인상을 받는다. 그러나 그 이유는 각기 다르다. 대리석, 설화 석고, 사암 기둥들, 금도금 장식물들, 동상들, 카펫들이 독특한 향기를 풍기고 있기 때문에 이 8층 건물 안에서 친밀한 분위기를 느낀다면, 그 이유는 그곳의 모든 것이 가짜이기 때문이다.

박스오피스의 모든 기록을 깼던, 갈락시에서 출시한 첫 영화 덕분에 이미 50년 전에 유럽에서 가장 큰 스튜디오의 사회적 지위는 결정되었다. 부동산 투기가 아직 대담한 꿈의 실현을 막지 못하던 시절에 아르덴 가스트는 센 강가에 땅을 사두었다. 그 땅을 살 당시에 그곳은 파리 코뮌 시설에 파괴되었던 병영의 폐허가 그대로 남아 있는 빈 터일 뿐이었다. 영화를 찍기 위해서, 배경 담당자들이 세트장으로 쓸 거대한 건물 정면을 목조로 건설했다. 창문들은 빈 터 쪽으로 나 있었고 거칠게 그림을 그려 넣은 벽돌들은 비에 젖어 퇴색했다. 내부 장면은 교외에 있는 아르파종 스튜디오에서 찍었다.

그렇게 찍은 영화가 세계적으로 성공을 거두었다. 그 영화로 인해서 세계적 대가의 반열에 올랐기 때문에, 미신이라고 볼 수도 있지만 아무튼 터가 좋았다고 생각한 아르덴 가스트는 그 세트장을 보존하고 그 뒤에 건물을 하나 세우기로 결심했다. 콩코르드 다리를 바스티유 감옥의 돌로 지었듯, 갈락시 스튜디오는 꿈의 돌들로 지었다. 건설 노동자들은 세트장 건물 정면의 선을 따라서 기초 공사를 하고 벽을 세웠다. 모든 부속물들은 짐수레로 운반되었고, 인조 대리석과 석고상, 그리고 영화에서 썼던 아주 작은 소품들이 건물의 외장에 쓰였다. 건축가들이 워낙 잘 지어 놓았기 때문에 오늘날 그 건물의 내력을 모르는 사람이 보면 갈락시 스튜디오 터가 그 유명한 영화의 배경이었다는 것을 짐작할 수 없을 정도였다. 계속적인 유지·보수 작업을 통해서 부서진 부분은 바로 보수하고 낡은 부분은 새로 단장을 했다.

아르덴 가스트를 만나는 사람은 누구든 권력자들의 책임감에 대해 가지고 있던 마지막 환상을 잃을 위험에 놓인다. 그는 50년 전부터 스튜디오를 이끌어 왔고, 조그만 다큐멘터리 영화사를 이렇게 거대한 조직으로 바꿔 놓았다. 말하자면 유럽 제1의 스튜디오이자, 제일가는 외화 수입 영화사, 특히 아시아 영화 수입사가 되었다. 하지만 그런 지위에도 불구하고 갈등 관계나 폭력과 충돌을 몹시 싫어했다. 모든 사람들은 그를 아주 관대한 사람이라고 칭찬했다. 그의 회사보다 더 분위기가 좋은 곳은 거의 없었다. 그와 함께 점심 먹는 특권을 얻은 사람들은 그의 위대한 문화를 엿보고 그가 타인에게 보여 주는 세심한 배려를 느낄 아주 드문 기회를 갖게 된다. 그러나 피 흘리지 않고 한 제국을 지배할 수 있다고 생각한다면 그는 매우 어리석은 사람이다. 아르덴 가스트의 순수함으로 채색된 마키아벨리즘은 저급한 작품들을 아랫사람들, 즉 7층에 있는 책임자들과 해외 분점들에 떠맡길 때 드러났다. 그는 자기 대신 가차 없이 행동할, 그리고 그가 모른 척할 수 있는 방식으로 행동할 책임자들을 골라서 고용했다.

가장 큰 사치는 돈이나 권력이 아니다. 그것은 순수를 가장한 수단들뿐이다.

엘리베이터 문이 열렸다. 엘리아스는 아르덴 가스트 사무실의 대기실로 들어갔다. 그 방은 정말로 상상력이 풍부한 예술가에 의해 꾸며졌다.

그는 그 방에 처음 들어가 본 것처럼, 입술 모양의 붉은색 부드러운 장의자에 새삼 놀랐다. 나무와 플라스틱으로 된 사람의 몸통 부분이 의자 구실을 했기 때문이다. 그는 팝아트 스타일의 가구들을 보면서, 아르덴 가스트와 만남을 가졌던 사람들의 해체와 대량 학살을 짐작했다. 이런 장식 속에는 경고의 메시지가 들어 있었다. 벽에는 갈락시 주인의 사진들이 세계적인 위인들과 함께 붙어 있었다.

시간이 흘러갔다. 그의 눈이 벽시계의 초침에 가 멎었다. 여비서 책상 근처의 음료수대에서 물을 마실 시간은 있었다. 그는 거울에 비친 자신의 모습을 보았다. 얼굴의 상처 때문에 자신이 꼭 광대 같았다.

친절한 그 아가씨는 그에게 아스피린을 주었다. 그들의 시선이 마주쳤다. 그를 놀라게 한 것은 그녀의 미모가 아니라, 자신이 그녀를 관심 있게 바라보고 있다는 사실이었다. 클라리스와 동거 중일 때 그는 다른 여자를 눈여겨본 적이 거의 없었다. 그가 다른 여자들의 아름다움에 눈길을 주었다 하더라도 전혀 그들에 대해 욕망을 느끼지는 못했었다. 한편 빅토르는 아내와 아내 외의 여자들 모두에게 욕망을 가지고 있었다. 그는 여비서의 목과 앞가슴으로 천천히 눈길을 옮겨 갔다. 귓불 아래 늘어진 웨이브 진 머리카락에 가서 그의 시선은 멈췄다. 그의 내면에서 새로운 욕망이 살아났다. 정신이 몽롱해진 그는 그 젊은 아가씨의 에로틱한 우아함에 감탄하면서 평생을 보낼 수만 있다면 그렇게 할 수도 있을 것이라고 생각했다. 가슴의 고통 때문에 그의 의식은 곧 현실로 돌아왔다.

20년 후 고향 마을 묘지에서 있을 아르덴 가스트의 장례식에서 추도사를 장식할 그의 몇 가지 미덕 중 으뜸으로 꼽힐 것은 시간 약속을 잘 지킨다는 점이 될 것이다. 보통 때 엘리아스는 그들이 약속을 했을 때 2분 이상 기다리지 않았다. 그날따라 가스트가 왜 그토록 오래 그를 기다리게 하는지 이해가 가지 않았다. 그가 그렇게 약할 때가 아니라면 벌써 그 방을 떠났을 것이다.

여비서의 전화벨이 울렸다. 그녀는 일어나서 문을 열었다. 엘리아스가 앞으로 나아갔다. 다친 옆구리 때문인지 그는 가슴에 심한 통증을 느꼈다.

아르덴 가스트의 사무실은 엄청나게 넓은 텅 빈 공간을 사이에 두고 비서실과 격리되어 있었다. 대형 유리창문을 통해 센 강과 우측 강변이 보였다. 방이 넓고 천장이 높아서, 아무리 작은 소리라도 크게 울렸다.

가스트는 두 손을 책상 위에 얹은 채 안락의자에 앉아 있었다.

「엘리아스…….」

엘리아스는 아르덴 가스트의 표정이 일그러지는 것을 보았다. 그의 심장은 더 빨리 뛰었다. 동정의 의미가 담긴 위로의 말투다. 그는 자신의 주인에 대해 아무것도 생각하지 않았다. 아무런 의견도 가져서는 안 된다는 것을 깨닫는 순간, 그는 에너지를 아끼고, 많은 근심으로부터 해방된다. 그가 첫 성공을 거둔 이후, 가스트는 줄곧 그에게 친절을 베풀어 왔다. 가스트는 젊은 유망 작가에게서 자신의 젊은 시절을 보는 것 같아서인지, 엘리아스를 노인

의 축축한 눈길로 바라보았다. 가스트는 친절하면서도 허영심을
가지고 엘리아스를 바라보았다. 그런 시선에는, 처녀 생식처럼,
자기와 똑같은 생각과 똑같은 기능을 주입시키려는 욕망이 담겨
져 있었다.

엘리아스만이 그의 그런 추파를 받는 것은 아니었다. 빅토르도
기회가 있을 때마다 자신이 주인의 관심을 받고 있음을 과시했
다. 가스트가 늙어 갈수록, 그의 자리를 계승할 가능성이 있는 자
들의 아부도 점점 도를 더해 갔다. 거기에는 사슴과에 속하는 사
람들의 열정과 대결을 무력화시켜 버리는 출세주의자들의 암내
가 있었다. 복도마다 그의 계승자가 누가 될 것인가에 대한 소문
으로 시끄러웠고, 엘리아스는 맹세코 거기에 전혀 주의를 기울이
지 않았지만, 자신이 매우 강력한 후보라는 사실을 알고 있었다.
그는 다른 생각 없이 갈락시에 합류했고, 일을 열심히 한 덕에 프
로듀서가 되었다. 그는 자신이 스튜디오의 주인이 되리라는 기대
를 하지는 않았지만, 성실함과 진지함만이 자신을 정상으로 이끌
어 갈 수 있음을 알고 있었다. 왜냐하면 사람들이 우리에게 주는
뜨거운 관심은 한순간에 돌변해 그들이 주었던 것보다 더 치명적
인 결정타를 날리곤 하기 때문이다.

「엘리아스, 자네 얼굴이 아주 무섭군.」

가스트는 엘리아스의 얼굴에 생긴 몇 군데 멍을 바라보며 그렇
게 말했다. 그가 의자에 앉은 채 손을 내밀었고, 엘리아스는 몸을

기울여서 그와 악수를 했다. 엘리아스는 그의 손바닥에서 찬바람을 느꼈다. 소파의 가죽은 그가 앉자 삐걱거리는 소리를 냈다. 가스트는 차에 설탕을 넣은 다음, 찻잔을 들고 거기에 숟가락을 넣었다. 사기잔에서 나는 금속성 소리가 엘리아스의 머리 통증을 자극했다.

「자네는 내가 자네 작업을 얼마나 높이 평가하는지 알고 있겠지? 자네는 우리 멤버 가운데 아주 뛰어난 사람 중 하나이고, 나는 자네를 특별히 아끼네. 그 문제에 대해서 마르시알과 얘기했는데, 자네가 좀 쉬어야 한다는 결론을 내렸네.」

이런 일은 너무 갑작스러웠다. 엘리아스는 자신이 가스트의 친절을 무시해 왔다고 생각했지만, 그것은 이미 그의 가슴에 큰 흔적을 남겼다는 것을 깨달았다. 거기에 최소한의 중요성도 부여하지 않으면서도 수년 동안 누적되어 굳어진 생각처럼, 그는 무의식 중에 그의 동정을 기대하고 있었다. 그는 적이 갑자기 베푸는 친절에 불안해하는 것처럼, 너무 오랫동안 친구 역할을 해온 사람의 냉담함에 몹시 당황스러웠다.

이런 상황에서 가스트의 소굴로 되돌아온 것은 끔찍한 일이다. 그는 그 사무실이 얼마나 사적인 공간인지 그제야 깨달았다. 가족사진, 창문에 붙여 놓은 그림엽서들, 아이들 그림들이 눈에 들어왔다. 그는 아르덴 가스트가 일 외의 삶을 가지고 있다는 것을 말해 주는 구체적인 물건들을 보면서 세상으로부터 보호해 줄 대저택에서 가족과 함께 있는 그를 상상했다. 주인의 세심한 배려가 그의 기억에 생생히 되살아났다. 포르노 여배우가 괴성을 지르고 섹시한 포즈를 취하며 연기를 하고 나서, 일단 집에 돌아오면 자기가 사랑하는 남자와 사랑의 쾌락을 즐기는 것처럼, 그는 일에 있어서는 원래의 성격을 감추고 프로다운 구체적이고도 완벽한 친절을 베풀었다. 그가 너무도 인간적임을 발견했을 때, 엘리아스는 누군가를 미워할 기회를 놓쳤다는 생각이 들었다. 그는 이 사람을 위해 존재하지 않았다. 관계도, 우정도, 추억도 없었다. 그가 거기서 일을 하지 않게 되면 잊혀지지는 않는다 하더라도, 다른 어떤 젊은이가 그의 자리를 대신해서 엘리아스 카르넬이 될 것이다.

엘리아스는 데뷔 시절의 얼굴을 계속 유지해야 했다. 얼굴에 심한 타박상을 입었기 때문에, 그는 화장을 하지 않을 수 없었다.

「저도 그렇게 생각합니다. 컨디션이 아주 안 좋다는 거 알고 있었습니다.」

「잠을 자야 해, 엘리아스. 그게 가장 기본이야.」

상황 파악을 전혀 못한 두 사람이 코미디를 한다. 카메라는 없다. 그렇지만 그들은 자기들이 나눠야 할 대화 내용을 잘도 꾸며낸다. 거짓으로 꾸미는 것은 진실보다 덜 피곤하고 덜 난처하기 때문이다.

「촬영에 대해서는 너무 걱정하지 말게. 자네가 믿을 만한 사람을 추천해 준다면 그 사람을 보내도록 하지 뭐.」

「빅토르요.」

엘리아스가 말했다.

그는 재빨리 친구의 이름을 댔다. 그것은 논리적이었다.

「말렌 씨 말이로군. 자네는 그가 맡았던 프로젝트를 다시 맡도록 하지. 비정상적인 사랑 이야기 말이야. 재미있을 거야. 그러나 무엇보다도, 지금 자네는 쉬어야 한다는 거야.」

엘리아스는 자기가 어떻게 밖으로 나왔는지 기억도 나지 않았지만, 아무튼 밖에 나와 있었다. 그는 불행해할 힘조차 없었다. 헐벗은 채 누더기를 걸친 기분이 된 그는 머릿속으로 지난날 일어났던 일들을 떠올리면서 웃음을 터뜨렸다.

파리에 어둠이 내렸다. 그는 센 강변을 따라 걸어가다가 버스를 탔다. 건물들이 줄지어 지나갔다. 그는 자신에 대해서도, 자신에게 일어난 일에 대해서도 더 이상 생각하지 않았다. 그는 자기가 살고 있는 도시를 바라보며, 사람들의 영혼은 이 순간 살아 있는 좁은 육신 안에 갇혀 있다는 것을 깨달았다. 한편 거리와 아파트들에 불이 켜지고 있었다.

여행 가이드들과 역사 개론서들은 파리를 '빛의 도시'라고 부르는 이유에 대해 침묵한다. 시테 섬의 공동묘지 위의 도깨비불 때문이라는 것을 말하지 않는다. 국민을 자극하고 왕권을 과시하기 위해 그레브 광장에서 처형이 이어졌다. 가난한 사람들은 몇 푼

안 되는 품삯을 받고, 그 시체들을 자루에 담아 공동묘지까지 운반해다가 공동 구덩이에 던져 넣는 일을 했다. 피투성이가 된 시체들은 별로 깊지도 않은 구덩이 속에서 부패해서 인광을 발했고 그것은 무수한 도깨비불이 되었다. 시체의 불빛이 파리의 공기 중에서 번쩍였고, 관광객들은 그것을 신기하게 여겼다. 전깃불이 들어오는 지금도 달라진 것은 없다. 엘리아스는 파리의 불빛들이 오늘날에도 여전히 그렇게 번쩍이는 이유를 알고 있었다.

3

연필이 그의 손가락 사이에서 부러졌다. 다리우스는 그것을 부러진 다른 연필들 옆에 놓았다. 그는 자신의 초조함의 증거로 그것들을 모으고 있었다. 온갖 생각들이 거기에 있었다. 그는 생각들이 자신의 두개골 안에서 숨 쉬고 있음을 느꼈다. 그것들은 개미처럼 우글거렸다. 하지만 종이에 적기 위해서 그것들을 머리에서 끌어내는 것은 또 다른 문제였다. 환풍기 바람이 노트북 곁에 쌓여 있는 종이 더미 중 윗부분에 있던 낯 장을 날려 버렸다.

매년 난방 시설은 말썽을 일으켰다. 아무튼 일단 가동은 되었다. 그는 에스키모처럼 옷을 껴입을 필요는 없었다. 하지만 이 가증스러운 난방 기구가 지나치게 잘 돌아가서 반바지에 민소매 티셔츠를 입어야 할 지경이었다. 다리우스는 땀을 흘리고 있었다.

찬바람으로 그 열기를 식히려고 부엌 쪽 창문을 열자 빗방울이 튀어 들어와서 쓰지도 않은 새 종이들이 젖어 버렸다.

그는 석 달 전부터 작은 테이블에서 일을 하고 있었다. 그 석 달 동안, 그는 코타보 형제에게 소식을 전하지 못했었다. 초고들이 입구 옆에 쌓여 있었다. 삭제된 페이지들, 화살표와 밑줄과 삭제 표시 줄로 연결된 문장과 단어들.

두뇌가 받은 일시적 감정을 어떻게 종이 위에 단어로 변형시킬 것인가? 새 연필이 그의 손가락 압력에 부러진다.

파나마 가에 있는 다리우스 아파트의 방 두 개는 낯선 인상을 주었다. 옷장들에서는 라일락 향기가 났다. 긴 의자, 부엌, 욕실은 먼지가 쌓이지 않는 장치가 되어 있는 게 아닌가 생각될 정도로 깔끔했다. 모든 것이 정돈되어 있고, 빨랫감도 개켜져 있고, 종류 별로 분류된 쓰레기들은 세 개의 쓰레기통에 담겨 있었다. 그들 이 만나고(그가 영화에 대해 공부를 하고 있었고, 그런 이유로 스튜 디오에서 그를 고용했었다) 몇 주가 지난 뒤, 엘리아스는 그에게 왜 그렇게 살림에 대해 강박관념을 가지냐고 물었다. 그가 설명 해 주기를, 사람들이 조그마한 영향력이나마 행사할 수 있는 유일 한 곳이 자기 집이며 평화로운 세상을 만들 가능성은 그곳에밖에 없기 때문이라고 말했다.

아파트는 동네와 확실하게 분리되어 있었다. 그렇지만 다리우스는 샤토 루즈를 좋아했다. 상점들이 밤늦게까지 문을 열고, 그는 항상 토론할 누군가를 찾고 있었고, 그 동네에서 경찰들은 엑스트라에 불과했기 때문이다.

샤토 루즈는 나쁜 이미지와 어울리지 않는다. 하지만 이런 명성은 유명 술집들과 그런 곳을 찾는 소란스러운 젊은이들과는 거리가 있다. 그렇게 열정적이면서 쾌적한 동네는 별로 없다. 거기에서는 범죄보다 가난이 더 큰 문제이다. 지폐를 부채로 사용하지만 않는다면, 공격받을 위험은 거의 없다. 다리우스는 해질 무렵에 불이 꺼진 곳에 있는 것을 상상하지 못했다. 그는 주민들이 잠들 때 동시에 거리도 잠들어 버리는 것을 좋아하지 않았다. 지하철역 맞은편 빵집은 새벽 2시까지 문을 열고 파리에서 최고로 맛있는 초콜릿 빵을 팔고 있었다. 거기에서는 냉장고를 채울 만한 음식들과 와인도 팔았다. 샤토 루즈는 절대로 잠들지 않는다.

다리우스는 자신의 수입에 맞춰서 아파트를 꾸몄다. 그는 뮈샤(Mucha, 체코슬로바키아의 아르 누보 삽화가, 화가. 1860~1939-역주)의 상긴(sanguine, 적철광으로 만든 황적색과 자줏빛 연필로 그린 그림-역주), 가구들, 살림 도구들, 라벤더 향 비누를 꿇랐다. 그가 꿈에 그리던 침대는 찾아내지 못해서 몇 달 동안 마룻바닥에서 잤다. '한눈에 반하기'는 그의 인생 규범이었다. 그의 집을 방문하는 손님들은 집의 아름다움과 안락함을 즐겼을 것이다. 그들은 파나마 거리에 와서 황폐한 건물을 보면, 다른 동네에 주차를 해야 하

지 않을까 고민한다. 그러곤 지갑을 품에 꼭 끌어안고, 인터폰의
단추를 누르고 현관문을 밀고 들어가서 엘리베이터를 타보지만,
결국 걸어서 5층까지 올라가게 되는데, 3층 좌측 집 앞에서 코를
막아야 한다. 그리고 긍정적인 애깃거리를 찾아내려 애를 쓰면서
다리우스의 아파트 문 앞에서 초인종을 누르는데, 일단 문이 열리
고 집 안으로 들어서는 순간, 그들은 경탄한다.

　부엌의 테이블 서랍 안에, 연필 재고량이 줄어들고 있었다. 그
는 레느 거리의 한 상점에서 마스 루모그래프를 샀는데, 그것을
산 이유는 명성 때문이기도 하지만, 다른 한편으로는 비싼 가격
때문이기도 했다. 그는 손가락 사이로 새 연필을 돌렸다.
　삶을 바꾸는 것. 더러운 습관들을 버리는 것. 그는 냄비들과 식
기 세척기 사이에 걸린 셰익스피어 초상화로 눈길을 줬다. 비레
타(Beretta, 천주교의 성직자가 쓰는 네모난 모자-역주)가 전자레
인지 위에 놓여 있었다.
　팽팽한 속옷은 그의 탄탄한 근육을 짐작케 했다. 그는 연필을
놓고 자신의 조개껍질 목걸이를 만지작거리고 있었다. 그것은 작
년 여름에 한 아가씨가 그에게 준 것인데, 그때 그는 이비자
(Ibiza, 스페인의 휴양지인 섬-역주)에서 잘나갈 때였다. 그는 할
수만 있다면 그녀를 다시 보고 싶었다. 그러나 그녀는 소식을 끊
었고, 그가 보낸 엽서에 답장도 하지 않았다. 그가 용기를 내서

전화를 걸었을 때, 비로소 그녀가 그에게 전화번호를 엉터리로 알려 줬음을 알게 되었다. 그는 좋은 반쪽이 될 결심을 하고, 술·담배도 끊고, 생활비를 벌고 세금은 내지 않았지만, 그것은 또 한 번의 바캉스의 추억일 뿐이었다. 그렇지만 그는 좋은 아빠, 좋은 남편이 될 수 있을 것이다. 그는 그것을 알고 있었다. 그는 훈련을 했고 그와 관련한 잡지와 책들을 열심히 읽었다.

엘리아스가 그의 집을 찾아갔을 때, 그는 부모 역할의 유기적 결합의 중요성에 관한 방송을 보고 있었다. 사회자는 남자들이 아버지의 자리를 찾기가 어렵다는 사실에 대해 말하고 있었다.

그는 엘리아스에게 기꺼이 자기 집에서 재워 주겠다고 했다. 아무런 문제도 없었다. 그는 엘리아스에게 방을 내주려고 했지만, 엘리아스는 거실의 긴 소파를 쓰겠다고 고집했다.

그들은 첫눈에 친구가 되었다. 왜? 다른 선택의 여지가 없었기 때문이었다. 그들이 친구가 되지 않았더라면, 그는 곤란할 뻔했다. 잘못 돌아가고 있는 이 세상에서 그에게 무슨 일이 일어났을지 모를 일이었다.

그들이 만난 것은 4년 전 8월 이느 날 저녁 마르크스 도르모이 근처 거리에서였다. 다리우스는 검은색 양복을 입은 한 젊은이가 재규어 자동차 문에 기대서 있는 것을 보았다. 그 동네에서 재규어를 보는 일은 아주 희귀한 일이었다.

먼저 공격하는 것은 그의 방식이 아니었다. 그러나 그날 저녁,

그는 어머니 생일 선물을 사기 위해 현금이 필요했고, 그에게는 이 남자가 현금 지급기인 셈이었다. 젊은이는 팔짱을 끼고, 넥타이를 풀고, 주변을 살피고 있었다. 그는 다리우스가 자기 쪽으로 오는 것을 보고 시선을 돌려 버렸다. 그 순간, 다리우스는 너무 늦게야 그것을 깨달았다. 자신이 번개 맞았음을. 그들의 우정은 그렇게 시작되었다.

도망치지 못하게 하기 위해 다리우스가 큰 손으로 차 문을 막았다.

「과히 이르지 않군.」

젊은이는 그들이 마치 약속이 있어서 만난 것처럼 지친 목소리로 말했다.

그 말에 놀란 다리우스는 재미있다는 듯 웃었다. 그는 곧 정신이 들었다. 정상적인 반응을 하지 못하는 사람은 경계해야 한다. 싸움을 걸어오는 사람은 경찰 아니면 정신적으로 약간 문제가 있는 사람일지도 모른다. 그는 팔꿈치를 이용해서 자동차 쪽으로 젊은이를 밀어붙였다. 그는 코타보 형제들을 위해 일하면서부터 더 이상 아무도 공격해 본 적이 없었다. 그는 그런 걸 좋아하지 않았다. 희생자들의 반응은 기대에 너무나 어긋난다. 그것은 사랑하지 않는 여자를 안았을 때와 같다. 그러나 그날 저녁, 그는 다른 곡을 연주했다. 그것은 재미있으면서도 잠재적으로는 위험 부담이 있었다. 그는 포위망을 더 좁혔다.

젊은이는 그에게 이게 무슨 짓이냐고 묻지도 않고, 놀라울 정도로 빠른 동작으로 지갑을 꺼냈다. 그리고 지폐를 그에게 내밀었지만, 넉넉한 액수는 아니었다. 신용 카드(플래티늄으로)가 나왔고, 비밀 번호도 알려 주었다. 다리우스는 그가 별로 저항하지 않는 것을 다행으로 여기기는커녕 한술 더 떠서 그의 옷깃을 움켜쥐었다. 샤토 루즈의 8월은 다른 동네와 달리 거리에 주민들이 여전히 많았다. 그러나 그들이 은밀하게 옥신각신 하는 것을 보고도 사람들은 무심히 지나쳤다.

「나는 싸우는 거 좋아하지 않아요. 우리가 합의를 보는 것도 쉽지 않을 거고.」

젊은이가 말했다.

그는 슬픈 목소리로, 그러나 거만하게 말했다. 그는 상처받고 싶지 않았던 것이다. 그는 상황을 다 꿰뚫어 본 사람처럼 행동했지만, 그의 대범함은 자신에게는 뭐든 다 허용된다고 믿는 사람들의 오만함과는 아무 상관이 없는 것이었다. 약간의 피곤함과 부드러움 덕분에 그의 말에서 공격성은 전혀 드러나지 않았다.

「넌 지금 소일거리를 찾고 있는 모양인데, 난 네 돈을 원하는 게 아니야.」

다리우스가 말했다.

그는 지폐와 카드를 다시 젊은이에게 내밀었다. 다리우스는 어떻게 반응해야 할지 몰랐다. 우리는 불평을 하면서도, 결국 어떤 전형적인 반응 유형에 익숙해진다.

「그건 독창적인 생각이군요.」

「난 체포될 생각은 없어.」

다리우스가 경고했다.

「걱정 말아요. 나는 항상 사람들이 내게 기대하는 것을 주죠. 나는 당신의 도움이 필요해요.」

「당신은 정말 도움이 필요한 것 같군.」

다리우스는 젊은이를 벽 쪽으로 밀어 버리고 그의 재규어를 빼앗았다. 다리우스의 머릿속은 부글부글 끓고 있었다. 거리의 한 블록을 둘러보고, 모든 옵션과 자동 유리창, 자유자재로 조절되는 의자들을 테스트해 본 후, 그는 젊은이 앞에 차를 세웠다. 그는 차의 상태에 대해 확실히 해두고 싶었다. 엘리아스는 그에게 자신의 신분증을 내보이면서 어떤 영화를 위해 기술 고문이 되어 달라고 부탁했다. 그후 스튜디오에서 범죄 행위에 대한 정보가 필요할 때마다 엘리아스는 그를 불렀다. 그 결과는 좋았고 그가 갈락시 스튜디오의 회의실에 들어올 적마다 그는 대단한 사람이 되었다. 예쁜 얼굴의 여비서가 그에게 마네킹 같은 미소를 보내면서 물을 따라 주었고, 정장 차림의 남자들은 그를 진지하게 대했고 깍듯이 존댓말을 써가면서 질문을 했다. 그의 답변에 모두들 귀 기울이고 그의 의견을 존중해 주었다.

코타보 형제는 그의 이중생활에 대해 알지 못했다. 그는 벌써

10년째 그들을 위해 일하고 있었다. 사람들은 그런 유형의 사람들과 농담을 하지 않았다. 그는 몇 주 전부터 자신을 감추려 애썼다. 갑자기 예고도 없이 두 남자가 검은색 소형 트럭에서 내려 그를 데리고 동네를 한 바퀴 돌면서 질문을 할 수도 있다. 그는 무슨 대답을 해야 하는지 알고 있었다. 그는 그만두겠다고 말할 것이다. 그리고 그것은 간단하지 않을 것이다. 왜냐하면 범죄는 중독성이 강하기 때문이다. 범죄에서 손을 떼지 못하다가, 결국은 고통스럽게 결별하지만, 대부분의 경우 탈주나 변절 같은 돌파구 외에는 다른 방법을 찾지 못한다.

샤토 루즈와 스탈린그라드 사이에서 다리우스는 범죄가 모험과 자유가 넘치는 삶을 가능하게 해준다고 생각하는 젊은이들을 많이 만났다. 그는 그 어떤 것도 현실을 벗어날 수 있게 도와주지는 못한다고 그들에게 경고했다.

첫째, 범죄는 감동을 주지 못한다. 어떤 마피아건 어떤 조직 폭력배건 간에 부담스럽고 무거운 조직이다.

둘째, 거기에는 최소한의 의무가 있다. 아무 때고 호출당할 수 있다. 휴가나 공휴일도, 너무 기대해서는 안 된다. 범죄에도 소위 공공의 의무가 있는데, 이것이 사람을 몹시 피곤하게 만든다. 그들은 마약, 여자, 반사회적인 취향, 공포심, 그리고 정치적 동기를 판다.

셋째, 합법성에 비해서 범죄의 부패상은 명백하고 역겨운 것이다. 다리우스는 착각하지 않았다. 사람들이 범죄자들을 믿지 않는다는 것을 그도 잘 알았다. 왜냐하면 범죄자들만큼 관습적이고 보수적인 사람들은 별로 존재하지 않기 때문이다.

다리우스는 왜 글을 써야겠다는 생각을 하게 되었는지 자신도 몰랐다. 어쩌면 극장에 자주 드나들다 보니, 소위 말하는 영화의 매력에 빠져 들었는지도 모른다. 그리고 당연한 귀결로, 스크린 앞에서 몇 시간씩 보내던 어린 시절, 그는 악당이 되고 싶었다. 물론 유전적 성격도 무시할 수 없었다. 그의 아버지와 삼촌들은 뒷골목 출신이었다. 그러나 영화는 그로 하여금 샤펠 문 근처의 알코올 중독자나 폭력배 같은 부랑자들보다는 낭만적인 산적들과 자신을 동일시하게 해주었다.

그는 푸아소니에 거리에 있던 영화관 자리에 들어선 신발 가게 카타에서 자신이 영화에 대한 열정을 가지고 있음을 깨달았다. 어린 시절 한때, 그는 부모와 함께 스테팡송 거리의 한 아파트에서 살았다. 새 가게가 문을 열기만 하면 그의 가족은 마치 박물관처럼 자주 드나들며 공산품과 농산물 가공 제품들을 구경하고 감탄했다.

카타의 주인은 극장의 붉은색 커튼과 스크린을 제거하는 데 별로 힘을 들이지 않았다. 금 장식물과 발코니와 분장실들은 그대로 남아 있고, 구두를 담은 종이 상자들이 비스듬히 앞으로 삐져

나와 있다. 다리우스는 그곳에 매료되었다. 왜냐하면 그는 그 가게에서 영화의 자취를 느꼈고, 당시 관객들의 웃음의 메아리를 듣고 그들이 뿌렸던 눈물의 화석을 알아보았기 때문이다.

엘리아스는 다리우스의 글을 쓰고자 하는 욕망을 진지하게 받아들였다. 그의 격려가 다리우스에게 다시 일어날 힘을 주었고, 어려움과 난관들이 있음에도 불구하고 다시 일을 시작하게 해주었다. 다리우스가 에베레스트를 오르고 싶다고 했더라면, 틀림없이 엘리아스는 그에게 피켈을 줬을 것이다. 이따금 엘리아스의 신뢰가 다리우스를 겁나게 했다. 미안한 마음에 다리우스가 더 이상 물러설 수 없게 만들었기 때문이다. 그의 친구는 그의 능력을 믿고 그를 지지해 주었다. 그런 그를 실망시킬 수는 없는 노릇이었다.

다리우스는 얘깃거리가 없는 것은 아니었다. 그러나 대부분 그 이름과 장소를 바꾼다 하더라도 말하기 곤란한 것들이었다. 게다가 그는 자신이 경험한 것들을 모방하는 데에는 관심이 없었다. 그는 새로운 이야기를 만들어 내고 싶었다. 그것이 바로 그가 가진 재주였다. 그는 늘 새로운 아이디어를 찾아내고 기획하는 데 타고난 재주가 있었다. 그러므로 그는 갱스터 이야기를 쓰고 싶으면, 그것을 상상해 낼 것이다. 그는 전대미문의 강도 이야기에 대한 아이디어를 가지고 있었다.

앙드레 코샤는 다리우스의 일을 감독하고 있었다. 그는 다리우스보다는 엘리아스를 더 좋아했지만, 감정과 일을 뒤섞는 것은 위험한 일일 수 있었다. 게다가 엘리아스는 코샤를 좋아하지 않았다. 이 거만한 늙은 프로듀서는 푸른색 양복을 즐겨 입고, 입에서는 시원한 민트 향을 풍기고 다녔다. 그들은 카페에서 추억담이나 농담을 나누고 커피를 마시면서 일을 할 수도 있었을 것이다. 하지만 코샤는 딱딱한 분위기의 사무실에서 커다란 소파에 앉은 채 그를 맞았다. 1미터 50센티미터짜리 떡갈나무 탁자가 그들을 갈라놓았다. 그는 학교에 온 기분이 들었다. 빨간 펜으로 코샤는 그의 시나리오의 핵심 부분에 밑줄을 그었다. 그는 다리우스가 쓴 시나리오의 스토리를 좋아했지만 등장인물과 구조는 좋아하지 않았다.

「훌륭해! 자네는 금광을 가지고 있는 거야. 그래도 일은 해야지.」

다리우스는 그가 초보자에게 말하듯 그런 식으로 말하는 것을 무척 싫어했다.

그는 조직체를 떠나야 했다. 심장 혈관 계통의 질병은 범인들의 사망 원인 1순위라고는 하지만, 총에 맞아 죽을 확률이 더 높았다. 그는 결혼해서 가정을 갖고 싶었기 때문에 공무원 같은 안정된 직업이 필요했다. 그는 자식들에게까지 자신의 삶을 대물림할 생각은 추호도 없었다. 그는 안전과 안정과 편안함을 원했다. 말하자면 부르주아가 되려고 했다. 사람들은 그가 이런 말을 할 때 웃었다. 다리우스는 사람들이 자기 꿈에 대해 비웃는 것을 좋아하지 않았다. 그의 생각으로, 배가 튀어나오고 양복을 차려입은 외모의 부르주아는 가혹한 인생으로부터 그를 보호해 주는, 건드릴 수 없는 신성한 존재였다.

신중하게, 그리고 효과적으로, 엘리아스는 그의 인생에 개입했다. 그는 다리우스의 냉장고를 채워 주고, 읽을 소설과 볼 영화를 가르쳐 주었다. 지금까지 다리우스에게 그런 큰 형님은 없었다. 엘리아스는 나이가 훨씬 어린데도 불구하고, 그런 역할을 맡았다. 솔직히 말해서, 다리우스는 자기 아버지에게 부족했던 모든 것을 엘리아스에게서 찾았다는 것을 인정했다. 거의 모든 것을. 엘리아스는 그에게 사회생활을 위한 최소한의 상식도 가르쳐 주었다. 예를 들면 넥타이 매는 법 같은 것 말이다. 엘리아스가 다리우스를 처음 만났을 때, 그는 너무 아무렇게나 입고 있었다. 손이 사람을 보는 좋은 기준이 된다는 것도 엘리아스는 그에게 알려 주었다. 특히 여자들은 상대방의 손을 본다는 것. 이후 그는 한 달에 한 번씩 손톱 화장을 하러 가서 손톱에 줄질을 했다. 넥타이와 함께 이집트산 면 셔츠와 맞춤 양복이 상황을 바꿔 놓는다는 것은 놀라운 일이었다.

한 가지 확실한 것은, 그가 언제까지나 눈에 안 띄고 있을 수는 없으리라는 점이다. 그는 코타보 형제의 부름에도 응답하지 않고, 미라 가와 레옹 가를 피해 다녔다. 그는 배 속에서 무언가가 치밀어 오르는 것을 느꼈다.

엘리아스는 긴 의자에서 뒤척였다. 그에게 일어난 일들은 모두 진정으로 행운이 아니었다. 이렇게 추방되고, 마구 두들겨 맞은 것. 그는 이해할 수 없었다. 그것은 그가 이해할 수 있는 문제가 아니었다. 그러나 이것은 엘리아스가 여전히 거기에 남아 있다는 것을 의미했다.

그는 자기 원고지 위의 빗물을 닦고 나서, 연필을 깎아 손가락 사이로 단단히 쥐었다.

4

그의 턱이 다시 삐걱거렸다. 입 안의 터진 살은 며칠이 지나야 아물 것이다. 볼 안쪽에서 가끔 살이 조금씩 떨어져 나왔다. 피 맛이 입 안에 가득했고 먹고 마시는 음식과 음료에 피 맛이 배어 들었다. 무얼 먹든 설탕에 재어 놓은 썩은 고기 맛이 났다.

엘리아스가 사무실 문을 밀고 들어가자, 마리의 얼굴이 창백해 졌다. 그는 그녀에게 자신이 축출되었음을 알렸다. 그녀는 이미 알고 있었다. 아르덴 가스트가 알려 줬던 것이다. 로비에서, 엘리 베이터와 복도에서, 그는 동료들의 동정적인 시선을 느꼈다. 그에 게 감히 말을 거는 사람은 없었다. 그는 유력한 우승 후보였지만 방금 야구 방망이로 무장한 잘 알려지지 않은 적수에게 1라운드 에서 무참히 짓밟힌 권투 선수와도 같았다. 그 경기는 속임수를 쓴 경기가 분명했지만, 그 세계에서는 속임수가 곧 규칙이었다. 그가 들어가면 대화는 곧 중단되고 사람들은 그를 지켜보며 서로 눈짓을 주고받았다. 그가 등을 돌려 나오기만 하면 등 뒤에서 그들은 쑥덕거릴 것이다. 스튜디오의 떠오르는 별, 젊은 유망주, 엘리아스 카르넬, 그렇게도 겸손하고 사려 깊던 그가 방금 마르시알 칼데이라의 영화로부터 추방되었다. 그것도 마지막 순간에. 더구나 당신이 알고 있는 것은 무엇인가? 칼데이라는 그를 두들겨 팼다. 그곳이 정신 착란으로 인한 발작 증세에 아무리 너그러운 환경이라고 해도, 또 그곳이 성격 장애자와 정신병자들의 천국이라고 해도, 이런 일이 매일 일어나는 것은 아니다.

마리는 엘리아스의 어깨에 한 손을 얹더니 그에게 이유를 물었다. 치료를 받아야 하기 때문이죠, 내 얼굴 보면 몰라요? 그러니까 칼데이라는 결심을 바꾼 겁니다. 그것은 그의 영화이고, 그의 이야기이니까. 그는 마리의 눈에 두려운 빛이 스쳐 가는 것을 보고 이 일에 대해 아무 생각도 하지 말라고 당부했다. 정확히 8시간 후면 빅토르는 비행기를 탈 것이고, 프로답게 열심히 일할 것이다. 칼데이라가 그렇게 결정했으니까. 칼데이라는 또한 내 얼굴을 짓뭉개기로 결심했으니까. 거기에는 한 가지 의미밖에 없었다. 일은 계속된다는 것. 일이 잘되게 하려면 그런 방법밖에 없었고, 금을 캐는 사람들처럼 일을 계속해야 한다. 우리는 금을 캐는 사람들이라는 것을 잠시 잊은 거야, 마리. 왜냐하면 컴퓨터와 비서들이 있고, 가죽 소파와 깨끗한 손톱을 가지고 있기 때문이지. 하지만 광부와 다를 게 없어. 땅을 파야 하고 수 톤씩이나 되는 흙을 퍼내야 해. 이건 육체노동이야. 허리가 아프고 흙먼지가 피부의 잔주름 사이에 박히고 입 안으로 날아들고, 일사병과 설사의 위협 속에서, 얼음같이 차가운 물 속에서 온종일 허리 굽혀 일을 하며, 손에는 주름이 지고 굳은살이 생기면서도, 우리는 사금을 조금이라도 긁어모아 보겠다고 흙모래 속에 체를 쑤셔 넣지. 물론, 이따금, 천연 금괴를 찾아내기도 하지만, 지나친 기대는 금물이야. 물에 젖은 단순한 자갈돌이 금괴로 보이는 것은 햇빛 때문일 경우가 많기 때문이지.

문을 두드리기도 전에, 빅토르의 조수가 스튜디오에서 각색하기로 했던 이야기의 주인공인 어떤 아가씨에 관한 서류들을 가져왔다. 엘리아스는 그 조수를 경멸했다. 빅토르가 잠시 제정신이 들었던지 자기를 도와줄 조수로 한 남자를 골랐던 것이다. 여비서는 너무 유혹적이라고 생각했기 때문에, 그는 자기가 만만하게 부릴 수 있을 만한 허영기 많고 건방진 구두닦이 녀석을 조수로 택했다. 조수는 엘리아스보다 머리 하나는 더 컸고, 콜로뉴 화장수 냄새를 풍기고 다니면서, 마치 오줌으로 영역을 표시하는 동물처럼 그가 손대는 곳마다 오염시키고 있었다. 갈락시 스튜디오의 건물에는 두 종류의 인간들이 있었다. 권력을 가진 사람들과 권력을 갖고 싶어 하는 사람들. 각자 자아를 드러내기 위한 나름의 방법을 가지고 있었다. 프로듀서들의 경우, 담배는 고전적인 수단이었다. 퓌투아(고약한 냄새를 풍기는 진갈색 또는 황색털이 난 족제비의 일종-역주)처럼, 그들은 사방에 담배 연기를 뿜고 다녔다. 마치 자기 주변 사람들의 콧구멍과 폐 속에 닻을 내리려는 듯.

그 스튜디오에서는 모든 자료를 서류로 만들어 보관하는 관습이 있었다. 한 층 전체가 기록의 작성과 보관을 위한 공간이었다. 보관함과 하드 디스크 들에는 온갖 정보들이 들어 있었다. 예를 들어 성 관계라든가, 학위나 상장, 가족에 관한 모든 것들. 기록 관리원들은 상대방의 친절의 한계를 시험하기를 즐겼고, 그들의 떡 벌어진 어깨를 본 사람들은 그들이 얼마나 많은 시간을 헬스 클럽에서 보냈을까 한번쯤 생각하지 않을 수 없었다. 그들의 심문하는 듯한 시선은 대화를 하고 싶지 않게 만들었다.

그 자료는 검은색 종이 파일에 들어 있었는데, 두께가 2센티미터는 되어 보였다. 한쪽 귀퉁이에 '마르고 라자뤼스'라고 씌어 있는 하얀색 라벨이 붙어 있었다. 엘리아스는 마지못해 파일을 열었고, 거기에는 신문 스크랩과 그녀의 소설에 대한 평론과 진단서 복사본이 들어 있었다. 20대의 긴 갈색 머리를 한 평범한 얼굴의 아가씨의 흑백 사진도 들어 있었다. 그는 별생각 없이 서류들을 뒤적여 보았다. 그는 파일을 덮었다. 이 여자의 삶을 수정하지 말 것. 그런 습관은 잊어버릴 것. 그녀를 알기 전에 이해부터 하려 하지 말 것. 그가 쉽게 상상할 수 있는 모든 것들과 일치하지 않을 기회를 그녀에게 줄 것.

그녀는 크리용 호텔 로비에서 기다리고 있었다. 콩코르드 광장에 있는 그 큰 호텔은 크리스털 잔에 고상한 무언가를 마시면서 대화하기에 이상적인 곳이었다. 방탄 장치가 되어 있는 창문들은 총알뿐 아니라 자동차 소음도 차단시켜 주었다. 엘리아스는 이 그럴듯해 보이는 호텔이 자기의 초대 손님에게 영향력을 줄 수 있으리라는 것을 알고 있었다. 또 한 가지 이점은 그곳이 그의 아지트라는 점이다. 그는 그 호텔에 묵으면서 배우와 감독 들을 만난 적이 있었기 때문에 의자가 얼마나 부드러운지, 웨이터들의 제스처가 무엇을 의미하는지, 창문을 통해 정오의 햇살이 어떻게 비치는지를 잘 알고 있었다. 마르고 라자뤼스는 아마도 이런 궁전 같은 호텔에 발을 들여놓아 본 적도 없을 것이다. 그녀는 틀림없이 강한 인상을 받을 것이고, 그러면 협상에 도움이 될 것이다. 고급 향수 냄새를 맡으면서 그녀는 독이 든 사과를 한입 베어 물고 싶은 충동을 억제하기 힘들 것이다. 그래서 그녀는 서명을 할 것이고, 서명을 하면, 가엾게도, 끝나는 것이다.

몇 분만 기다리면 누가 이 춤을 리드할 것인지 곧 알게 되리라. 그는 호텔 입구의 금박 표지판에 그녀의 얼굴이 나타나는 것을 보는 순간, 자기의 엉망이 된 얼굴이 이 젊은 아가씨를 당황케 할 수도 있으리라는 생각을 했다. 그녀가 동정 내지는 두려움을 느낀다면, 그것은 오히려 그에게 도움이 될 것이다.

　그는 그녀를 보자마자 마음이 편해졌다. 베이지색 스커트에 검은색 터틀 스웨터를 입은 그녀는 어디서 많은 본 듯한 평범한 얼굴이었다. 그녀는 거울 앞에서 한 시간도 보내지 않고, 좋아하는 일의 1순위가 쇼핑이 아닌 여학생 같았다. 하나로 묶은 갈색 머리카락의 흔들림도 아주 평범했다. 어느 한구석 눈길을 끌 만한 곳이 없었는데도, 그녀는 그의 시선을 사로잡았다. 엘리아스는 눈꺼풀 속에 티끌이라도 들어간 것처럼 눈을 깜빡였다. 그는 그녀를 세심하게 관찰했다. 그는 곧 자신이 그녀에게서 눈을 떼지 못한 이유를 깨달았다. 마르고 라자뤼스에게는 상상을 초월한 명료함이 있었다. 그녀 주변에 있는 것은 비교적 모든 것이 모호했다. 그녀를 바라봄으로써 세상에 내재된 모호함을 동시에 보게 되었다.

　그가 다가가자 그녀는 일어났다. 그들은 악수를 했다. 그녀의 눈이 파르르 떨리는 것으로 보아 신경이 날카로운 상태였다. 그녀는 방어적인 태도를 보였지만 동시에 자신의 불안을 즐기고 있었다. 그녀는 자신이 후회하게 될 것을 잘 알면서도 이 약속을 받아들였다. 그들은 곧바로 본론으로 들어갔다.

「아닙니다. 오해입니다. 스튜디오는 당신의 책들에는 관심이 없어요. 우리는 당신 이야기에 대한 저작권을 원해요.」

　낮은 테이블을 사이에 두고 양쪽 소파에 마주 앉은 그들은 햇살

을 받으며 서로 상대방을 꿰뚫어 보려는 한편, 자신을 감추려고
애쓰고 있었다. 소파는 그들이 원하는 것 이상으로 더 느긋한 태
도를 가능하게 해주었다. 호텔 로비의 모든 것이 그들로 하여금
경계를 푸는 데 일조했다. 바 근처에서는 피아니스트가 콜 포터
의 곡들을 연주하고 있었다.

「나는 이야기를 씁니다. 내 인생을 쓰는 게 아니에요. 당신은
내 능력을 속단하고 있습니다. 팔 수 있을 만한 인생에 대한 저
작권이 없어요.」

「스튜디오의 변호사들도 그렇게 생각했어요.」

법률 담당 부서는 계약서를 준비해 두었다. 이번에는 접근을 위
한 약속일 뿐이지만, 불시에 습격을 당하지 말란 보장도 없다. 엘
리아스는 자기 옆에 놓아둔 서류 가방 안에 있는 계약서를 생각
지 않으려고 애썼다. 변호사 운운하는 것이 그녀의 신경을 건드
렸다. 우리가 누군가를 만나서, 부드럽게 일이 잘 풀리는 도중에,
느닷없이 페이지 하단에 깨알 같은 글씨로 씌어진 막대한 양의
주석과 항목이 붙어 있는, 그것도 무려 96쪽에 달하는 계약서를
불쑥 내민다고 상상해 보라.

「내 인생에 대한 저작권이 내게 있는 건지 아닌지조차 모르겠
어요. 그건 우선 나의 부모님이 가지고 계신 것 아닌가요. 하지
만 부모님은 다 돌아가셨거든요. 누가 그것을 상속받았는지 나
는 모르죠.」

「당신이지요, 물론.」

「그럴까요?」

마르고 라자뤼스의 대답 하나하나에 엘리아스는 그저 놀랄 뿐이었다. 하지만, 그녀는 말장난을 하려는 것이 아니라 사뭇 진지했다.

「당신의 말이 맞다고 치고, 내가 내 이야기에 대한 저작권을 팔면 뭐가 달라지나요? 당신네 스튜디오가 내 인생을 통째로 소유하게 되는 건가요?」

「아니지요. 다만 당신의 자살 편집증에 대해서만.」

그는 그녀를 자극하기 위해서 편집증이란 단어에 악센트를 주며 말했다. 그녀는 별로 화난 것 같지 않았지만, 그의 빈정거림에 놀라는 것 같았다. 엘리아스의 얼굴의 상처에도 불구하고 그들은 남의 눈에 띄지 않았다. 점심시간이 다가왔고, 손님들과 웨이터들과 음식 나르는 종업원들은 그들에게 눈길조차 주지 않은 채 바쁘게 오갔다. 그들에게 와인 잔을 날라다 준 종업원은 냉정한 전문가답게 그들 앞에서 아무런 내색도 하지 않았다. 호텔의 우아함은 그들 사이의 서먹서먹함을 상쇄시키고도 남았다. 엘리아스의 상처 정도는 배우들과 록 스타들이 자주 드나드는 호텔에서는 충격적인 모습이 못 되었다. 오히려 패스트푸드점의 등받이 없는 의자에 앉아 있을 때 더 낯선 모습이 될 것이다.

「그렇게 되면, 나는 자살하기 위해서 갈락시 스튜디오의 허락을 받아야 하나요?」

「아니지요. 갈락시가 아니고 바로 접니다. 제가 당신에게 그렇게 하지 말라고 말할 겁니다. 자살하고 싶을 때, 저한테 전화를 하시면 됩니다. 같이 술 한잔 하러 가게.」

기막힌 아이디어다. 정말로 좋은 아이디어다. 클라리스와 6년 동안이나 동거했던 사람이 자살 마니아인 또 다른 여자를 구하지 못할 이유가 없지 않은가? 엘리아스는 손바닥에 손톱자국이 나도록 주먹을 꽉 쥐었다. 맙소사, 그런데 그녀는 계략에 걸려들지 않았다.

「나를 구하려 애쓰지 마세요. 아무도 나를 구할 수 없어요. 나는 아주 잘 지내고 있기 때문이죠. 너무 늦었을 때를 빼고는. 그때는 아무도 나를 구할 수 없을 겁니다. 그러니까 당신은 내 책들을 읽지 않았다는 결론이 나오네요.」

「당신 책들의 영향을 받고 싶지 않았거든요. 제가 그 책을 읽으면, 그것들을 좋아할 위험이 있어요. 그리고 당신에 대해 감탄하게 되면, 당신의 인생에 대해 말하는 것을 후회할 테니까요.」

그건 그녀의 존재에 대해 거의 아는 것이 없음을 감추기 위한 서툰 거짓말이다. 이건 사실 그의 프로젝트가 아니었다. 그는 루본도 섬으로 떠났어야 했고, 빅토르가 그녀와 대화를 하면서 건방지고 형편없는 예망 어부의 계략을 썼어야 했다. 그는 난잡할 것이 분명한 그녀의 소설들에는 관심이 없었다. 그의 인내심이 바닥을 보이기 시작했다. 네 시간마다 진통제를 먹어야 한다. 약과 함께 와인을 마시는 것은 아주 영리하지 못한 방법이다. 그는 말라리아 예방약을 계속 먹고 있었다. 앙세르메가 그에게 약을 중단하지 말라고 메모를 남겨 두었다. 그는 일주일 후 약의 양을 줄일 수 있을 것이다. 그리고 그는 병의 가벼운 증상인 식은땀과 오한과 근육통을 겪을 것이다. 그는 심호흡을 하고 나서 눈을 감고 셋까지 세었다. 그는 그녀의 비위를 건드리지 않으려고 최대한 조심했다. 어떤 책(또는 인생에 대한 저작권이라고 해도 별 차이가 없지만)의 저작권을 사려면 능숙한 기교가 필요하다. 작가로 하여금 재정적 이유보다는 다른 어떤 이유로 엄청난 돈을 만지게 된다는 생각이 들도록 해주어야 한다. 그러나 그에게는 거짓말을 하거나 세련되게 아첨할 능력이 없었다. 게다가 그녀는 그를 동정하고 있었다. 이 별 볼일 없는 아가씨에게 동정심을 가지는 것은 그에게 도움이 되지 않았다. 그것만으로는 그의 일이 해결되지 않을 것이다. 가장 바람직한 것은 돈에 욕심이 많은 누군가를 만나는 것이다. 그러면 모든 것이 잘 풀릴 것이고, 코미디는 솔직해진다. 수표를 가진 자와 수표를 원하는 자의 만남이 되므로, 일은 일사천리로 끝나 버릴 것이다.

「내가 이 약속을 받아들였던 것은, 당신이 내 책 중 한 권에 대한 저작권을 사고 싶어 하는 걸로 알았기 때문이에요.」

「제 동료가 그 문제를 분명히 하지 않았나 보군요.」

「그는 틀림없이 내 책에 대한 저작권을 사겠다고 말했어요. 당신에게도 그 사실을 알리겠다고. 내게 거짓말을 했던 거네요. 그러니까 당신은 내 인생에 관심이 있는 거군요.」

「당신 인생 전체에 대해서는 아닙니다. 다만 가장 드라마틱한 부분에 대해서만.」

「내 인생 중에 어떤 것이 더 중요하고 덜 중요한지 구별하기는 힘들어요. 그것이 가장 드라마틱한 부분이라고 당신에게 말해 준 사람은 누군가요?」

「연애를 할 때마다 끝에 가서는 자살을 시도한다는 것보다 더 드라마틱한 얘기가 또 있을까요?」

엘리아스는 마르고의 왼쪽 손목의 상처에 눈길을 주지 않으려 애쓰면서 말했다.

「나는 한 남자를 위해 죽지는 않을 겁니다. 당신은 너무 성급한 결론을 내리셨어요. 나는 죽고 싶어 하지 않아요. 단지 자살을 하고 싶은 거예요. 거기에는 엄청난 차이가 있지요.」

「네, 엄청난 차이가 있겠죠.」

「나는 나 자신을 위해 자살을 하는 것이지 그 남자들을 위해서가 아니에요.」

마르고 라자뤼스에게는 공기처럼 가벼운 무언가가 있었다. 그는 그녀가 진지한 것인지 아닌지 구별할 수가 없었다. 그녀는 가벼움에서 엄숙함으로 순식간에 넘어가곤 했다. 엘리아스는 그녀를 불쌍히 여기거나 보호해 주고 싶은 마음이 없었다. 그녀는 보호받고 싶어 하지도 않았다. 그녀의 내면에 있는 비사교적인 무언가가 동정이나 연민을 거부했다. 그녀에게는 온갖 불행한 사건에도 불구하고 미소를 잃지 않게 하는 독립심 같은 것이 있었다. 검은색 서류 가방 안에는 계약서가 기다리고 있었지만, 엘리아스는 한 가지 생각뿐이었다. 마르고 라자뤼스와 이야기를 계속 나누고 싶을 뿐이었다. 그는 그녀의 입에서 소리가 나와서 자신의 귓속으로 들어와 자신의 내면으로 스며들기를 바랐다.

「이 정도에서 끝내야 할 것 같군요.」

그녀는 자기 방에서 옷을 다 벗은 상태에서 그를 발견한 것 같은 시선으로 그를 바라보았다. 그가 어떤 반응을 보일 틈도 주지 않고, 그녀는 낮은 탁자 위에 한줌의 동전을 놓고 소파에서 일어나 출구 쪽으로 가버렸다. 엘리아스는 그대로 앉아 있었다. 그는 미소를 지었는데, 약간 미소를 띤 정도인데도 부어 있던 얼굴 피부가 땅기면서 통증이 왔다. 그는 와인 잔에 코를 박았다. 누군가가 그의 앞에 앉았다.

「이것이 바로 내가 해보고 싶었던 일이에요.」

되돌아온 마르고 라자뤼스는 화를 내면서 그를 뚫어져라 바라보았다. 마치 그런 감정에 익숙지 않고, 그의 존재의 출현으로 추월당하는 것을 두려워하는 사람처럼. 눈썹을 찌푸린 덕분에 눈가에 비난의 잔주름이 생겨났다. 넋 나간 그녀의 표정에는 상식적으로 납득이 가지 않는 의미가 담겨 있었다. 그녀는 명철하면서도 넋이 나간 것 같았다. 말하자면 집중력과 자신감 같은 것이 엿보이는 표정이었다.

「뭐라고요?」

「내게 돈이 많았더라면, 이렇게 되돌아오지 않았을 거예요.」

「난 당신을 믿어요.」

「나를 사가게 내버려 두지도 않았을 것이고, 맹세코. 그러나 나는 집세를 내야 해요. 아시겠어요? 아니, 당신 옷 입은 걸 보면, 당신은 그런 내 입장을 이해하지 못할 것 같군요. 나는 정말로 그렇게 하고 싶은 마음은 없어요.」

「당신은 날 원망할 권리가 있어요.」

「나는 당신을 미워하기까지 할 거예요.」

「그런 것이 아주 인기가 있거든요.」

「그걸 개인적인 일로 치부하지 마세요. 하지만 나는 당신을 경멸하는 것이 내게 큰 도움이 될 거라고 생각해요.」

그들은 논쟁을 벌일 수 있었다. 못할 이유가 없었다. 이때의 논쟁은 지뢰밭을 걷던 두 사람에게 구원의 손길이 될 수도 있었다. 그것이 바로 진실이다. 엘리아스의 눈은 그 진실을 제대로 찾아냈다. 그날 이전에 그가 볼 수 있었던 모든 것은 충동적인 것뿐이었다. 그가 마르고 라자뤼스를 바라보고 있을 때, 그의 동공 한가운데에서는 꽃잎이 피어나고 있었다.

5

탐조등 불빛들이 부르제 공항의 3번 트랙을 훑고 있었다. 천막들이 바람에 펄럭이고 있었다. 빅토르와 나탈리는 공항 주차장을 나와 걸어서 이륙용 활주로로 갔다. 인부들과 군인들은 드 아빌랑의 화물 적재소로 짐을 운반했다. 프로펠러 돌아가는 소리는 어떤 야생 동물의 포효를 연상시켰다.

늦은 시각임에도 불구하고, 전투기와 군용 화물 전용기가 끊임없이 이륙하고 착륙했다. 확성기에서 나오는 콧소리가 기지에서 따라야 할 안전 수칙을 반복하고 있었다. 사이렌이 울렸다.

요란한 불빛 아래 어둠이 살며시 내려앉았다. 밤이 왔다는 것을 알려면 우리는 정신을 집중하고 숨을 죽여야 했다.

지프가 옆으로 미끄러지면서 멈춰 섰다. 빅토르는 블런트 담배를 빨면서 엘리아스가 자동차에서 내려 자기에게로 다가오는 것을 바라보았다.

　빅토르는 엘리아스에게 알릴 시간이 없었다. 자신이 그 영화를 맡게 되어서 유감이라고 엘리아스에게 말하는 것은 개인적으로 아무 의미가 없다. 그는 엘리아스에게 미리 알리고 싶은 마음이 없었다. 그는 떠나게 되고 칼데이라의 영화를 만들게 된 것이 그저 행복했다. 무슨 일이 있어도 그는 구름 위에서 내려오고 싶지 않았다. 그는 중학생처럼 흥분해서 여행 가방을 챙겼다. 현실적인 문제와 대면하는 것을 피하기 위해서, 그는 사무실에도 다시 들르지 않았다. 빅토르의 조수가 그에게 소식을 전해 주었다. 칼데이라가 엘리아스를 때렸다는 소식도 그를 통해서 들었다. 모두들 그 얘기만 하고 있다는 사실도. 빅토르는 왜 그런 폭력 사태가 일어났는지 알지 못했다. 아무튼 엘리아스는 왜 그런 일이 벌어졌는지 알고 있었다. 그들은 합창단 어린이들이 아니다. 그런데 친구가 자기를 향해 오는 모습을 보면서 그는 가슴이 무거워졌다. 죄의식까지는 아니더라도 그는 엘리아스와 자신과의 관계가 이런 상황을 불러오리라는 것을 알고 있었기 때문에, 뭔가 잘못했다는 느낌이 드는 것을 피할 수 없었다. 그는 친구가 자신을 모욕하고 때릴 것이라고 각오했다. 그래도 그는 친구를 이해할 것이다. 친구가 그렇게 하는 것이 자기를 떠나지 못하게 하기보다는 오히려 마음 편히 떠날 수 있게 해줄 것 같았다.

블런트 담뱃재가 그의 발아래 떨어졌다. 담배를 피우도록 허락받는 일은 어렵지 않았다. 젊은 하사가 말한 안전상의 이유는 빅토르가 아베야시 장군의 방문 카드를 꺼내 보이는 순간 날아가 버렸다. 그 하사는 냄비 하나를 땅바닥에 놓겠다고 고집을 부렸다. 빅토르가 한 발짝 내딛자마자 젊은 군인은 냄비를 얼른 내려놓았다. 혹시라도 담뱃재가 계류장과 도로에 떨어져서 기름 웅덩이에 불이 붙어 폭발해서 비행기는 물론 비행장의 반이 날아가 버릴지도 모를 일이었다. 하사의 공포에 질린 시선을 즐기면서, 빅토르는 담배 연기를 깊이 빨아들였다. 연기는 블런트 담배의 담뱃잎과 필터 사이사이를 빠져나와 그의 입 안 가득 퍼지면서 입천장과 혀를 감쌌다. 니코틴과 마리화나가 그의 정신을 진정시켜 주었다. 담배는 그의 주변 모든 것이 진동할 때 의지할 수 있는 유일한 지지대였고, 그가 손가락으로 단단히 쥐고 있는 휘지 않는 막대였다. 그가 담배를 끊는 순간, 세상은 무너져 버릴 수도 있었다. 성공하기 위해 사전에 반드시 이해해야 할 사항은 삶은 시험의 연속이라는 점이다. 유치원 때부터 빅토르는 운명이 무엇인지 깨달았고 어떤 예감을 가진 사람과 결혼하기 위해서 공부를 시작했다. 그는 어린 시절과 청소년 시절을 구분 짓는 시점에 보이지 않는 모든 시험을 무사히 통과했다. 미래의 꿈의 실현을 위한 훈련처럼, 그는 좋은 친구, 좋은 학생, 좋은 아들이라는 말을 듣기 위해 높은 점수를 받으려 무척 애를 썼다. 열네 살에, 그는 어린 신시아처럼 두 학년을 월반했다. 그리고 열여덟 살이 되는 생일날 운전면허를 땄고, 스무 살에 뉴욕 대학에서 학사 학위를 받았다. 그는 일단 정상에 오르기로 결심하면, 실수 없이 아무리 힘든 훈련이라도 견뎌 냈다. 그는 완벽하게 해낼 자신이 없는 것은 하지 않으려는 경향이 있었다. 빅토르가 부엌일과 테니스를 하지 않는 것도 그런 이유에서이다.

그는 칼데이라를 처음 본 순간, 마치 어떤 여자를 볼 때 자기가 그 여자와 자게 되리라는 예감이 드는 것과 마찬가지로, 그의 영화 중 한 편을 만들게 되리라는 것을 알았다. 그렇지만 그의 생각은 순수했다. 왜냐하면 그는 자신의 꿈의 요구에 따르는 것으로 만족했기 때문이다. 인생의 일관성과 조화는 도덕성에 문제가 있는 것도 합리화시켜 준다. 유일한 선은 한 해 한 해를 구분 짓는 선뿐이다.

빅토르는 동물 다큐멘터리를 무척 좋아했다. 동물들은 초자아나 자기 의견 따위에 구애받지 않고, 열역학 법칙이 지구의 흐름을 자극하는 것처럼, 그들의 본능이 그들에게 활기를 주기 때문이다. 독수리의 비상이 화면에 나타날 때, 승리를 상징하는 멋진 날갯짓에 사로잡힌 그는 눈물을 흘리기까지 했다. 독수리가 높은 하늘에서 완벽한 선을 그리며 날 때, 우리는 그 독수리의 발톱에 붙잡힌 찢겨진 제물은 생각하지 않는다.

엘리아스는 비행기 왼쪽 프로펠러까지 갔다. 그의 머리카락과 외투가 격렬한 바람에 펄럭였다. 그의 얼굴은 공허해 보였다. 빅토르는 그의 얼굴을 아무리 자세히 들여다보아도, 터진 입술과 피멍들밖에는 볼 수가 없었다. 그의 곁에 있던 나탈리는 몸을 떨었다. 그녀는 벌써부터 빅토르를 그리워했다. 그는 그녀를 끌어안고 심정을 토로하고 싶었지만, 그것은 그녀가 알고 있는 빅토르의 모습과는 거리가 멀었다. 그렇게 하면, 그녀는 당황할 것이고 이해하지 못할 것이다.

엘리아스는 그들 앞에서 멈췄다. 빅토르는 방어 자세를 취했다. 그의 동료는 외투 안주머니에 손을 넣더니 작은 꾸러미를 꺼냈다.

「칼데이라를 잘 모셔. 그는 늙었고 늘 무리하는 경향이 있어. 자.」

그는 빅토르에게 꾸러미를 내밀었다. 자동차 한 대가 경적을 울리며 가까이 지나갔다. 회전 경보등의 붉은색과 푸른색 불빛이 그들의 얼굴을 비추었다. 엘리아스는 평소처럼 얼굴에 미소까지 띠었다. 단지 입술을 조금 벌리는 것에 그쳤지만. 케로겐〔유모(油母)-역주〕과 기름 냄새가 지독하게 풍겼다. 빅토르는 머리가 아팠다. 그는 입술에 블런트를 단단히 물었다. 그의 뜨겁고 활기찬 몸이 스스로를 안심시켰다.

「그 지역 언어인 스와힐리 어 회화집이야. 담배를 찾을 때 네게 도움을 줄 거야.」

「고마워.」

그는 책을 받으면서 힘없이 말했다.

「몸조심하고.」

엘리아스는 먼저 손을 내밀어 악수를 청했다. 부조종사가 비행기 문을 열고 철제 계단을 끌어냈다. 나탈리는 빅토르를 포옹했다. 그는 블런트를 마지막으로 빨고 나서 꽁초를 냄비에 버리고 비행기에 올랐다. 부조종사는 문을 닫고 조종석에 앉았다.

비행기는 한 바퀴 돌더니 이륙을 위한 활주로로 들어섰다. 안전모를 쓴 한 남자가 조종사를 돕기 위해 노란색 원반형 신호기를 흔들었다. 비행기는 이륙했다. 마지막 작별을 위해서 현창에 대고 누군가가 손을 흔들었다. 빅토르의 얼굴이 희미하게 나타났다. 그의 눈은 나탈리와 엘리아스에게 고정되어 있었다. 비행기가 구름 속으로 사라질 때까지.

지프가 검문소를 지나 공항 출구에 그들을 내려 주었다. 보초를 서던 군인이 그들에게 신분증을 돌려주었다. 길가에 택시가 기다리고 있었다.

그들은 몇 분 동안 말 한마디 나누지 않은 채 파리를 향해 달렸다. 그들은 좌석에 푹 파묻혀 창 쪽으로 몸을 돌린 채 꼼짝도 하지 않고 도로의 흰색 차선을 시선으로 쫓고 있었다. 다른 자동차들의 헤드라이트 불빛이 어둠을 뚫고 그들의 얼굴을 비춰 주었다. 자동차 계기판의 형광 색 불빛이 마치 어린아이 방의 야간 등처럼 반짝이고 있었다.

「있잖아요, 나는 그이 가방 안에 콘돔을 챙겨 줘야 하나 말아야 하나 고민했어요.」

나탈리는 자리에서 상체를 일으키며 코트를 들어 올렸다. 얼굴에 드리워진 그림자 때문에 그녀의 코와 눈의 윤곽은 더 두드러져 보였다. 그 순간, 그녀가 무척 늙어 보였다. 엘리아스는 그녀를 처음으로 생기발랄하고 태평한 젊은 여자가 아닌, 그냥 여자로 보았다. 이제 그녀는 더 이상 아무것도 아닌 일에 웃음을 터뜨리고 튀는 옷 입기를 즐기는 나탈리가 아니었다. 그녀는 우울과 괴로움의 보이지 않는 경계선을 뛰어넘었고, 그 순간 그들은 어른이 되어 있었다. 우리가 진짜 어른이 되고 나서 생각해 보면, 무언가가 되어서 어떤 기능을 수행하는 것을 포기해야 한다는 것을 배우는 데에 우리의 젊음을 다 바쳤음을 깨닫게 된다. 그러니까 우리는 기쁨과 고통, 광기와 그 광기의 결말, 꿈과 희망을 결국은 그것들의 죽음을 준비하는 데에 쓴 것이다. 나탈리는 팔짱을 꼈다.

「그는 날 속이고 있어요. 거기 가서도 날 속이겠죠. 하지만 내가 그의 가방에 콘돔을 넣어 준다면, 내가 그 사실을 알고 있다는 것을 고백하는 셈이 되잖아요. 그건 곧 날 속이는 그를 받아들이겠다는 얘기가 되고. 당신은 그 사람이 자신을 지켜야겠다고 생각할 것 같아요?」

「걱정하지 말아요. 빅토르는 그렇게 대책 없이 무책임한 사람
은 아니니까.」

「그는 정상적으로 무책임하지요.」

나탈리는 스스로 한 말이 재미있다는 듯 미소 지었다. 세월이
흐른 뒤, 켜마다의 슬픔이 마침내는 농담으로 변한다. 우리는 몇
달 동안, 아니면 몇 년 동안 울고 지낸다. 그러다가 어느 날, 반복
되던 눈물이 우울증이라는 결정체로 변한다. 그리고 슬픔의 원인
은 고통이 아니라 습관이라는 사실을 깨닫는다. 이때부터 우리는
아무리 눈물을 흘리려고 해도, 불행해지려 해도, 그렇게 되지 못
한다. 그것은 아무 의미가 없기 때문이다. 만감이 교차하면서, 엘
리아스는 자신의 추억 속에서 매 맞던 어린 시절의 기억을 끌어
냈다. 혁대로 매를 맞을 때 처음에는 무척 아프지만, 천 번째쯤부
터는 그저 소나기처럼 이것이 빨리 지나가기를 기다리는 심정이
된다. 매를 맞다 죽을지라도, 우리를 진정으로 고통스럽게 하는
것은 매가 아니라, 사랑의 부재이다.

「당신은 그 사람을 원망하겠군요? 그가 당신 자리를 차지한 거
잖아요.」

「나 같아도 그와 똑같이 행동했을 거예요.」

엘리아스는 너무 성급하게 대답해 버렸다.

「그럴 리가.」

그녀는 비웃었다. 잿빛 눈동자의 눈가에 잔주름이 잡혔다. 그녀

는 머리를 들어 올려 목덜미를 드러냈다. 엘리아스는 그녀의 아름다움에 가슴이 떨렸다. 차가 길모퉁이를 돌 때 그들은 한쪽으로 쏠리면서 서로 부딪쳤는데, 그는 그녀의 향수 냄새와 피부의 부드러움에 감전된 느낌이 들었다. 그녀의 보습 크림 냄새와 샴푸 냄새가 자신의 몸속으로 스며드는 것 같았다. 그녀가 그를 바라보았다. 그녀가 그에게서 눈길을 거두지 않자, 그는 눈을 내리깔았다. 그녀는 그의 오른손을 끌어다 꼭 잡았다.

「당신은 거짓말을 하고 있어요, 엘리아스. 그건 사실이 아니에요. 그렇게 하기에는 당신에게 무언가 부족해요. 당신이 그를 배신할 수 없었던 것은 당신이 그보다 한 수 위의 인간이기 때문이 아니에요. 그는 당신이 자기를 두들겨 팰 것이라고 생각했어요. 하지만 생각대로 되지 않자, 그는 놀랐을 거예요. 당신은 너무 점잖은 사람이기 때문에, 그를 때리는 것보다 더 그를 아프게 한 거예요.」

그들의 관계가 그렇게 솔직해 본 적이 없었다. 그들은 몇 년 전부터 자주 만나 왔고, 서로 볼에 키스를 나누고, 대화를 즐기고, 농담도 하는 사이였지만, 엘리아스는 그녀를 자기가 좋아하는 배시럽과 초콜릿을 바른 과자와 수채화 정도로 여겼을 뿐, 조금이라도 깊이 있는 대화를 나눠 본 적은 한 번도 없었다. 그들은 서로에게 친절하면서도 정중했는데, 그것은 마치 그들의 합의를 망치지 않고 금기를 깨지 않기 위해서 상대방에 대해 더 알게 되는 것을 피하는 것 같았다. 나탈리는 수없이 클라리스를 도와주었다. 그녀는 클라리스를 호텔이나 정신과 상담의에게 데려다 주기도 하고 한밤중 전화에 응해 주기도 하고 크루아 섬에 집을 얻어 주기도 했다. 나탈리는 정말 좋은 여자 친구였다. 항상 웃음으로 맞아 주었고, 맛있는 음식을 만들어 배불리 먹게 해주고, 생일을 잊지 않고 챙겨 주고, 크리스마스 때마다 제일 큰 전나무를 골라 전구와 꽃들로 장식을 해주는 친구였다. 그날 밤, 엘리아스는 나탈리가 별 의미도 없고 따분한 대화만 계속해야 한다는 강박 관념에 짓눌려 있음을 발견했다. 그는 나탈리의 진실을 계속 모른 척하고 싶었다. 그는 그녀를 바라보는 것으로 충분했다. 친구들이 내가 바라는 만큼 그렇게 무덤덤한 사이가 아니라는 사실을 깨닫는 것은 우리에게 큰 두려움일 수 있다. 나탈리가 엘리아스의 어깨에 머리를 얹고 그의 허벅지를 어루만졌다.

「복수할 다른 방법이 있어요.」

그녀는 엘리아스의 얼굴 쪽으로 입술을 가까이 가져다 대며 중얼거렸다.

「제발, 그건 우리답지 않은 짓이에요.」

그는 손을 그녀의 뺨에 대고 더 이상 접근하는 것을 은근히 저지하며 말했다.

그는 그녀를 거부하면서도, 참을 수 없는 욕망이 그를 끌어당겼다. 끌어안아라. 그녀의 루주 바른 입술에 키스해라. 그녀의 목덜미에 손을 얹어라. 그녀의 머리카락 사이로 손가락을 넣어 끌어당겨 그녀의 가슴을 네 가슴에 밀착시켜라. 그런데도 그의 팔의 힘은 반대 방향으로만 가해졌다. 그녀의 가슴에 불을 지른 뜨거운 열기 속으로 빠지기 위해서는 마음과 반대로 행동해라. 그는 그녀를 밀어냄과 동시에, 그녀의 피부와 접촉하고 그녀의 욕망을 느끼는 것을 즐겼다. 나탈리는 갑자기 격렬한 동작으로 좌석 안쪽으로 고쳐 앉았다.

「사람들이 우리에게 기대하는 수준의 행동만 해야 하기 때문인가요? 우리도 할 수 있어요. 아무도 모를 거예요. 증인도 없고. 그게 우리에게도 좋고. 빌어먹을……. 당신은 너무 완벽해. 당신은 항상 최고가 되기 위해 행동해요. 이제 좀 쉬어요. 모든 것을 다 통제할 수는 없어요. 이건 인생이지, 영화 촬영장이 아니라고요. 그 차이도 구별 못해요?」

어색한 분위기를 해소할 기회를 찾기 위해 엘리아스는 잠시 대답을 보류했다. 아무 일도 일어나지 않았다. 나탈리의 입술이 그의 입술을 더듬는 일도, 그의 손이 그녀의 가슴을 어루만지는 일도 일어나지 않았다. 그는 방금 들은 생각과 말들을 대화 속에 묻어 버리고 덮어 버려야 했다. 그는 나탈리의 제안이 남긴 거북스러운 잔해와 그녀가 그의 내면에 불러일으킨 감정을 잊어버리고 싶었다.

「나는 인생과 영화 사이에 차이가 전혀 없다고 생각해요. 눈가림이나 하자고 이런 말을 하는 게 아니에요, 나탈리. 그냥 내 진심이에요.」

「그렇지 않아요. 영화는 산업이라는 차이점이 있죠, 엘리아스.」

「인생도 마찬가지예요. 다만 아무런 이득을 가져다주지 않는 산업이라는 것 외에는.」

갑자기 그는 엄청난 피로감에 휩싸였다. 눈꺼풀이 저절로 내려앉았다. 권태가 몰려왔다. 지겨웠다. 해볼 만한 가치가 없다. 일찍 일어나기, 힘겹게 잠들기, 약 한 줌씩 먹기, 비와 해를 피하려 애쓰기. 그것은 꿈을 가질 용기가 없어서 이미 이루어진 꿈을 돈 주고 사려는 수백만 명이나 되는 사람들에게 꿈을 꿀 수 있게 해주는 군사 작전이다. 오늘 저녁, 그의 영혼과 몸을 그런 사회 운동 속으로 밀고 갔던 이유들이 예전만큼 그렇게 분명하게 와 닿지 않았다.

「뭐가 문제인지 아세요?」

나탈리가 물었다.

운전기사는 뒷좌석 손님들이 자신의 존재를 잊게 하기 위한 것처럼, 핸들 뒤에 서북하지 않을 만한 범위 내에서 최대한 웅크린 모습으로 운전을 하면서 뒤에서 벌어지는 광경을 계속 즐겼다. 그는 뒷좌석에 앉아 있는 나탈리와 엘리아스를 잘 볼 수 있도록 백미러를 조절해 놓았다. 그는 은밀한 시선으로 주의 깊게 그들을 힐끗거렸다.

「문제는 내가 행복하다는 거예요.」

그녀는 마치 자기가 알고 있던 무언가를 표현할 단어를 찾아내서 처음으로 공식적으로 발표하는 사람처럼 음절을 하나하나 끊어 가며 말했다.

「문제는, 내가 행복한 거라고요. 아시겠어요? 나는 그와 같이 잔 매춘부들 모두를 질투하지는 않아요. 나는 행복하긴 한데, 그것이 내가 원하는 행복이 아니기 때문에 죽고 싶은 거예요. 그러니까 그건 행복이 아니지요. 내가 어린 시절 상상했던 결혼과 남편은 이런 게 아니었거든요. 그래서, 이따금, 나는 불행해지는 편이 낫다고 생각하죠. 불행이 내게 더 어울릴 것 같아서요. 이해하시겠어요?」

그의 세계, 그의 몸과 얼굴은 산산조각 났다. 결국 나흘 전, 그는 이유도 모른 채 구타까지 당했었다. 그는 인생의 어려움을 면제받은 사람 같았다. 모든 것이 그에게는 단순 명료한 것처럼 보였다. 그는 이런 이야기를 믿게 하는 데 성공했다. 오랫동안 이것은 그의 목표였지만, 성취감은 들지 않았다.

「내가 졌어요. 난 빅토르를 속일 생각은 없어요. 그래서 내가 진 거예요. 당신도 가끔 약해지는 건 사실이지요?」

나탈리가 말했다. 그녀는 마치 무너져 내릴까 봐 두려워하는 것처럼 엘리아스의 재킷을 두 손으로 움켜쥐고, 그를 뚫어져라 바라보았다. 엘리아스는 할 수만 있다면 그녀를 끌어안고 싶었지만,

그 끝이 어떨지 상상했다. 그는 자신이 나탈리의 몸을 품에 안을 만한 이유들은 자신이 원하는 것만큼 그렇게 순수하지 않다는 것을 알고 있었다. 그는 움직이지 않았다. 그런 식으로 무력해지는 것이 싫었다.

「제발 당신은 이따금 약해진다고 말해 줘요. 난 당신하고 자고 싶지 않아요. 나는 그런 사람이 아니라고요. 난 당신이 그렇게 순수한 게 원망스러워요. 그러면 난 스스로가 더러워진 기분이 드니까요.」

트럭이 한 대 지나갔다. 헤드라이트 불빛이 나탈리의 눈에 고인 눈물을 비춰 주었다. 그러나 흘러내리지 못하고 눈가에 맺혀 있었다. 엘리아스는 뺨 안쪽을 깨물었다. 가까스로 아물던 상처가 다시 벌어졌다. 그는 터져 나오는 비명을 삼켰지만 통증이 머리로 퍼져 나가는 느낌이 들었다.

피가 입 안에 고였다. 피 한줄기가 입에서 새어 나와 턱으로 흘러내려 갔다. 통증이 그의 욕망을 잠재웠다. 그는 나탈리를 끌어 안고 달래듯 가볍게 흔들었다. 그녀는 손수건으로 눈가를 훔쳤다. 그녀는 엘리아스 입가의 피를 보자, 손수건으로 그것을 닦아 주었다.

「걱정 말아요. 그런데 입술을 조금만 눌러도 아파요.」

엘리아스는 그녀의 손을 멈추게 하면서 말했다.

「나는 좋은 땅에 핀 착한 꽃이 된 기분이에요. 어느 날, 싸우고 나서, 그가 내게 말했어요. 사람들은 온갖 방법으로 서로를 속이기 때문에 선수를 쳐야 한다고. 그거 웃기는 생각 같지 않아요? 어떤 의미에서는 그건 최악의 경우라고 볼 수 있기 때문에, 그가 아름답고 완벽한 무언가가 존재할 수 있다는 사실을 절대로 믿지 않는다는 것은 비극이에요. 난 그런 걸 믿거든요. 내가 틀린 거죠. 하지만 난 그런 꿈을 가지고 있어요. 그 꿈은 결코 사라지지 않아요.」

「그를 떠나는 게 어때요?」

엘리아스가 말했다.

「난 그를 사랑해요, 엘리아스. 이해 못하죠? 당신은 그런 식으로 사람과 헤어질 수 있다고 믿어요? 그게 그렇게 쉬운 일인가요?」

그는 그렇다고 대답하고 싶었다. 누군가를 떼어 놓는 일은 쉽다고. 그에겐 그런 습관이 있었다. 그 순간은 유쾌하지 않지만, 배우나 촬영 감독을 내치는 일은 때로 불가피했다. 주저할 수 없었고, 예술적 문제와 재정적 문제가 무엇보다 우선이었다. 인생에서도 마찬가지다. 인생은 유한하기 때문에 망설여서는 안 된다. 카멜리아에서 술·담배에 절어 지내던 밤에, 빅토르와 그는 어떤 인생이든 장편 영화의 러닝 타임 약 두 시간 정도로 요약될 수 있다는 이론을 펼친 적이 있었다. 근거 없는 얘기, 군더더기, 반복을 다 잘라 내고, 편집실에 한번 들어갔다 나오면, 진짜 재미있는 것은 거의 남아 있지 않는다. 우리는 1990년을 산다고 믿지만, 사실은 두 시간밖에 살지 않은 것이다.

택시가 몽트뢰유 문을 지나 파리로 들어섰다. 눈을 반쯤 감고, 무릎 위에 손을 포개 놓고 앉아 있는 나탈리는 이제 마음이 편해 보였다. 위기가 지나자 생각이 다시 제자리로 돌아오고, 장난기까지 발동되었다.

「클라리스는 어떻게 지내요?」

나탈리가 그에게 속마음을 털어놓은 만큼 엘리아스도 그녀에게 말해야 할 의무감 같은 것을 느꼈다. 그는 그녀에게 아무런 빚도 지고 싶지 않았다. 그는 사생활과 속내 이야기라는 푼돈으로 그녀에게 갚아 주려 했다. 이 얼마나 분명하고 공평한 계산인가.

「그녀는 떠났어요.」

「그러니까…….」

「그녀가 날 떠났다고요.」

「유감이네요.」

「아니, 유감스러워 할 거 없어요. 난 잘 지내요. 약간 허전하지만 그것뿐이에요.」

「당신은 결혼을 했어야 했는데.」

그것이 나탈리의 신조였다. 그녀는 만나는 모든 커플들에게 결혼하라고 설득하기 바빴다. 그녀는 마치 교회와 국가가 임명한 외판원처럼 결혼의 이점, 결혼식의 아름다움, 상징적 체계의 중요

성, 결합의 신성함 등을 떠벌렸다. 그런 나탈리의 열성적인 권유
는, 사제가 대중을 개종시킴으로써 스스로도 신의 존재를 믿도록
설득당하는 것같이, 마치 그녀 자신이 노르망디의 어느 교회에서
5월의 어느 토요일에 "네"라고 답하는 실수를 저지르지 않았다
고 스스로를 설득하는 수단처럼, 우선 그녀 자신에게 하는 말이
되었다.

「나는 그녀를 좋아하지 않아요. 아마도 그런 것 같아요.」

사랑의 부재는 결혼을 하기 위한 가장 좋은 이유라고 빅토르에
게 말한 적이 있었다. 왜냐하면 감정들이 뒤섞이기 시작하면 파
국으로 치닫기 때문이다. 사랑은 결혼을 파멸시킨다. 바람피우기,
의심, 권태 등은 결혼을 돌이킬 수 없도록 파괴한다. 나탈리는 이
해하지 못한 것처럼, 아니면 그가 방금 한 말을 듣기를 거부하는
것처럼, 자기주장만 계속했다. 그는 그녀가 자신의 결혼에 대한
추억 속에 빠져 있다고 짐작했다.

「알다시피 그건 축하 행사예요. 가족이며 친구들이 모두 잘 차
려입고 모이잖아요. 당신도 좋은 추억을 갖게 될 거예요.」

「난 이미 추억을 가지고 있어요.」

택시가 천천히 마레의 좁은 거리로 들어섰다. 비에이 뒤 탕플
거리에서, 택시는 나탈리와 빅토르의 아파트 앞에 멈춰 섰다. 입
구의 조명등이 켜져 있어서 층계가 보였다. 불빛 때문에 복도 양
옆이 거울들 속에 끝없이 뻗어 있는 것처럼 보였다. 나탈리는 엘

리아스에게 작별의 키스를 하고 외투를 손에 든 채 차에서 내렸
다. 차 문이 쾅 닫혔다. 나탈리는 아파트 입구를 향해 걸어갔다.
엘리아스의 불행으로 고무된 그녀는 힘이 나고 기분이 좋아졌다.

6

슈바리에 드 라 바르 거리를 따라, 마르고는 꽃 장수들의 꽃 진열대 사이를 한가로이 거닐고 있었다. 상점들은 문을 닫기 시작했고, 시든 꽃다발은 헐값에 팔렸다. 짓밟힌 꽃잎들이 보도를 뒤덮었다. 그녀는 카디건 단추를 여미고 깃을 세웠다. 그녀는 갑자기 보라색에 사로잡혀서 연보라와 진보라색 꽃들을 몽땅 다 샀다. 그녀의 주머니가 가벼워졌다.

그녀의 은행 구좌는 빈자리를 메워 주었다. 그것은 냉장고와 옷장과 찬장 속에서 그녀의 중요한 재산이 될 때까지 분배되었다. 그녀는 그것을 세상 속으로 가져와서 가난한 사람들에게 나눠 줄 수도 있을 것이다. 그러면 먼지와 바퀴벌레들만 살아남을 것이다. 우리는 바퀴벌레에 익숙하다. 적어도 바퀴벌레의 둥지에 익숙하다. 한 주 전, 냉장고를 청소하면서 그녀는 플라스틱 판 두 개 사이에서 바퀴 한 마리를 발견했다. 어쩌면 그녀는 더 좋은 환경에서 살 만한 자격이 있을지도 모른다. 낭트와 스트라스부르, 랑스와 릴에 있는 친구들은 그녀에게 이곳을 떠나라고 설득했다. 그러나 26년 전부터 파리는 그녀의 내부에서 잘 자라고 있었고, 그곳을 떠나는 것은 그 싹을 잘라 내는 것을 의미했다. 파리를 떠나는 것보다는 차라리 그녀 자신의 육체를 떠나는 편이 나았다.

퀴스틴 거리 모퉁이에서 그녀는 꽃다발을 우체통 위에 놓고, 스카프를 목에 두르고, 빨간색 벙어리장갑을 끼었다. 환자 노릇 하기는 아무것도 아니었지만, 그녀는 그럴 돈이 없었다. 지금부터 몇 주 뒤, 그녀는 국가가 지불해 주는 상호 공제 조합에 들고, 보험 혜택을 받을 수 있게 될 것이다. 그러면 그녀는 자신의 사회적 특권을 이용하기 위해서 2～3일 동안 기꺼이 환자가 될 것이다.

마르고는 시시한 일로 멈추는 법은 없었다. 그녀는 대단한 것을 가지고 있지는 않았지만, 자기가 필요한 것들을 찾아내서 자기 것으로 만들었고, 때로는 훔치기도 했다. 그것이 불가능할 때 그녀는 그것을 상상했고, 그것조차도 금지되었을 때 그녀는 그것이 존재하지 않는다고 단정 지어 버렸다. 그녀는 자신의 생각과 의지를 적당히 조작해서, 그것을 지구상에서 사라지게 만들었다.

그녀가 처음으로 사라지게 만든 것은 동물원이었다. 그녀의 부모는 그녀가 독립할 만하다고 판단한 날부터 그녀에게 용돈을 주기 시작했는데, 그전에는 돈을 만져 보지 못했다. 용돈이 없는 그녀는 거리를 산책하면서 바람 쐬는 것 외에는 아무것도 할 수가 없었다(여전히 그녀는 신발창을 아끼고 폐를 아껴야 한다는 생각을 하면서 이 활동에 몰두하고 있었다). 동물원 입구는 접근이 불가능했고, 경비원의 감시를 따돌리려는 그녀의 계략은 번번이 실패했다. 그녀는 도서관 책들에서 봤던 기이하게 생긴 이국적 동물들을 만나 만져 보는 꿈을 꾸곤 했다. 사자와 사자의 갈기, 기린, 얼룩말은 그녀의 꿈속 사바나 속에서 걸어 다니고 있었다. 그녀는 동물원을 상상해 보기 위해 야생 동물들 사진 위에 창살을 그려 넣어 봤지만, 전혀 그럴듯해 보이지 않았다. 그녀보다 더 부자이거나 적어도 덜 가난한 다른 아이들의 놀림에 상처받은 그녀는 어느 봄날 라스파이 대로에 있는 도서관 앞 계단에서 자기가 들어갈 수 없는 동물원을 모두 없애 버리기로 결심했다. 그때 이후, 심술궂은 여자 아이들이 그녀에게 자기들은 동물원에 가서 재미있게 놀았다고 자랑할 때마다, 그녀는 그것이 뻔뻔한 거짓말임을 다 안다는 듯 슬픈 미소를 지으며 귀 기울여 주다가, 마침내 웃음을 터뜨렸다. 그녀가 매우 확신을 가지고 행동했기 때문에, 몇 주 사이에 동물원은 존재하지 않는다는 소문이 기정사실화되었다. 결국 교육부에서 심리학자를 파견하는 것으로 해프닝은 끝났지만. 그 동네 대부분의 아이들이 그녀의 주장을 믿었기 때문에, 이미 동물원에 가본 적이 있다고 하는 아이들은 정신 나간 아이로 놀림을 당했다. 알렉산드르라는 한 어린 소년은 앙브루아즈 파레 학교 학생인데, 자기 아버지와 함께 뱅센 동물원 야생 동물 구역에 가본 적이 있다고 했다가, 결국 여론에 밀려 동물원은 이 세상에 존재하지 않는다는 사실을 인정하고 말았다. 그런 식으로 1985년 6월 19일 이후, 이 지구상에 동물원은 더 이상 존재하지 않게 되었다. 현실은 마르고를 멈추게 하지 못했다.

매년 가을의 한복판인 11월 10일에 그녀는 생 뱅상 묘지로 부모를 찾아간다.

파리의 공동묘지들은 그녀에게는 최고로 아름다운 박물관들이다. 마르고는 사람들이 아름다운 묘석을 새겨서 페르 라세즈(파리의 유명한 공동묘지-역주)에 세워 놓기 위해서 죽는다고 믿고 싶어 했다. 그러나 전통은 사라지고, 최근의 무덤들이 거의 없는 것으로 보아 파리에서는 사람들이 더 이상 죽지 않는다는 것을 알 수 있다. 죽을 시간이 없는 것이다. 항상 해야 할 다른 일거리들이 너무 많다. 전시회를 보러 가야 하고, 친구들을 위해 식사를 준비해야 하고, 계속 대화를 해야 한다. 죽기 위해서, 사람들은 기차나 비행기, 또는 자동차를 타고 시골이나 외국으로 가는가 보다.

그녀는 레앙드르 빌라와 우거진 초목들 앞을 지나서, 쥬노 대로를 통과하고 생 뱅상 거리로 가서, 꽃들을 품에 안고 묘지까지 걸

어갔다. 품에 안은 꽃들이 그녀의 얼굴을 간질였고, 젖은 줄기에
서는 얼음같이 차가운 물이 흘러내려서 그녀의 녹색 양모 스커트
를 적셨다. 그녀는 철책 울타리를 지나 10분쯤 걷다가 방향을 몇
번 돌더니 드디어 자기 부모 묘소 앞에 다다랐다.

그녀가 꽃을 내려놓으려고 몸을 구부리는 순간 휴대폰이 울렸
다. 그녀는 다시 일어나서 휴대폰의 발신자 번호를 확인하고 한
숨을 쉬었다.

「나중에 전화해요, 아빠.」

전화를 끊고 나서 그녀는 다시 몸을 숙여서 무덤 위에 꽃들을
내려놓았다.

땅에 묻힌 이 사랑하는 두 시신은 사실 그녀의 부모가 아니었
다. 그녀는 몇 년 전에 그들을 양부모로 삼았다. 그때 그녀의 진짜
부모들은 파티 준비 중이었고, 그런 날 밤이면 그녀는 밖에서 어
슬렁거리기를 좋아했다. 그녀에게는 자물쇠도 없고 벽이 너무 얇
아서 한숨 소리와 비명 소리가 다 들리는 자신의 방보다는 차라리
어둠과 마약 밀매꾼들이 있는 바깥이 더 안심되었기 때문이다.

출생증명서와 가족 수첩, 출생 때 사진과 동영상, 그리고 10여
명의 증인이 있음에도 불구하고, 그녀의 부모는 그녀를 결코 설
득시키지 못했다.

마르고는 거짓말이 아닌 진실을 말해 주는 부모를 원했다. 그녀
가 슬플 때 손을 잡아 주기 위해 존재하는 부모, 그녀의 방 근처

에서 그들의 친구들이 서성이게 내버려 두지 않을 부모, 미소를
띠고 서로 대화하고 눈짓 한 번만으로도 서로를 이해하는, 잘 통
하는 부모가 필요했다. 그래서 매우 앞선 현실 감각으로 그녀는
공동묘지에서 자기 부모를 선택했다. 죽은 자들만이 우리의 꿈을
실현시켜 줄 수 있다. 그들의 묘석에 새겨진 날짜를 보면, 그녀가
택한 양부모들은 1946년에 태어나서 1978년 11월 10일에 죽었
는데, 그들이 죽은 해가 바로 마르고가 태어난 해였다. 그들이 같
은 날 죽었다는 사실이 그녀로 하여금 낭만적이고 완벽한 사랑에
대한 상상을 마음껏 펼칠 수 있게 해주었다.

그녀가 집을 몰래 빠져나온 날 저녁, 그녀의 부모는 화요일 저녁
모임을 위해 친구들을 맞아들이고 있었고, 그녀는 생 뱅상 공동묘
지에서 피난처를 찾았던 것이다. 몽마르트르 묘지가 더 가깝기는
했지만, 담장이 너무 높고 잘 관리되는 곳이라서 불편했다. 그녀는
두려움을 없애기 위해서 묘석에 있는 이름과 태어난 날짜와 죽은
날짜, 묘비명을 술래잡기 노래의 가락에 맞춰 흥얼거렸다. 몇 분쯤
후, 그녀는 마음 놓고 시체들의 나라에서 거닐고 있었다.

그녀는 풀로 뒤덮인 어느 평범한 묘비에 발이 걸려 넘어졌다.
그녀는 갑자기 고아가 되어 버린 그 무덤에 대한 열정에 사로잡
혔다. 묘지를 돌보고 꽃을 심어 줄 자녀도 없이 비바람에 맡겨진
그 무덤에서 잡초를 뽑고, 흙을 제거하고 비석을 똑바로 세우려
했다.

마르고는 그 무덤에 세 들어 있는 부부를 자기 부모로 삼기로
했다. 그녀는 묘지에서 진정한 가족을 찾았다. 버려진 고인들은
그녀의 삼촌, 이모, 사촌, 대모, 대부, 형제자매가 되었다. 그들의
기념일과 생일마다 그녀는 자기가 가지고 있던 선물들을 불태워
재를 뿌려 준다.

거대한 먹구름이 묘지 위로 몰려오고 있었다. 마르고는 묘지에
서 낙엽들을 치우고 책상다리를 하고 앉았다. 그녀의 스커트 아래
에 새로 돋아나는 풀들이 있음을 알고 그녀는 소스라치게 놀랐다.
이 세상에는 그녀가 절대로 방해받지 않을 수 있는 장소가 딱
두 군데 있었다. 묘지와 도서관. 죽은 자와 책들의 침묵은 그 누
구도 성가시게 하지 않는다. 아무도 말을 하지 않을 때면, 나는 그
공백을 메우기 위해서 말을 해야 할 것이다. 그녀는 이 두 곳에서
만은 아무 조건 없이 그녀가 받아들여지고 사랑받는다는 것을 알
고 있었다. 죽은 자와 책들은 믿을 수 있다. 몇 년 전 학교에서 그
녀는 자기소개서에 장래 희망이 무엇인지 쓴 적이 있었는데, 그때
묘지와 도서관들이 떠올랐다. 그녀는 죽거나 글을 쓸 것이라는
생각을 했다.
마르고는 건강한 척하기에 몸이 너무 좋지 않을 때에는 자신에
게 병색이 있다는 것을 인정했다. 이렇게 죽음과 친숙한 것이 때
로는 그녀를 두렵게 했다. 그녀는 어느 날엔가는 삶을 두려워하

는 것보다 죽음을 더 두려워할 수 있기를 바랐다. 그녀는 자신의 생을 마감할 생각은 해본 적이 없었다. 브르타뉴 거리의 약사의 충고와 인터넷을 통해서 그녀는 사망에 이르지는 않지만 사망에 가까이 갈 만큼의 복용량을 알게 되었다. 그녀는 휴식을 취하고 목욕을 하기 위해 욕조에 몸을 담그곤 했다.

그녀는 몽마르트르의 차분한 분위기를 떠나 집으로 돌아왔다. 클리냥쿠르 가의 작업실은 페인트칠을 새로 해야 할 것 같았다. 적절한 파괴가 어쩌면 꼭 맞는 처방이 될 것이다. 원룸인 그 아파트에는 위에 숄만 하나 던져 놓으면 긴 의자로 변하는 침대가 하나 있었고, 서랍이 많이 달린 낮은 목재 탁자가 있었는데, 그 서랍에는 그녀가 쓴 메모와 초고를 넣어 두었다. 평범한 널빤지들을 나사로 고정시켜 포개 놓은 책꽂이들이 사방 벽을 두르고 있었다. 화장실과 샤워실은 층계참에 있었다. 그것을 사용하는 사람은 마르고뿐이었다. 9층에 있는 다른 두 아파트는 사용이 금지된 곳이었다. 작업실에는 창문이 하나뿐이었지만, 전망은 좋았다. 봄여름에는 창문을 통해서 지붕 위로 올라가 앉아 있는 즐거움을 누릴 수 있었다.

그녀는 외투를 벗어 옷걸이에 걸고 나서, 전기를 절약하기 위해 히터를 켜지 않고 그 대신 두툼한 낡은 양모 스웨터를 걸쳤다. 밤이면, 그녀는 겹겹으로 입은 옷들을 양파 껍질 벗기듯 차례로 벗고 나서, 양털 이불을 세 겹으로 덮고 잤다.

찻잔에 손을 대는 순간, 뜨거움이 날카롭게 척추까지 전달되면서 재채기가 났다.

그녀는 이제 전기세를 덜 내고, 반액짜리 지하철 티켓을 얻기 위해 서류를 작성하는 일이 지겨웠고, 오랫동안 줄을 서서 기다리는 것도 지겨웠다. 이 작업실은 그녀에게 돈을 가져다줄 것이다. 큰돈은 우리를 타락시키지 못하지만, 쾌락과 실망은 그렇게 할 수 있다.

그 젊은 프로듀서는 낯설었다. 그녀를 혼란스럽게 만든 것은 그의 얼굴이 아니라, 그의 상처 뒤와 그의 눈 속에서 그녀가 발견한 부드러움이었다. 그녀는 방 여기저기 흩어져 있는 더러운 속옷을 주워 모아 플라스틱 바구니에 담았다.

그녀의 몸은 다음 소설의 준비 작업을 느리게 받아들이고 있었다. 그녀는 아직 한 줄도 쓰지 않았지만, 관찰하고 수집하고 스스로를 세상을 향해 열었다. 어떤 신문에서 그녀에게 파리에 대한 글을 써달라고 청탁해 왔다. 그녀는 기분 좋은 생각을 해냈다. 누군가 그녀에게 얼마를 받을 거냐고 물었을 때, 그녀는 놀라운 생각을 하게 되었다. 주문받은 일, 기사, 비평, 전기 제품 설명서는 재정적 축복이었다.

그녀는 책상다리를 하고 침대 위에 앉아서 차를 한 모금 마셨다.

뺨까지 달아올랐다. 그녀의 정신은 어떤 주제에서 다른 주제로 날아다녔고, 계속 아이디어들을 거둬들였다. 난방 기구가 없음에도 불구하고 그녀는 이상할 정도로 더위를 느꼈다. 그녀는 자기 이마를 만져 보고 심장에 손을 대보았다. 그런 현상의 본질을 의심하면서 그녀는 의기소침해져서 한숨을 쉬었다.

그녀는 사랑에 대한 심기증 환자였다. 그녀는 계속해서 자신이 사랑에 빠졌다고 생각하면서, 매번 아주 특이한 증상을 경험하는데, 며칠 뒤에는 그것이 환상이었음을 깨달았다.

그럴 때 가장 현명한 해결책은 침대를 지키고 있는 일일 것이다. 물을 많이 마시고 수프를 먹으면, 아마도 더 빨리 회복될 것이다.

그런 증세 때문에 그녀는 파리의 사랑에 매달릴 것이다. 그녀는 식물원 안의 공룡들 옆에 있는 장미 정원, 고생물학 전시장, 음악 도시(시테 드 라 뮤직)와 빌레트 공원, 바르베 시장, 뤽상부르 공원과 오페라 가르니에 지붕의 꿀벌통, 파고다, 축제와 무자이아 거리의 집들, 지상 전철로를 따라 나 있는 산책로, 이차크 라뱅 공원, 오스피탈리에르 생제르베스 거리의 학교 건물 정면 지붕 밑에 조각된 황소 머리 두 개, 뱅센 숲에 있는 도메닐 호수에서의 보트 산책, 앙드레 시토로엥 공원의 붉은색 정원과 유텔스타트 애드벌룬들을 사랑했다. 그린 이름을 가진 골목길에서라면 며칠만 지나면 더 이상 사랑하지 않게 될 그런 남자의 품에 안길 수 있을 만큼 신비한 이름의 골목길들에 대해 그녀는 계속 경탄했다.

그녀는 마우스 버튼을 눌렀다. 컴퓨터 화면이 켜졌다. 그녀는 쓰기 시작했다.

내가 이 도시를 얼마나 사랑하는지 보고 놀라는 친구들에게 나는 외국에 살기 위해 파리에 산다고 말한다. 어느 나라에서든지 살 수 있다. 파리의 영화, 도서관, 레스토랑에서 우리는 전 세계를 만난다. 이곳의 외국인들은 의사소통 불능이라는 이점을 주기 때문에 없어서는 안 될 소중한 주민들이다. 우리가 누군가를 이해하기 시작하면 반드시 실망한다. 오해는 사회적 인간관계를 가로막는 벽이지만, 그것은 오히려 파리를 만남과 토론의 대도시, 사랑의 중심지로 만들었다.

파리는 함정이며 이야기들을 만들어 내는 모태가 된 거짓말 그 자체이다. 나를 믿어 주길. 파리는 세상에서 가장 아름다운 도시도, 가장 낭만적인 도시도 아니다. 그러나 파리는 우리로 하여금 그렇게 생각하게 만드는 매력이 있다. 파리는 우리가 꾸고 싶어 하는 꿈이다. 우리는 그것을 믿고 싶어 하고, 그 믿음은 마치 제물이 이 도시로 하여금 마술을 부리게 하고 이 도시를 먹여 살리는 것처럼, 우리가 센 강가에 바치는 제물이다.

마르고는 키보드 두드리기를 그만두고 냉장고 문을 열었다. 현실을 직시하자. 그녀는 돈이 필요했다. 그녀는 벌써 아이를 낳거나, 결혼했거나, 혹은 자동차 사고로 세상을 떠난 친구들이 생겨나기 시작하는 나이였다. 그리고 그녀의 냉장고는 텅 비었다. 끔찍한 일이었다.

7

그 남자가 좀 더 신중했더라면 다리우스는 그를 발견하지 못했을 것이다. 그러나 그 남자는 뒷골목에서 얼쩡거리는 사람이면 누구든 미행할 것처럼 행동하고 있었다.

다리우스는 그의 왼쪽 옆구리에 한방 먹였고, 그 남자는 그의 발 앞에 주저앉아 버렸다. 스트라스부르 대로의 행인들은 아무것도 눈치 채지 못했다. 미국식 미장원들 주변인데다 스트라스부르 생 드니 지하철역 근처인 탓에, 그런 소동은 별로 사람들 눈에 띄지도 않았다. 점심시간이 다가왔고 레스토랑들과 샌드위치 전문점들은 벌써 사람들로 만원이었다. 가발 장수들과 화장품 가게들 때문에, 대로는 단조로운 색채의 아프리카를 추위 속에 부분적으로 옮겨다 놓은 것 같았다. 지하철 출구에서는 바람잡이들이 수

단(서아프리카—역주) 어, 월로프 어(세네갈의 공용어 중 하나—역주), 그리고 밤바라 어로 지나가는 사람들에게 호객 행위를 하고 있었다. 벽은 지방의 유명 인사들의 콘서트 포스터로 도배되어 있었고, 아프리카 신문들이 카페 테이블 위에 펼쳐져 있었다. 다리우스는 그 남자를 그의 재규어 뒷좌석으로 밀어 넣었다.

그의 빨간색 자동차를 찾아내는 것은 어려운 일이 아니었다. 다리우스가 볼 때 그 사설탐정의 고전적 수법은 엉터리 전문가에게 잘못 배운 것이었다. 세상이 잘못 돌아가고 있는 것은 아마추어들 때문이라고 그는 생각했다. 예를 들면 빵 속에 효모를 제대로 넣지 않은 사람이라든지, 우주 왕복선에서 나사못 하나를 잊어버린 사람 때문이라는 것이다.

누군가를 때리는 데에는 여러 가지 방식이 있다.

우선 감정이 앞서서 때리지 않을 수 없고, 그때의 통증은 만만치 않겠지만, 무의식중에 주먹은 의도한 만큼의 세기로 일격을 가한다. 그가 사설탐정을 때릴 때는 경멸의 감정밖에 없었다.

그는 포부르 생 마르탱 가에 주차했다. 코타보 형제는 75번지에 피신처를 가지고 있었다. 다리우스는 사물함에서 열쇠 꾸러미를 꺼냈다. 나란히 있는 스트라스부르 대로와는 반대로, 포부르 생 마르탱 가는 평온하다. 50여 미터 떨어진 곳에 있는 경찰서는 조용한 것 같았다. 그는 아무런 위험도 느끼지 않았다. 이곳에서는 아무도 그를 고발하지 않을 것이다. 그는 브래디 상점가에 있는 인도 식당과 스트라스부르의 작은 홀에 자주 드나들었다. 사람들은 그를 알아보았다. 그가 누구를 위해 일하는지 알고 있었다. 모른다면, 계속해서 그것을 모르는 편이 나을 것이라고들 생각했다.

다리우스는 퐁 토 슈 거리에 있는 한 노인 재단사가 만든 기성복을 입고 있었다. 그의 큰 걸음걸이가 그를 구해 주었다. 경찰이 불시에 나타나서 그에게 질문을 던졌다면 다리우스는 탐정을 얼근히 취한 친구 취급할 것이다. 그럴듯하게 보이기 위해서 그는 웃옷에 위스키를 조금 부었다. 엘리아스가 그에게 카드 마술을 가르쳐 주면서, 증거 확보는 자신을 감추는 가장 좋은 방법이라고 말했었다.

그는 자동차에서 탐정을 끌어내서 그의 겨드랑이 밑으로 팔짱을 끼었다. 누군가를 미행하는 동안 먹었을 많은 샌드위치, 커피 속에 든 너무 많은 설탕, 너무 많은 돼지고기 제품 때문인지, 다리우스의 단련된 근육으로도 그는 너무 무거웠다.

그들이 엘리베이터에 올라타자, 엘리베이터는 요동치면서 그들을 6층까지 데려다 주었다. 그 남자는 다리우스의 어깨 위에 머리를 기대고 있었다. 그는 투덜거렸다. 그의 입 꼬리에서 침 한줄기가 흘러내려서 다리우스의 양복 깃에 매달려 있었다.

아파트는 방이 하나뿐이었고, 그 방에는 창문이 두 개 있었다. 초록, 초록, 초록, 초록색 리놀륨, 초록색 도배지, 초록색 난간, 토스터, 커피포트, 진공청소기. 여기에는 아무도 살지 않았다. 정신이 온전한 사람이라면 주인이든 세입자든 사방을 그렇게 똑같은 색깔로 도배할 생각은 하지 않았을 것이다. 아마도 코타보 형제의 말단 직원 한 사람이 그 아파트의 관리를 책임지고 있었던 것 같다. 그는 우둔한 머리로 길모퉁이의 철물점 페인트 진열대에서 한 가지 색깔을 선택하기 위해 다시 하기는 힘들 정도의 초인적인 노력을 기울였음에 틀림없었고, 가구상과 가전제품상에 가서도 그런 주문을 했던 것이다. 장식에 필요한 섬세한 기술은 도둑질에 도움이 되는 기술이 못 된다고 다리우스는 유감스러워했다. 화장실의 세면대조차도 초록색이었다. 욕조의 수도꼭지에 매달린 수갑을 보면, 그곳에서 목욕을 자주 하지 않았음을 알 수 있었다. 부엌과 거실은 난간 하나로 구별 지어져 있었는데, 거실은 니스를 칠한 반 이 층으로 돌출되어 있고 독특한 스펀지 매트가 깔려 있었다.

거기에 자주 드나들지는 않지만, 다리우스는 그 아파트가 무슨 용도로 쓰이는지 알고 있었다. 코타보 형제는 그 도시에 그런 아파트를 10여 채나 가지고 있었다. 경찰의 눈에 너무도 매력적인 친구들을 다른 도시나 다른 나라 혹은 다른 세계로 보낼 때가 되면 그 친구들을 거기에 숨겨 주었다. 그곳은 상품들을 보관해 두는 창고 역할을 했고, 또한 분쟁을 해결하는 장소이기도 했다.

다리우스는 탐정을 긴 의자에 쓰러뜨리고 겉저고리의 안주머니를 뒤져서 지갑을 꺼냈다. 그는 두려웠다. 이 남자가 코타보 형제가 보낸 사람일까 봐. 그러나 그의 아마추어적 입장에서 볼 때, 그 신분증은 그를 안심시켰다. 지갑에는 그의 아내와 아이들 사진, 약간의 돈과 신용카드 두 장, 그리고 다섯 구역을 갈 수 있는 오렌지색 카드가 있을 뿐이었다. 다리우스는 지폐는 놔두고 사진을 꺼내서 테이블 위에 놓고 한가로이 들여다보았다.

그는 자기 방의 작은 마호가니 옷장의 이불 더미 밑에 넣어 둔 상자 안에 숨겨 둔 앨범 속에 그것들을 모아 놓는다. 그가 돌봤던 사람들의 가족사진들을 꽂아 둔 앨범이 벌써 세 권이나 되었다. 그는 약간의 행복을 세낸 것처럼, 그리고 언젠가는 자신도 지갑 속에 그런 사진을 갖게 될 날을 준비하고 있는 것처럼 보였다. 아파트 문을 이중으로 잠근 후, 그는 몇 시간 동안이나 그것들을 꼼꼼히 들여다보곤 하였다.

그는 온도 조절 장치가 작동되는 것을 보고 반가워하며 난방을 적당한 온도로 조절하고 재킷을 벗었다.

탐정의 가방 속에서 그는 파리 거리의 안내 책자와 비닐봉지에 싼 페페로니 샌드위치, 만년필, 쌍안경, 보이스 레코더와 몇 가지 서류들을 찾아냈다. 그 서류들 중 하나에 '엘리아스'라는 이름이 검은색 수성 펜으로 적혀 있었다.

그는 그것을 잠시 들여다보았다. 엘리아스가 누구였지? 직업상 다리우스가 가까이 하는 사람들은 자기들의 과거에 대해 말하지 않았다. 그들에게 개인 정보나 내면 이야기는 금기 사항이었다. 엘리아스는 이런 습관을 이용했다.

탐정이 아직 잠들어 있음을 확인한 후, 다리우스는 간이 욕실로 들어가서 문을 잠갔다. 그는 변기 뚜껑 위에 앉았다.

그는 가슴을 두근거리며 문이 잘 잠겨 있는지 확인하고 나서 서류를 펼쳤다. 한 페이지 한 페이지, 그는 원고를 읽으면서 자기 친구의 인생을 발견했다. 그는 서류를 다시 덮고 나서 울었다. 세 가지 이유에서였다. 첫째, 엘리아스의 과거에 대한 소식들은 좋은 것이 아니었고, 둘째, 그는 엘리아스의 과거가 불행했다고 생각해본 적이 없었고, 셋째, 그들은 서로 닮았기 때문이었다.

그는 항상 엘리아스는 성공했고 뭐든 많이 알고 있기 때문에 뭔가 다르다고 생각했다. 그런데, 그는 그들이 비슷한 환경에서 나란히 살아왔다는 것, 그리고 똑같은 비극적 사건들로 보건대 똑같은 종류의 타락한 학교에 다녔다는 것을 깨달았다. 그들의 만남 속에 도사리고 있던 낯선 친숙함의 정체를 알고 나니, 그는 잃어버렸던 형제를 되찾은 느낌마저 들었다.

밥티스트(바보 역을 하는 배우 이름－역주)—사설탐정을 그렇게 불렀다—는 오래지 않아 깨어났다. 다리우스는 탐정의 서류 가방 속에 엘리아스 관련 서류를 다시 집어넣고, 엘리아스에게 전화를 해서 와달라고 했다.

냉장고에는 유통 기한이 지나고 곰팡이 핀 음식들밖에 없었다. 다리우스는 그것들을 쓰레기통에 쳐 넣었다. 법의학과 과학 기술의 발달로 볼 때, 그리고 그 아파트의 용도로 볼 때 의심의 여지가 있는 것은 어떤 흔적도 남기지 않도록 주의해야 했다. 리놀륨은 비눗물 청소를 자주 해서 닳아 버렸다. 난간, 문손잡이들, 그리고 지문이 남을 만한 모든 장소들도 세제를 너무 많이 써서 세제 냄새를 풍기고 있었다. 정신을 가다듬고, 생각을 지우기 위해서 다리우스는 아파트를 정리하고, 그의 동료들이 대충 신속하게 해치우는 스펀지 걸레질로는 미처 손길이 닿지 않았던 장소들을 깨끗이 닦았다. 그는 뛰어난 전문가들이 어떻게 일상생활에서 생긴 단순한 얼룩들을 그렇게 날림으로 닦을 수 있는지 이해가 가지 않았다.

밥티스트는 눈을 떴다. 그의 혈색 좋은 얼굴을 보고 다리우스는 웃었다. 이제 막 낮잠에서 깨어난 덩치 큰 아기 같다고나 할까. 그는 두 주먹으로 눈을 비볐다.

「잘 잤나?」

다리우스가 말했다.

「내가 지금 여기서 뭘 하는 거죠?」

「잠시 입 다물어.」

「하지만…….」

「잠시 입 다물라고 했어.」

다리우스는 자신의 얼굴을 가려야 할지 어떨지 망설였다. 그러나 밥티스트는 보복에 대한 두려움이 너무 커서 경찰을 찾아가지 못할 것이다. 15분 후, 그는 밥티스트에 대해 모든 것을 알아냈다. 그가 기르는 세 마리의 개, 럭비에 대한 열정, 그리고 그의 미행 대상에 대해서. 질문을 하나씩 할 때마다 위험은 아무에게도 흥미 없는 세부 사항들 속으로 사라졌다. 긴장은 뛰어난 효과가 있다. 위협을 당해 본 사람이면 누구나 자기를 공격하고 어쩌면 자기 목숨까지 빼앗으려는 사람에게 이렇게 말할 것이다. 자기는 자신의 인생을 가진 사람이지, 살덩이와 뼈로 된 자루가 아니라고. 어쩌면 누군가로 하여금 어떤 말을 하도록 하기 위해 따귀라도 한 대 때려야 한다면 침묵을 얻기 위해서는 한 대 더 때리는 일이 종종 불가피할 것이다. 다리우스는 밥티스트의 입에 접착테이프 한 조각을 붙이고, 덧문을 닫고, 테이블에 앉아서 불을 켰다. 그는 서랍에서 종이를 꺼내 엘리아스가 도착해서 문을 두드릴 때까지 서툰 필적으로 글을 썼다.

엘리아스는 벨을 누르지 않고 문을 두드렸다. 다리우스는 그 이유를 이해하지 못했었지만, 이런 세심한 행동은 그를 감동시켰다. 문을 열기 전에 그는 밥티스트의 입술에서 접착테이프를 떼고 덧문을 열었다. 또 다른 걱정으로 그는 가슴을 졸였다. 그는 자기 친구가 예전과 다르게 보였고, 더 신경을 쓰게 되었고, 친구가 그에게 감추고 있던 것들의 증거들을 찾아내려 애쓰지 않을 수 없었다. 두 사람을 안심시키기 위해서 미소를 띠면서도 이건 가장 불행한 일이라고 다리우스는 생각했다.

「사람을 하나 소개할게.」

그는 눈을 내리깔면서 엘리아스에게 말했다.

「그럴 때가 아니야, 다리우스.」

엘리아스 얼굴의 상처는 아직 아물지 않았다. 피하 출혈로 그의 양쪽 뺨과 턱과 왼쪽 관자놀이가 울긋불긋했다. 양쪽 눈가에 달무리도 나타났다.

그가 우아한 채로 남아 있더라도, 그에게선 평소의 기품을 찾아볼 수 없었다. 엘리아스가 그의 집으로 자러 왔을 때, 그는 자신의 소지품들을 가져오지 않았기 때문에 다리우스는 그에게 자기 옷장을 열어 주었다. 그러나 맞춤복들은 품도 크고 길이도 너무 길었다. 그들은 지하 창고로 내려가서 눅눅하고 너덜너덜해진 종이 상자 속을 뒤져서 다리우스의 낡은 옷들을 찾아냈다. 엘리아스가 시골에 갈 때나 가져갔을, 도시에서는 절대로 입지 않을 그런 길기고 실용적인 옷들이다. 그러나 그는 이런 변화를 기쁜 마음으로 받아들였다. 그는 진한 색 청바지와 검은색의 편한 벨벳 재킷을 입었는데, 재킷은 소매가 너무 길어서 접어야 했다. 넥타이 매듭은 반쯤 풀어지고 비대칭인데다, 지나치게 큰 구두는 구두약도 제대로 바르지 않았고 와이셔츠는 구겨진 모습이, 마치 어른 옷을 얻어 입은 어린아이 같았다. 그의 걸음걸이와 제스처에는 피곤이 묻어 있었다. 축 처진 어깨는 그의 키를 몇 센티미터쯤 작아 보이게 했다. 다리우스는 그에게 햇볕 좋고 코코넛 열매 향이 나는 지상 낙원 같은 섬으로 휴가를 떠나라고 충고했다. 휴가를 갈 수 없는 사정이 있다고 엘리아스는 웃으며 그에게 대답했다. 다리우스는 그의 서류를 읽은 지금 그 이유를 더 잘 이해하고 있었다.

「그를 보려면 좀 기다려.」

다리우스는 엘리아스의 팔을 잡아끌고 긴 의자 앞으로 갔다. 그는 종이의 일부를 그의 손에 넘겨주고, 나머지 반은 탐정에게 귓속말을 몇 마디 한 뒤 주었다. 탐정은 이마의 땀을 닦고 안경을 썼다.

「안녕하십니까.」

엘리아스가 말했다. 그는 종이에 눈길을 주면서 다시 한 번 같은 인사를 반복했다.

「안녕하십니까.」

엘리아스를 알아본 탐정이 정확한 발음으로 인사를 받았다.

그는 한 번 더 자기 이마의 땀을 닦았다. 무슨 음모를 꾸미고 있는지는 몰라도, 상황이 자신에게 유리하지 않을 것이라는 생각을 했다.

「다리우스…… 자네는 내 화를 돋우고 싶은 거야?」

엘리아스는 탐정에게서 등을 돌리면서 물었다.

다리우스는 권위 있게 자기 입술에 한 손가락을 대면서 입 다물라는 신호를 한 뒤, 엘리아스의 어깨를 잡고 탐정 면전으로 데려갔다. 탐정은 자기보다 더 힘 센 먹잇감에게 발견된 어린 늑대처럼 두려워하는 눈빛을 보였다. 직업상 가짜이거나 가짜로 여겨지는 부부들을 만나는 그는 고뇌에 부딪치고 스트레스를 받기도 하지만 현실과 맞닥뜨리지는 않았었다. 그의 먹잇감들은 그의 사진기의 대상물로 남아 있었다. 그것들은 그에게 말을 하지 않았다.

「내 이름은 엘리아스입니다.」

엘리아스는 화를 낼까 웃어 버릴까 망설이면서 대사를 읽었다.

「내 이름은 밥티스트입니다.」

다리우스의 손짓에 따라 밥티스트는 한 음절씩 분명하게 읽었다.

「나는 프로듀서입니다. 당신은 직업이 뭡니까?」

엘리아스는 낭독을 계속했다.

「나는 탐정입니다.」

「그건 재미있는 직업인가요?」

엘리아스가 자신 없이 물었다

「네. 저는 당신을 추적하고 있습니다.」

「뭐라고?」

다리우스는 엘리아스에게 대사를 계속 읽으라는 의미의 손짓을 했다. 엘리아스는 장난치다가 주의를 받은 학생처럼 고개를 숙였다. 다리우스는 수많은 기술팀이 그에게 달려 있다는 듯이 주의 깊게 그 광경을 지켜보고 있었다. 어떤 긴장감이 방 안에 감돌았다. 그의 입술은 배우들이 대사를 읽듯 리듬을 타고 있었다.

「저는 당신을 추적해야 했어요.」

탐정은 침묵을 깨고 같은 대사를 반복했다.

「당신은 쓰레기야. 왜 그런 짓을 하는 거지?」

엘리아스가 대사를 읽었다.

「제게 돈 주는 사람이 있습니다.」

「그게 누구지?」

「밝힐 수 없어요. 이건 직업상 비밀입니다.」

「마지막으로 되묻겠다, 누구지?」

「협박하지 마세요. 말씀드릴게요. 그건 당신 부인입니다.」

탐정은 단조로운 목소리로 말했다.

「다리우스, 이거 농담이야?」

「읽어. 대본을 계속 읽으라고.」

다리우스가 말했다. 그는 자기가 폭로한 진실과 대사의 사실성을 자랑스러워하며 흥분해서 얼굴을 붉히고 눈을 반짝였다.

「내 아내가…… 그 여자가 날 배신했단 말이지.」

엘리아스가 읽었다.

엘리아스와 탐정은 얼빠진 표정으로 다리우스를 바라보았다. 다리우스는 그들의 손에 쥐고 있는 대본을 빼앗았다. 엘리아스는 코샤가 그에게 했던 말들을 회상했다.

「대사는 다리우스의 강점이 아니야. 하지만 그건 문제가 안 돼. 악착같이 노력하면 해결될 테니까. 우리는 대사 작가 한 사람과 함께 일을 해보자고 그에게 제안할 수 있어. 영화는 무서운 예술이야. 천부적 소질을 타고나지 못했다면 그 결함을 메워 줄 누군가를 찾으면 돼.」

그는 자기 친구가 대본을 정리하는 것을 바라보면서 그의 진지함과 집중력에 감동했다. 대본 몇 쪽 쓰는 데에도 그는 무척 노력을 해야 한다는 사실을 엘리아스는 알고 있었다.

「자네는 그 사설탐정의 낯짝을 뭉개 놓고 절망적으로 부르짖었어야지. 하지만 뭐, 좋은 게 좋은 거니까.」

「이게 어떻게 된 일인지 내게 설명해 줄 수 있겠나?」

다리우스는 개수대 위쪽 붙박이장을 뒤져서 통에 든 차를 찾아냈다. 평소 그는 대낮에 차나 커피를 마시지 않았다. 왜냐하면 그는 직업상 흥분하면 곤란하기 때문이다. 그러나 오늘 정오, 그는 강력한 무언가가 필요했다. 그는 냄비에 물을 붓고 끓였다. 그는 녹색 찻잔 세 개를 꺼내서 바에 내려놓았다.

「자네는 그녀를 추적하지 않았나? 클라리스는 자네를 추적하기 위해 사설탐정까지 고용했는데.」

「왜지?」

「밥티스트?」

다리우스는 탐정 쪽으로 눈길을 주면서 말했다.

「그분은 알고 싶어 했어요.」

그는 힘들게 침을 꿀꺽 삼키고는 분명히 말했다.

「뭘 알고 싶대?」

「당신에 관한 건 뭐든지.」

그가 약간 거북해하면서 말했다.

「자네는 뭘 알아냈나?」

다리우스가 물었다.

밥티스트는 조심스럽게 자기 가방을 가져다가 긴 의자 위에 내려놓았다. 그는 거기서 서류를 꺼내서 엘리아스에게 주었다. 다리우스는 페페로니 샌드위치를 먹고 있었다.

「축하해. 자네에 대해 쓴 것 중 좋은 것들이 정말 많아.」

엘리아스는 손에 서류들을 꼭 쥔 채 다리우스에게 말했다.

다리우스는 입 안 가득 음식을 넣은 채 얼굴을 붉히며 고개를 돌렸다. 엘리아스는 그가 파나마 거리에서 살게 된 이후 얼마나 열심히 일했는지 잘 알고 있었다. 그는 새벽에 일어나서 불에 물을 올려놓고 식탁에 앉았다. 그는 온종일 일하면서 잠깐씩 산책을 나갔고 도서관에 가서 참고 자료를 뒤적였다. 그의 친구의 직업이 뭔지 알게 되었을 때는 이것이 일시적인 바람에 불과할 것이라고 믿었다. 그러나 다리우스는 정말 치열하게 노력했다. 그가 책상에 앉아서 글을 쓰고 종이를 구겨 버리고 연필을 부러뜨려 버리는 걸 보는 것은 감동 그 자체였다. 갈락시에서 다리우스의 재능을 믿는 것은 엘리아스뿐이었다. 그는 끈질긴 노력으로 자신의 아이디어를 살려 낼 줄 알았다.

「이제 어떻게 할 거야?」

다리우스가 물었다.

커튼을 열고 나서 엘리아스는 몇 초 동안 서성였다. 종이를 쥔 그의 손가락에 힘이 들어갔다. 다리우스와 탐정은 그를 불안한 시선으로 바라보고 있었다. 굵은 빗줄기들이 창문을 두드렸다.

「계속하세요.」

엘리아스가 말했다.

「뭐라고?」

다리우스가 놀란 표정으로 물었다.

「당신이 하던 일을 계속해요.」

「그럼 제가 당신을 계속 쫓아다니고 당신에 대해 조사를 해도 좋다는 말씀인가요?」

「당신은 그 일을 위해 고용되었잖습니까?」

「제가 쓴 보고서를 이렇게 힐까요?」

「내게도 복사해서 한 부 주시오. 나도 나에 대해 궁금하니까.」

8

마르고 라자뤼스는 사방 어디에나 있었다. 그녀는 시상하부, 피질, 신피질, 윌리스 서클, 후각구근, 탕포로 해마의 분포권, 뇌궁, 롤랑도의 골구, 피부가 굳어진 시체, 측두부엽, 정면엽, 시신경 교차, 뇌 회전을 맡고 있었다. 그녀는 흰색과 잿빛 물질 속에 있었고, 200억 개의 신경 세포 속에 각각 있는 뉴런과 시냅스에 매달려 있었다.

엘리아스는 그녀를 더 이상 보고 싶지 않았다. 왜냐하면 그는 원자력 발전소와 같은 심장을 가지고 있다는 느낌이 들었기 때문이다.

갈락시 스튜디오는 다시 무언가를 제거했다. 빛의 떨림이 달라졌고, 그것은 그의 망막을 자극했다. 복도와 방들의 넓이도 높이도 줄어든 것 같았고, 그는 거기에서 더 이상 마음이 편치 않았다. 엘리베이터는 이상한 소리를 냈고 커피는 신맛이 났다.

칼데이라 에피소드는 강한 인상을 주었지만, 그렇게 중요하다고 할 수는 없었다. 그 정도 일탈은 흔한 일이었고 하루에 최대 세 번까지도 먹는 점심 식사 시간의 단골 화젯거리였다. 또 다른 스캔들이 이미 그의 사건을 대체해 버렸다. 어떤 남자 배우는 자기 수영장에서 10여 명의 벌거벗은 젊은 여자들과 함께 찍은 자신의 사진을 보고 기겁을 했다. 갈락시 스튜디오를 위해 일하는 사람은 누구나 실패와 모욕감을 받아들일 무한한 능력을 가지고 있어야 한다. 상처받지 않은 척, 박스오피스에서 뒤로 밀리고 있지 않은 척, 아르덴 가스트의 질책을 안 받은 척, 어떤 배우나 감독에게서 욕을 먹지 않은 척하다 보면, 그 어떤 것도 자신의 마음을 움직이지 못하게 하는 능력을 갖게 되었음을 깨닫게 된다.

엘리아스가 말린 크릴새우를 두 손가락으로 조금 집어서 수족관에 넣어 주자 열대어들이 모여들었다. 그는 그것들이 이런 좋지 않은 먹이를 먹기 위해 다투는 모습을 바라보며 왜 그렇게 기를 쓰고 먹으려 하는지 궁금했다. 물고기들은 강렬한 색체의 아름다운 반점들을 가지고 있었다. 그렇지만 물고기들을 잠시만 관찰해 보면, 대부분의 물고기들이 너무 뚱뚱해서 균형을 못 잡고 뒤뚱거리며 헤엄치는 것을 볼 수 있었다. 엘리아스는 물고기들이 죽을 수 있는 유일한 기회는 바로 이 먹이에 있다는 결론을 얻었다. 정수된 물과 깨끗이 청소된 수족관은 물이 오염되어서 죽을 희망조차 앗아 가 버렸다. 위험에 전혀 노출되지 않은 이 물고기들은 자신들의 슬픈 존재를 끝장내기 위해 다른 약탈자들에게 도움을 기대할 수도 없었다. 보기에만 그럴듯해 보이는 이 지옥에서 빠져나갈 유일한 방법은 그들의 작고 빨간 심장이 비타민 풍부한 음식과 콜레스테롤의 공격으로 터져 버리는 길뿐이었다. 물고기들은 인조 물풀들과 휘고 빛바래져서 병들어 보이는 무지개처럼 수족관 가장자리에 쓰러질 듯 놓여 있는 플라스틱으로 만든 갈리온선(아메리카에서 금과 은을 스페인으로 나르던 대형 범선-역주)의 잔해 사이를 헤엄쳐 다녔다. 엘리아스는 물고기들이 죽는 것을 돕기 위해 건새우 먹이를 또 한 번 손가락으로 집어서 물속에 뿌려 주었다.

마르고 라자뤼스 프로젝트를 맡고자 하는 욕망이 별로 없는 탓에, 복도에서 한가로이 거닐고 있었다. 그는 스스로 멈출 기회조차 가져 보지 못했다. 그가 갈락시 스튜디오의 육중한 회전문을 밀고 들어간 첫날부터 그곳의 미친 리듬에 휩쓸려 다녔다. 정신없이 뛰어다니고, 전화 받고, 사업상의 이유로 점심을 네 번씩이나 먹어야 했다. 이틀 전부터, 그는 카페에서, 엘리베이터에서, 그리고 복도에서 사람들의 대화 내용에 귀를 기울였다. 그리고 그는 자기 주변에서 일하는 남녀들의 이 행복과 불행, 사랑, 연애, 우울 등의 얽힘과 같은 정상 상태를 자신이 갈망하고 있다는 것을 알게 되었다.

마리는 우아하게 이 책상에서 저 책상으로 옮겨 다니면서, 주변에 경쾌한 분위기를 퍼뜨리고 다녔다. 그녀는 그에게 커피를 따라 주었다. 그녀의 존재는 그로 하여금 생각을 바꾸고 최근의 사건을 잊게 해주었다. 그녀는 그에게 잡담을 늘어놓고 빅토르의 비서를 흉내 냄으로써 기분 전환을 시켜 주었다.

그런 주제로 영화를 한 편 만든 적이 있었기 때문에, 그는 여비서가 공연히 이런 식으로 행동하는 게 아님을 알고 있었다. 그 이유가 사랑 때문이라고는 볼 수 없었다. 왜냐하면 마리는 완벽하고, 멋지고, 잘생기고, 지적이고, 실업자이지만, 너무도 부드럽고, 너무나 재미있는 젊은 남자를 만나고 있기 때문이었다. 그러나 이건 별개의 문제였다. 마리는 그에게 애정을 가지고 있었다. 그런 사실을 깨달았을 때, 그는 당황했다. 마리가 그를 사랑한다는 사실이 그의 마음을 불편하게 한 것은 아니었다. 그가 사랑받지 못할 이유는 없었다. 그러나 그는 결혼이라든가 섹스 같은 것을 생각지 않는 순수한 애정을 자극할 만한 사람은 못 되었다.

그는 그녀에게 그녀의 가족 소식과 그녀 조카의 악성 기관지염과 그녀가 살 예정이던 볼테르 광장 근처 아파트에 대해 물었다. 그리고 나서 다른 직원들에 대해 30분쯤 이야기를 나누다가 마리가 먼저 그에게 작별 인사를 했다.

복도와 사무실들이 텅 비자, 그는 생각하고 싶지 않던 생각들에 휘둘리기 시작했다. 마르고 라자뤼스의 유령에게 겁을 주는 데는 알코올과 커피가 무용지물이었다. 그는 신문들을 분류하고 정리한 다음 자기가 만들었던 영화에 대한 기사들에 몰두했다. 이 기사들 속에서 열정이 되살아났다. 그는 책상을 정리하다가 우연히 마리의 메모를 발견했다. 클라라 호비가 또 전화를 했었다.

그 여기자가 그를 만나기 원했던 것이다. 도대체 왜? 인터뷰, 성공에 대한 그의 생각, 프로듀서라는 직업에 대한, 그리고 미래와 젊음에 대한 그의 의견을 듣기 위해서.

그는 기사 첫머리에 난 그녀의 사진을 다시 보았다. 갈색 머리의 미인인 그녀에게서는 섹시한 매력이 풍겼고, 웬만한 남자라면 인터뷰가 아니라 다른 무슨 제안이라도 거절하기가 쉽지 않을 것 같았다. 빅토르라면 기꺼이 간식거리로 즐겼을 것이다. 그녀는 그가 당장 응답하지 않아서 놀랐을 것이 분명했다. 아마도 그녀는 그에게 접근조차 불가능하다는 것에 더 자극을 받은 것 같았다.

11월의 어느 수요일 초저녁, 책상 위에 두 손을 모으고 앉은 엘리아스는 그녀를 상대로 다시 한 번 실수를 하기로 결심했다. 그로 하여금 최근의 일들을 잊게 해줄 아주 즐거운 실수. 그는 망가지고 싶었다. 영혼도 얼굴처럼 상처받고 피를 흘리게 하고 싶었다. 그는 자기 손에서 붕대를 풀어내서 쓰레기통에 버렸다.

어둠이 생명 없는 세상의 향기를 잠에서 깨어나게 한다. 엘리아

스는 문의 나무 재질, 문틀과 배관들의 철재와 알루미늄, 창문의
유리, 벽들의 석회 냄새를 느낄 수 있었다. 복도의 네온등 불빛 덕
분에 출구까지 가는 길이 보였다.

　난방 배관망들이 휘파람 소리를 내고 있었다. 엘리아스는 아주
작은 삐걱거림에도, 아주 작은 바스락거림에도 소스라치게 놀랐
다. 간밤에 파리 시청의 위생과 직원이 그들을 방문해서 그 건물
에서 쥐들의 지하 통로를 발견했다. 회반죽벽들을 덮고 있던 합
판과 두꺼운 종이들이 들뜨면서 틈새가 생겼고 쥐들이 벽을 뚫어
서 통로를 만든 것이라는 시청 직원의 설명이 있었다. 그 건물은
그야말로 쥐들에게는 그뤼에르 치즈였다.

　마리는 기록을 남기지 않았고 그녀의 서랍은 잠겨 있었다. 엘리
아스는 열쇠 구멍에 페이퍼 나이프 날을 밀어 넣었다. 찰칵 하는
소리가 침묵을 깨고 울려 퍼졌다. 야간 당직자는 눈치 채지 못했
다. 그것은 그의 사무실이었다. 그럼에도 불구하고 그는 부정행
위를 저지른 사람처럼 떨고 있었다. 그는 둘째 서랍에서 여기자
의 연락처를 찾아냈다.

　그는 소파에 깊숙이 파묻힌 채 전화번호를 손가락 사이에 꼭 쥐
고 들여다보았다. 그 연속적인 숫자들 속에서 무슨 암호라도 찾
아내려는 듯. 그는 전화번호를 누르고 나서 벨이 한 번 울리자 전
화를 끊어 버렸다. 문 위쪽에 걸려 있는 빨간색 액정으로 된 디지

털 벽시계를 바라보았다. 2분 후면 자정을 알리는 벨이 울릴 것이다. 그는 사무실의 작은 찬장에서 진을 한 병 꺼냈다. 알코올 기운이 그의 결심을 굳혀 주었다. 그녀는 나의 실수가 될 거야. 그는 다시 그녀의 전화번호를 눌렀다. 벨이 한 번, 두 번, 세 번, 네 번째 울리자, 잠이 덜 깬 목소리가 들려왔다.

그는 그녀를 기다리는 동안 거실 창문 앞에서 그녀를 엿보면서 진정제를 먹었다. 그는 루브르 거리에 있는 식품점에서 위스키 한 병을 사가지고 갔다. 새벽 2시가 될 때까지 문이 열려 있는 가게는 목마른 몽유병자들의 만남의 장소였다. 오랫동안 클라리스는 거기서 식량을 보급받았었다. 엘리아스가 식료품점 주인을 매수해서 그녀에게 술을 팔지 못하게 할 때까지. 그 주인은 계산대 위에 클라리스의 증명사진을 붙여 놓았었다.

그는 비닐봉지에서 술병을 꺼내 낮은 탁자 위에 놓았다. 램프 불빛은 투명한 호박색 술을 통과해서 그의 얼굴을 비쳤다.

아파트에서는 곰팡내가 났다. 그는 창문을 열고 거실과 방에서 탈취제 냄새를 내보냈다. 알로에 베라 향이 역겨웠다. 그는 악취를 제거한 것을 후회했다. 그곳이 그리 깨끗할 필요는 없었다. 씻지 말 것. 정리하지 말 것. 때가 그를 보호하도록, 더러움으로 너무 직접적인 접촉을 피하게 해주도록. 솜털 같은 미세 먼지가 가구들을 뒤덮고 있었다.

그들은 호텔로 가서 그들이 치르게 될 일들의 진부함에, 모험과 위험의 향기까지 보태기 위해 로비에서 가짜 이름을 적고 불륜 커플들의 대열에 합류할 수도 있을 것이다. 그러나 엘리아스는 다른 일을 우선순위에 두었다. 몸뚱이들은 이전의 몸뚱이의 흔적을 지우는 데에 이용될 것이다. 마치 우리가 피를 씻어 내기 위해 다른 피를 이용하듯. 그는 클라리스와 함께 보낸 6년의 세월을 잊고 끝나지 않은 저주를 피하고 싶었다. 이 아파트에서 무언가 일이 일어날 것이다. 어쩌면 아주 아름다운 일이라기보다는 현실적인 일이 될 것이다. 잘 알지도 못하는 이 아가씨와 함께 잔다는 것이 바보 같은 짓이라는 것을 그는 알지만, 이따금 계속 살아가자면 어쩔 수 없이 실수를 저지를 수밖에 없는 경우가 있다.

그녀는 무슨 일이 기다리고 있는지 알고 있다. 아무도 새벽 1시에 인터뷰를 하기 위해 나서지는 않는다. 그는 위스키를 한 잔 따라서 한 모금 마셨다. 그녀는 자신이 무엇을 위해 그를 찾아왔는지 알고 있다.

초인종이 그를 내면 독백으로부터 끌어냈다. 날카로운 벨 소리가 그의 귀정을 찢을 듯 들려왔다. 그는 일어나서 조심스럽게 문가로 갔다. 문 뒤에 있는 모든 것이 그에게 겁을 주었다. 술과 진정제가 몸속에서 섞이면서 그로 하여금 필요 이상으로 겁먹게 만들었다. 그는 심장 박동이 빨라지자 심장 발작으로 죽은 30대 남자들을 생각했다.

「안녕하세요.」

클라라가 말했다.

그녀는 헝클어진 머리카락 때문에 더 관능적으로 보였다. 그녀는 무릎까지 내려오는 캐시미어 외투에, 몸에 꼭 맞는 터틀 스웨터와 검은색 스커트를 입고 있었다.

「안녕하세요. 너무 늦게 전화해서 미안해요.」

그는 텅 빈 붙박이장 안의 전구를 교환해 달라고 부탁하기 위해 한밤중에 깨운 전기공에게 말하듯 그녀에게 말했다.

「괜찮아요.」

그녀의 입술이 그의 입술에 밀착해 왔다. 그녀는 그의 얼굴을 두 손으로 잡더니 키스를 했다. 그녀의 혀가 그의 입술 사이로 미끄러져 들어오더니 이 사이를 벌리고 그의 입 안으로 격렬하게 밀고 들어왔다. 그는 거친 동작으로 그녀를 밀어냈다. 그녀는 문짝에 부딪치면서 쓰러졌다. 그녀의 손가방의 내용물들이 카펫 위에 흩어졌다.

「미안해요.」

그녀는 다시 일어나게 도와달라는 뜻으로 그에게 손을 내밀었다. 그녀는 별로 화난 것 같지 않았다. 오히려 그녀의 눈빛은 더욱 에로틱해 보였다. 그녀의 스커트가 허벅지 아래까지 흘러내려 가늘고 까무잡잡한 다리가 드러났다. 클라라는 그보다 다섯 살이나 어렸지만, 그들이 이제 하려는 일에 있어서는 몇 년은 선배 같았기 때문에 그에게 강한 인상을 주었다.

「미안해요.」

엘리아스는 그녀를 일으켜 주면서 다시 한 번 사과했다.

「나는 당신 같은 스타일을 좋아해요.」

그녀는 신발을 벗고 재킷을 벗어서 긴 의자 위에 던졌다. 재킷 속에 가슴이 깊이 팬 옷을 입고 있어서 가슴과 어깨가 드러났다. 그녀는 그에게로 다가가서 그의 셔츠의 단추들 사이로 집게손가락을 집어넣어서 단추를 하나하나 풀기 시작했다.

「혹시 한잔 할 수 있을까요?」

엘리아스가 뒤로 물러서면서 물었다.

「혹시 한잔 할 수 있을 거예요.」

그녀가 그로부터 멀리 떨어져 있을 때, 큰 길, 좁은 길, 벽, 칸막이, 수백 개의 문 들, 그리고 밤이 그들을 갈라놓았을 때, 그는 그녀와 사랑을 나누고 싶었다.

그의 정신은 어이없게도 스스로 쳐놓았던 거미줄에서 도망칠 궁리를 하고 있었다. 그러나 클라라는 마치 그가 그녀를 즐겁게 해줄 수 있을 섯처럼 상릴한 욕방을 가지고 그를 바라보았다. 그는 콜걸을 불러 놓고 스스로의 환각에 빠져서 헤어나지 못하는 남자가 된 것같이 느껴졌다. 그는 이제 더 이상 아무것도 통제할 수 없었다.

그녀는 욕실로 들어갔다. 그녀가 제 집처럼 행동하는 데 엘리아스는 충격을 받았다. 마치 자신이 이 아파트에 한 번도 와본 적 없는 사람 같고, 오히려 그녀는 여기에 사는 사람처럼 자연스럽게 이 방 저 방 돌아다녔다. 5분 뒤, 그녀는 주저 없이 텔레비전 위쪽 붙박이장을 열고 위스키 잔 두 개를 꺼냈다.

플러시 천의 부드러운 표면을 만질 때처럼, 술병과의 접촉만으로도 엘리아스는 마음이 평온해졌다. 클라라는 오디오를 켜고 턴테이블 위에 리베라스의 음반을 올려놓았다. 그는 그녀를 대접하기 위해서 그녀의 잔에 위스키를 따라 주었다. 클라라는 그 양에 놀라면서 그를 바라보고 있었다. 위스키가 잔에 거의 차올랐는데도 엘리아스는 술을 계속 따랐다. 술이 넘쳐 낮은 탁자 위로 번져 나갔다. 엘리아스는 술병을 비울 때까지 계속 따랐다. 카펫에 물웅덩이가 생겼다. 장난을 치는 거라고 생각한 클라라는 목구멍에서 나오는 웃음을 터뜨렸다.

엘리아스가 넘칠 듯 찰랑거리는 술잔을 자기 입술로 가져갔을 때, 그는 이건 준비 운동이라고 생각했다. 이것은 이 여인으로 하여금 나를 만지게 하기 위해 필요한 애무이다. 나의 포기를 허용하기 위한 불가피한 키스다.

그들은 침대에서 뒹굴면서 사랑을 나눴다. 아니, 사랑 비슷한 것을 했다. 두 사람은 뒤섞였지만, 두 사람만 있었던 것은 아니고 그들의 유령들까지도 그들을 따라다녔다. 그들의 몸뚱이가 서로 만났고, 엘리아스는 나탈리를 생각했고, 나탈리의 피부와 가슴을 생각했다. 클라라는 그의 영혼을 차지하기에 충분하지 않았다. 그는 자신의 머릿속을 채우기 위한, 욕망과 죄의식이 격렬히 혼합된 이 상적인 칵테일 속에 빠져 나탈리를 생각하고 있었다. 그는 몸이 기진맥진해졌을 때, 여비서 마리를 포함해서 그가 지금까지 만났던, 그리고 가질 수도 있었던 모든 여인들과 사랑을 나누었다. 그 여자들은 벌거벗고 흥분된 상태에서 차례로 그의 품속으로 들어왔다. 그는 마르고 라자뤼스를 생각하지 않기 위해서 그들을 안았다.

클라라는 비명과 한숨, 거친 숨소리를 통해서 그에게 사랑하는 방법을 가르쳐 주었다. 엘리아스는 자신에게 있는 줄도 몰랐던 통제할 수 없는 성적 본능을 발견했다.

너무 오랫동안 무시당해 온 쾌락에 목말랐던 그의 육신은 잠에서 깨어 누릴 수 있는 최대한의 성적 쾌감을 충분히 만끽하고 있었다. 그는 그 쾌감 속으로 녹아들어 가서 아주 사라져 버리고 싶었다.

젊음이 그에게 배당한 몫의 기쁨을 누렸다. 진정한 행복은 그들이 고통스럽지 않다는 것을 깨닫는 것이었다. 그들의 평온해 보이는 얼굴은 서로 닮았다. 땀범벅이 된 그들은 서로 끌어안고 있었다. 클라라의 몸매는 아름다웠다. 그는 그녀의 가슴과 허벅지와 엉덩이를 클라리스의 그것과 비교했다. 희미한 불빛이 그녀의 몸매가 그리는 곡선을 부드럽게 감싸고 있었다. 엘리아스는 그

비단결 같은 피부를 손으로 쓰다듬었다.

「정말 좋았어요.」

그녀는 확신에 찬듯 말했지만, 두 사람 다 믿지 않았다.

클라리스와 함께 할 때 그것은 퍼포먼스가 아니라 뜨거운 열기였다. 그들은 서로를 만지고 끌어안으면서, 소복한 잿더미로 변하곤 했었다. 그 정도로 좋았다.

클라라는 많은 남자들과 사랑을 해봤기 때문에 스스로 전문가라고 생각했었다. 착각에서 깨어난 슬픔으로 그녀의 미소는 일그러졌다. 낯선 사람과 사랑을 나눌 때 원치 않는 한 가지가 있다면, 그것은 자신에 대해 무언가를 발견하게 되는 일이다.

엘리아스는 뭔가 말하고 싶었다. 그러나 그녀에게 말하는 것은 그녀에게 자신의 육체를 주는 것보다 더 큰 타락처럼 보였다.

클라라는 욕실로 사라졌다. 엘리아스는 그녀의 엉덩이를 바라보며, 그것이 너무 아름다워서 유감스러웠다. 그녀의 완벽한 몸매는 그녀의 동물적 욕망의 단순함과는 어울리지 않았다. 그녀는 샤워를 끝내고 나와서 그의 앞에서 몸을 말렸다. 짧은 바지를 입은 그녀는 방과 거실을 정리하고 잔들을 치우고 테이블을 닦았다. 그녀의 섹시한 속옷과 음란함 뒤에 숨어 있던 가정주부로서의 완벽한 행동이 드러난 것이다. 그녀가 아무리 발버둥 쳐도, 아무리 많고 다양한 남자들과 잠을 자고, 스와핑에 참가해 봤자, 결국 그녀는 결혼을 하고 아이들을 낳고 남편의 성실함을 믿고 과

거의 자기와 같이 행동하는 젊은 여자들을 저주하게 될 것이라는
생각을 하며 엘리아스는 우울해졌다.

9

목숨을 위태롭게 할 재주라 하더라도, 자신의 특별한 재주를 포기한다는 것은 어려운 일이다.

마르고는 아침 내내 걸었다. 그녀는 땀이 나서 터틀 스웨터와 속옷 아래, 얇은 양모와 면으로 된 속옷이 젖어 들고 있음을 느꼈다. 자신의 내부에서 일어나는 변화에서 벗어나기 위해 애쓰는 중이었다. 그녀는 터틀 스웨터를 벗고 속살을 드러낸 채 바람을 쏘였다. 속상한 일, 감기, 유행성 독감, 구협염 따위를 쫓기 위해서는 타락만큼 좋은 방법이 없고, 사랑의 감정을 쫓아 버리기 위해서는 어떤 병이든, 병에 걸리는 것보다 좋은 방법이 없다.

마르고 라자뤼스는 사크레 쾨르 성당의 계단에 앉아서 행인들을 관찰하고 있었다. 영화는 필요 없다. 눈만 뜨고 있으면 된다.

그녀는 행인의 손 떨림을 보고 급속 냉동 생선 포장 공장에서 야근한 노동자의 피곤함을 추측하고, 주름살 하나만 보아도 아이가 셋 있는, 코르시카산 돼지고기 제품과 범선을 좋아하는 사람임을 예상하고, 입술이 뾰로통한 것을 보고 광고 회사에서 사직서를 내고 나오는 사람임을 알아보며, 시선을 피하는 것을 보고 이제 막 사랑을 시작했고 진드기류에 알레르기를 일으키는 사람임을 알았다. 그녀는 인간의 영원한 수학적 혼합물을 포착했다. 즉, 그들의 핏속에 흐르는 곱셈과 덧셈, 그리고 그들의 생각과 심장 속의 나눗셈을 알아냈다. 그녀는 한 인물을 만들어 내기 위해서, 이쪽에서 다리 하나, 저쪽에서 한 가지 표정, 하는 식으로 눈동자의 색깔과 목소리 톤을 정했다. 몇 가지 유전자가 인간과 침팬지를 구별 짓듯, 겉보기에는 별것 아닌 것 같지만 전부를 바꿔 놓기도 하는 몇 가지 세부 사항들이 차이를 만든다.

그녀는 기사를 다 쓴 다음 이메일로 보내 놓고 나서, 전자 제품의 매뉴얼을 번역하느라 2시간을 허비했지만 그 제품의 특성과 용도를 제대로 파악하지 못했다. 배달부기 이른 아침에 그녀의 집 문 앞에 커다란 소포 꾸러미를 가져다 놓았다. 그녀는 아침에 일어나 샤워하러 가다가 그것을 발견했다. 라벨로 뒤덮이고, 우체국 소인이 찍히고, 일본어가 씌어진 그 위풍당당한 상자는 그녀에게 궁금증을 불러일으켰다. 그녀는 상자의 내용물을 맞춰 보려 했다. 매주 수요일, 그녀는 새로운 기계를 받을 때마다 크리스마스 선물을 받는 기분이 들었다. 그러나 그녀가 꾸러미를 풀어서 믹서나 비디오테이프 녹화기를 발견하면, 기쁨은 다시 추락한다. 그녀를 고용했던 남자는 그녀에게 상자들의 내용물은 가지라고 말했다. 그러나 그녀의 작업실에는 그렇게 많은 전자 제품들이 필요하지 않았다. 두도빌 가의 시장 주인이 그 사실을 알자, 그 물건들이 쓸 만하다는 것을 확인한 뒤로, 그녀로부터 그것들을 적당한 가격에 샀다.

그녀는 이 기계들의 사용법 번역을 위해 일주일에 5시간 이상은 보내지 않겠다고 선언했다. 누구에게나 지력이 떨어지는 한계 시간이 있는 법이기 때문이다.

마르고는 일어나서 사크레 쾨르 성당까지 올라갔다. 그녀는 그 성당 건물에 쓰인 돌이 비가 오면 흰색으로 변하는 것을 보며 신기해했다.

그녀의 소원이 이루어지도록, 빗줄기는 더 굵어졌다. 마르고는 입구 앞, 코니스 아래 어둠 속에서 웅크리고 있었다.

그녀는 터틀 스웨터를 다시 걸치고, 앙드레 델 사르트 가의 마주르카를 향해 갔다. 이미 10시였다. 그녀의 몸은 1회 분량의 카페인과 약간의 쓸쓸함을 요구했는데, 그것 없이는 존재하는 것이 재미가 없었다.

카페는 텅 비어 있었다. 그녀는 난로 근처에 자리를 잡고, 마음

속 생각들을 정리하기로 했다. 그녀는 에스프레소를 주문하고 상
황을 살폈다.

아마존과 오레노크 사이에 있는 처녀림에서 길을 잃고 죽은 콘
키스타도레스처럼, 그녀는 수많은 남자들에게서 사랑을 추구했
다. 그러나 그녀는 살과 다양한 체취밖에 만나지 못했다.

그녀는 힘 안 들이고도 상상 속에서 매일 남편을 만날 수 있었
다. 물론 그녀는 자신의 머리로 빚어낸 어떤 인물과 사랑에 빠지
는 것이기 때문에 매번 1회로 끝났다. 그렇게 빚어낸 환각은 일주
일을 넘기지 못했다. 근무 중 자신이 지니고 있던 무기로 자살하
는 경찰처럼, 마르고는 자신의 지나친 상상력 때문에 절망에 빠져
버리곤 했다.

그것이 부정적인 효과만 있는 것은 아니었다. 그녀는 자신이 사
랑한 남자들을 통해서 많은 것을 배웠다. 그들은 그녀를 박물관으
로, 콘서트로 데리고 다녔고, 책을 선물했고 기쁨을 주었다. 그녀
는 바이올린과 러시아 어와 포르투갈 어를 배웠고, 포커, 난초 기
르기, 비행선 조종하기, 펜싱 검 다루기, 기성 관측을 배웠다. 그녀
는 남자들이 그녀에게 마음을 여는 대신 그들의 서재를 열게 하고,
교양을 쌓기 위해 남자들을 사랑했던 것은 아닌가 싶었다. 그녀에
게 사랑은 사랑을 제외한 모든 것을 배우는 학교였다.

연애의 결말은 종종 그녀로 하여금 그것을 시작한 것을 후회하

게 만들었다. 앰뷸런스의 사이렌 소리가 그녀의 머릿속에서 다시 울렸다. 그녀는 최근에 위세척을 위해 의사가 그녀의 목구멍에 설치했던 관의 느낌이 되살아났다. 그녀는 포기했던 일과 약으로 인해 느꼈던 현기증과 하얀 방에서 깨어났던 일을 기억해 냈다. 의사들이 그녀에게 무언가 말을 했고, 그 병원의 심리 상담사들이 다녀갔다. 그녀는 자신이 왜 죽으려고 했는지, 그리고 그녀의 삶에 무슨 문제가 있는지 밝혀야 했고, 그 정도면 별로 나쁜 인생도 아니며 당신보다 더 불행한 사람은 얼마든지 있고 당신은 아직 젊다는 말을 들어야 했다.

결말이 좋지 않을 것이므로, 첫날부터 헤어질 준비를 하고, 첫 키스를 할 때부터 작별을 생각하는 것이 좋다. 알렉산드르 3세 다리 위에서, 팡테옹 앞에서, 데자미 카페의 테라스에서, 클리냥쿠르 도서관 앞 첫 계단에서, 뤽상부르 공원에서, 세인트루이스 섬에서 그녀는 그들에게 자기는 아직 어떤 관계를 맺을 준비가 된 것 같지 않다고 말했다.

나는 네가 아직 어떤 관계를 맺을 준비가 안 된 것처럼 보여. 너는 그렇게 까다로운 사람이 아니야. 네게는 인생이 너무 단순해. 너는 적어도 이틀간은 내 남자가 될 수 있을 거야. 하지만 이틀만 지나면, 나는 잠에서 깨어났을 때 네가 내 가슴 위에 있는 아름다운 장식품에 불과하다는 생각을 하게 될 거야. 우리는 우리 과거에 대해 아름다운 추억을 만들어 낼 수는 있을 거야. 악의 없이 거짓말을 하는 셈이지. 그런다고 우리가 상처를 입는 것도 아니고, 우리가 두려워할 것도 아니니까. 나는 네가 얼마나 많은 여자와 잠을 잤는지 알고 싶지 않아. 어떤 포르노 영화의 줄거리를 듣고 있는 기분이 들 것 같거든. 너는 내게 관심이 없어. 너는 여자라면 아무나 안을 수 있다는 듯이 나를 안고 있는 것 같아.

그녀의 남자들과의 관계라는 것은 나누는 사랑이라기보다는 자위에 더 가까웠다. 그들에게는 따뜻한 가슴이 있고, 사랑을 나누고 싶은 생각도 있었지만, 실제로는 개량된 전기 안마기에 불과했다. 기능 면에서는 별로 나아진 게 없지만 말 그대로 기분 전환을 위한 것이었다. 그녀는 그들의 가슴에 귀를 가까이 대고 기계음을 듣곤 했다.

항우울제를 과다 복용하면 이런 종류의 생각들을 잊을 수 있다.

마르고는 놀라운 건축물들을 지었는데, 그것을 짓는 유일한 목적은 무너져 내리게 하기 위해서였다. 낯선 사람과 키스하고 함께 자고 사랑에 빠지는 것은 쉽다. 왜냐하면 결국 우리는 자신이 만들어 낸 타인의 이미지와 함께 있기 때문이다. 그러나 이느 닐 너무나 가깝고 너무나 현실적인 남자를 만나서 이미지를 더 이상 상상으로 만들어 낼 수 없게 될 때가 있다.

가장 고급스러운 철학의 형태는 우리에게 잘못을 고치도록 가르쳐 주는 것이다. 우리는 자신을 속이지 않을 수 없다. 우리가 컴퓨터의 하드 디스크 속에 디지털화되거나 철학 책 속에 인쇄되지 않는 한, 우리는 결코 선하거나 완벽하지 않을 것이고, 우리는 이성과 진실의 가르침을 적용하지 않을 것이다. 우리는 종종 착각을 하지만 자신의 잘못 속에서도 상상력을 풍부하게 하고 그것으로 자연을 바꾸려 한다는 사실에 찬성해야 한다.

한편, 그녀는 에스프레소를 세 잔째 마시면서 엘리아스와 사랑에 빠지는 것은 신중하지 못한 일일 것이라는 결론을 내렸다. 어리석은 정신 분석가의 한탄을 듣는 것이 자살 방지 안내서를 손에 쥐는 것으로 끝내기 위해서라면 해볼 만한 가치가 없다.

10

여배우가 첫째로 명심해야 할 규칙은 여름에 죽지 말아야 한다는 것이다. 기자들이 바캉스를 떠났기 때문에, 당신의 죽음은 알려지지 않고 지나가 버릴 수 있으니까.

둘째, 젊고 적당히 예쁘고, 가슴도 처지지 않았다면 해변으로 갈 것. 반면 몸무게가 좀 나간다면 산으로 갈 것. 그리고 당신은 야외를 좋아하고 모피 코트를 싫어한다고 말할 것.

포부르 뒤 탕플 가 아래쪽에 있는 그의 아파트에서, 조에는 자신이 영화 월간지에 썼던 여배우가 지켜야 할 규칙에 대해 다시 읽었다.

열려 있는 창문은 아파트의 앞뜰 쪽으로 나 있었다. 그날 밤, 2층에 사는 커플은 사랑을 나누지 않기로 결심한 것 같았다. 그녀가 처음 여자의 비명 소리를 들었을 때, 살인이 난 줄 알고 경찰을 부를 뻔했다. 그 이후 얇은 커튼과 앞뜰의 가로등 불빛 덕분에 그녀는 그들의 사랑 의식을 그림자놀이로 즐겼다. 그들은 변장 놀이를 특히 좋아했다. 남자는 의사나 군인, 아니면 오토바이 타는 사람으로 변장을 하는가 하면, 여자는 간호사나 비서 아니면 창녀로 변장했다. 조에는 창가에서 담배를 피우며 그들을 바라보기를 좋아했다. 그들은 행복해 보였다. 결함이 있지만, 그래도 행복한.

그녀는 빈 잔을 잡았다. 끝없이 마실 수는 없다. 쉬지 않고 계속 담배를 피울 수도 없다. 그것은 유감이다. 담배가 사랑, 가족, 아이들, 그리고 시골 별장을 대신한다. 담배가 사람을 죽일 수 있을까? 물론. 죽음은 사랑과 가족과 아이들과 시골 별장의 대체물이다.

그녀가 프로그램 첫머리에 자기 이름을 올리는 데 성공했다면, 이제 자신의 생활을 알기 위해서 어떤 잡지를 펼쳐 보는 것으로 충분할 것이다. 유명해진 덕분에 그의 인격은 이제 대중과 언론 담당자들에게로 넘어간다. 본래의 자신으로 남는다는 것은 너무 피곤한 일이다. 모든 것은 신문 속에 있다. 내가 이번 바캉스 동안 무얼 했지? 내가 누구와 잤지? 내가 임신을 했나? 그래? 놀랍군.

그것은 뭔가 잘못된 것이다. 유명해졌다는 것은 그녀에게 큰 기쁨을 주지도 못한다. 그렇다고 유명해지기 이전으로 돌아갈 수도 없다. 선택의 여지가 없어진다.

어떻게 이 모든 일이 시작된 것일까? 아, 그렇다.

그녀는 브레스트에 있는 부모 집에서 연예 활동을 시작했다. 먼지 알레르기가 있는 그녀는 재채기를 자주 했다. 그녀가 공연을 했을 때, 관객들 뒤의 창문을 통해 바닷물이 출렁이고 있었다. 의자에 기대어 놓은 빗자루 두 개 사이에 그녀는 시트를 걸쳐서 무대를 만들어 놓고 모방이나 즉흥 연설로 자기 부모, 형제자매들의 기분을 풀어 주곤 했었다. 박수와 웃음소리에 그녀의 투명하고 커다란 눈은 반짝였다. 모두들 그녀에게 "너는 천부적인 소질이 있으니 여배우가 될 거야"라고 말했었다. 하지만 어린아이에게 "넌 재주가 있구나"라고 말하는 것은 위험한 일이다. 특히 그 애가 정말 재주를 가지고 있을 경우에. 그녀는 그것을 믿고, 30년 후 방두 칸짜리 좁은 집에 혼자 살게 될 것이다. 사랑할 수 있는 능력을 심사숙고하면서 다 낭비하고, 폐병에 걸린 채 늙은 고양이 한 마리와 함께 살게 될 것이다.

그녀는 파리에 오기 전에 고등학교와 대학에서 연극 강의를 들었다. 그녀는 자기 자신이 아닌 무엇이 되기 위해서, 그리고 다른 운명과 정열을 경험히고, 인긴 영혼의 온깃 양상을 배우기 위해서 배우가 되었다. 그 결과, 오늘날, 그녀는 자기 자신을 연기한다. 칫솔에 시안화물을 다섯 방울 떨어뜨리는 것을 막아 주는 완전히 기상천외한 유머 감각을 가진 신랄한 노처녀 역이 그것이다. 그녀는 평생 연습한다. 목소리, 자세, 유연성을 훈련한다. 어떤 역할을 맡더라도 소화해 낼 수 있도록. 그러나 사람들은 당신에게 자연스러워지라고 말하고, 있는 그대로의 당신처럼 완벽하게 연기하라고 주문한다.

인생의 비극은 불일치에 기인한다. 어릴 때는 어른이 되면 자신이 하고 싶은 것을 하고, 초콜릿 바만 먹고 대낮까지 늦잠을 자고 하루 종일 만화 영화만 볼 수 있을 것이라고 생각한다. 그러나 과연 그것이 가능한가? 천만에. 우리는 어른들의 이상한 술책에 시간을 다 낭비하고 결국 극도로 예민해져서 인생을 망치게 된다. 우리가 꿈을 실현할 수 있게 되었을 때, 그 꿈은 더 이상 우리의 관심사가 아니라는 사실을 확인하는 것은 정말로 맥 빠지는 일이다.

그녀는 담배를 덜 피우게 되었다. 그녀는 그것을 알고 있었다. 그것은 담뱃갑 위에 씌어 있었다. 라디오와 텔레비전, 자비롭고 걱정 많은 사람들이 그녀에게 그것을 계속해서 주입시켜 주었다. 그녀는 담배를 아예 끊고 싶었지만, 사람들은 그 대신 그녀에게 뭐라고 했던가? 그녀의 인생에 유일한 즐거움을 주는 취미 생활을 포기하는 것은 의지로 되는 일이 아니라고 말했다. 만일 그녀가 담배를 끊는 여자 역을 한다면, 그 기회에 그녀는 담배를 끊을 것이다. 행복한 여자 역할을 얻기 위해서, 순수한 직업의식으로, 그녀는 행복해질 수도 있을 것이다.

고양이는 재채기를 하고 나서 자기 오른쪽 다리를 문질렀다. 녀석은 코를 킁킁거리면서 그녀의 아파트의 두 개뿐인 방에서 어슬렁거리고 다녔고, 긴 의자에서 양념 선반 위로 뛰어올랐다. 계피 가루가 들어 있는 병이 쓰러져 바닥에 떨어져 깨지면서 붉은 색 구름이 방에 퍼졌다.

마흔 살에 우리는 다시 한 번 우리의 선택이 과연 옳았는지 자문해 본다. 그것이 그런 질문을 하는 마지막 기회이다. 왜냐하면 그 이후에 그런 질문을 하면 너무 슬픈 답이 나올 위험이 있기 때문이다.

회고해 보자. 그녀는 작은 아파트에 혼자 살고 있었다. 작은 집이나마 소유하고 있는 것은 돈을 좀 가지고 있을 때 집이라도 사 두라는 아버지의 충고를 받아들였던 덕분이다. '감사해요 아빠.' 장식은 완벽했다. '오, 내 사랑, 이 화병은 너무 매력적이야. 이 테이블은 환상이고.' '이 모든 걸 도대체 어떻게 구한 거야?' 라는 감탄의 말을 그녀는 수도 없이 들어왔다. 벼룩시장과 골동품 가게를 뒤지고 심지어는 쓰레기통까지 뒤졌다. 파리 사람들은 진짜 괜찮은 물건들도 내다 버리기 때문이다. 그러나 코끼리 모양 주전자 같은 귀여운 소품들로 내부를 가득 채우려면, 시간이 필요하다. 진짜 비밀은, 조에기 여자 친구들의 귀에 대고 속삭이곤 했는데, 그것은 텅 빈 애정 생활과 탄식할 만한 성생활에 관한 것이라고 했다. 당신도 시도해 보면 알게 되리라. 일요일들을 잘 보내야 한다. 커다란 가방들을 사서 수천 가지 물건들로 채우라. 그것들이 쌓이면 한 어린아이를 대신할 것이다.

물론 그녀는 일을 했지만, 종종 그녀가 맡는 역할 중 청구서의 돈을 지불하는 역할이 가장 재미있었다. 나는 '부엌 창문을 바꿀 수 있을 거야'라든가 한 번밖에 입지 않을 거면서 굉장히 비싼 옷을 살 수 있다고 기분 좋게 말하는, 잘난 체하는 멍청이의 엉터리 텍스트를 암송하는 것은 얼마나 슬픈 일인가.

계피 가루를 뒤집어쓴 고양이가 무릎 위로 올라오자, 그녀는 자기 개에 대한 애정을 과시하고 다니는 이웃집 여자가 떠올랐다. 그 사실이 그녀로 하여금 울고 싶게 만들었다. 조에는 사람보다 더 나은 동물이 있다는 것을 믿지 않았다. 동물들은 먹고 교미하는 일밖에 생각하지 않기 때문이다. 가축은 인간이 우리에게 안겨 주는 실망을 그대로 답습한다.

그녀는 고양이 이름을 짓지 못했다. 그녀는 그것을 연구해 볼 생각도 하지 않았다. 녀석은 15년 전부터 그녀의 아파트에서 어슬렁거렸고, 이웃집 지붕으로 내려와서 앞뜰로 뛰어내렸다. 녀석은 며칠씩 사라졌다가 비쩍 마른 모습으로 맛있는 음식과 애무를 기대하면서 되돌아오기도 했다. 그녀는 그것을 자신들의 고양이, 즉 합법적으로 결혼했고, 합법적으로 행복한 부부인 조에와 리샤르의 고양이라고 생각하면서 사들였다. 녀석은 벌써 열다섯 살이 되었고, 거기에 일곱 배를 곱하고 속담의 어리석음을 믿는다면 백다섯 살 노인인 셈이다. 고양이는 여전히 그럭저럭 잘 지냈다. '이것이 바로 내 사랑에 대한 좋은 메타포'라고 조에는 생각했다. 왼쪽 귀가 찢기고 다리를 질질 끄는 늙은 수고양이. 그녀는 리샤르에게 바치는 사랑과 그 수고양이를 동일시 한 나머지, 이따금 그녀는 고양이가 차에 치여서 자신을 주술에서 해방되게 해주기를 바랐다. 그녀는 고양이가 죽는 날, 자신도 타인과의 사랑에서 자유로워질 것이라는 예감이 들었다.

가축의 새끼들은 사람을 잘 따른다. 이것은 그녀가 동물 보호소에서 고양이를 데려오면서 생각했던 바이다. 고양이가 따라온다면 당신은 어머니로서 자격이 있는 것이다.

여러 번 그녀는 바보짓을 할 뻔했었다. 오며 가며 스친 어떤 남자와 잠을 자고 추억으로 그의 정자를 간직하는 것. 그녀는 침대 발치에 굴러다니는 콘돔을 냉동 보관할 생각까지 했었지만, 차마 그렇게 할 수는 없었다. 그녀는 양심과 절망적인 나쁜 원칙을 가진 자신이 싫었다. 그런 것만 없다면, 그녀는 행복한 한 아이의 엄마가 될 것이고, 아이도 행복하리라는 것, 당신은 이해하겠는가? 아빠가 없더라도 그녀는 아이에게 아빠의 대체물들을 찾아 주면 될 것이다. 부족한 것은 아빠가 아니다. 엘리아스는 그 역할에 적임자 같다. 그러나 시리얼 상자 같은 것조차도 좋은 아빠가 될 수 있다. 대부분의 남자들이 언급할 수 없었던 지적인 물건들은 얼마든지 있다. 그리고 비타민들도 있다. 남자들이 비타민을 주는가? 아니다. 그들은 당신의 항체를 가져가고 당신을 고기 덩이처럼 버린다.

하늘에 해가 쨍쨍한 날, 어떤 새가 창가에서 노래를 부르다가 고양이의 지친 발톱을 피해 달아날 때, 그녀는 자신의 인생의 긍정적인 면을 보았다. 그녀의 연애는 계속되었다. 이제 곧 12년. 그것은 기록이다. 미완성의 사랑이 계속될 뿐. 유부남과 사랑에 빠지는 것은 축복이다. 평범한 일상의 되풀이를 두려워하는 모든 여자들에게 그렇게 하라고 충고해야 한다. 일상의 반복은 없다. 나를 믿기 바란다. 왜냐하면 절망은 다시 일어설 수 있는 놀라운 힘을 가지고 있기 때문이다.

그녀의 여자 친구들은 모두 이혼하고, 배신당하고, 슬프고, 혼자가 되었거나, 아니면 정말로 사랑하지는 않지만 아파트와 견고한 두 팔과 열기를 제공하는 남자와 함께 살고 있다. 그녀들은 사랑과 섹스의 역사를 만들어 가고, 기성복 컬렉션에 따라 남자들을 갈아 치웠다. 남편, 아버지, 연인, 오빠, 그리고 아이 역할을 동시에 할 남자가 있기를 바라는 허황된 희망을 가지고.

그녀는 매력적인 왕자를 가질 수 있는 유일한 여자였다. 그러나 당신은 현대가 어떤 시대인지 잘 알지 않은가. 우리는 한 남자를 24시간 가질 수는 없다. 욕구가 아무리 강해도 나누어 가져야 한다.

라샤르가 결혼한 이후—사실 그의 아내를 속이기 위해 2년이라는 적당한 기간을 기다린 이후—그들은 자신들의 청춘사업을 다시 시작했다. 저주받을, 그러면서도 소중한 그날 이후, 몇 주 동안 조에의 나날은 단 하루뿐이었다(목요일). 그날은 세 시간(15시에서 18시까지)뿐이었고, 이 세 시간은 전 우주(르 브리스톨)가 되고, 전 우주는 하나의 혹성(303호실)이 되었다.

남자의 말에 무조건 귀 기울이기. 착한 여자 되기. 대단하지도 않으면서 거드름 피우는 남자 앞에서 경멸의 미소를 보이지 않기. 그녀는 자신이 지켜야 할 규칙을 외우고 있었다. 그녀는 그것을 너무 잘 알기 때문에 오히려 불리했다.

고양이가 그녀의 무릎 위로 뛰어 올라와서, 그녀는 잔뜩 구부린 녀석의 등을 쓰다듬어 주었다. 조에는 눈물을 글썽이며 생각했다.

「이 고양이가 죽기를, 제발, 죽기를.」

11

밤은 충고하기에 적합하지 않다. 밤은 해결책을 찾아보려 애쓰지만 불가피한 이유만 내세운다. 소파 겸용 침대를 다시 접는 동안, 엘리아스는 마르고 라자뤼스를 잊어야 한다는 의지로 충만함을 스스로 느꼈다. 다리우스는 서재에서 공부하고 있었다. 그가 자리를 뜨고 얼마 안 있어서, 전화벨이 울렸다. 엘리아스가 수화기를 들었는데, 숨소리만 들리고 말소리는 들려오지 않았다.

그는 칼데이라의 폭력 사태 이후 면도를 하지 않았다. 수염이 너무 자라서 입술 안으로까지 들어갔고 겉모습만 보면 죄수 같았다. 그는 진피까지 부드럽게 하려고 데일 듯 뜨거운 물로 샤워를 한 시간이나 하고 나서 면도를 했다.

클라라 냄새가 그에게 배어 있었다. 더욱 곤란한 것은, 이 여자에 대한 자신의 욕망의 냄새가 피부에 퍼져 있다는 것이었다. 라벤더 향이 나는 액체 비누로도 그 여기자에 대한 기억을 지울 수 없었다.

다리우스의 아파트는 너무 더워서 머리가 아팠다. 그는 환풍기를 샀고 냉커피와 얼음 과일 주스를 마시면서 시간을 보냈고 샤워를 했고 하루에도 몇 번씩 셔츠를 갈아입었다. 무더위 탓에, 얼굴의 상처가 잘 아물지 않았다. 파리의 시원하고 메마른 공기는 아무런 도움도 되지 못했고 오히려 상처를 갈라지게만 했다. 그런 기후 조건은 다리우스의 종려나무에게만 적합한 것 같았다. 그 종려나무는 믿을 수 없을 정도로 무럭무럭 자랐다. 나뭇잎들이 무성해져서 거실의 공간을 점점 더 많이 차지하게 되어서, 저녁에 침대 겸 소파를 펼칠 때마다 나뭇잎들을 밀어내야 했다.

그들은 카멜리아 3층에 다시 자리 잡았다. 빅토르가 떠난 뒤, 엘리아스는 친구의 부재를 실감하고 싶지 않아서 더 이상 그 카페에 가지 않았다. 트리스탄으로부터 온 전화가 그로 하여금 다시 기죽 소파와 대형 유리벽이 있는 카멜리아를 찾게 만들었나.

엘리아스는 웨이터가 트리스탄 앞에 파인애플 주스를, 그리고 자신 앞에 위스키 더블 잔을 가져다 놓았을 때, 아직 10시가 되지 않았다는 것을 알았다. 그는 웨이터에게 자기 잔을 도로 가져가고 아무 주스든 얼음을 넣은 주스로 한 잔 가져다 달라고 주문했다. 얼음을 많이.

「제가 누군지 아십니까?」

「예. 배우시죠? 그것도 아주 훌륭한. 당신 같은 배우가 잘나가지 못한다는 것은 수치입니다.」

「별말씀을 다하십니다.」

트리스탄이 말했다.

「당신 같은 배우가 배역을 얻지 못하다니 놀랄 일입니다. 내게 한 가지 생각이 있습니다. 내 친구 중 한 사람이 영화 제작 준비에 들어갔는데, 그 영화에 당신에게 꼭 맞는 배역이 있을 겁니다. 나 같으면, 가능한 한 빨리 당신을 쓰겠습니다.」

트리스탄은 눈이 휘둥그레졌다. 그는 그들의 만남이 그런 식으로 풀려 나가리라고는 예상치 못했었다. 그들이 악수를 나누는 순간, 엘리아스는 그가 그들의 인터뷰를 준비했다는 것을 짐작했다. 그의 이마 위 잔주름들은 그의 머릿속이 얼마나 복잡한지를 말해 주었다. 트리스탄은 무대에서는 뛰어났지만, 현실 생활에서는 한심한 배우였다. 아마도 그런 이유 때문에 그는 제대로 된 역을 맡지 못하는 것 같다. 사람들은 그의 사람됨 자체만을 평가할 뿐, 그가 자신의 피상적인 모습에서 끌어낸 재주에 대해서 평가하지 않았다. 정확히 반대의 이유 때문에(왜냐하면 그녀는 너무도 지성적이기 때문이다), 조에는 똑같은 문제를 겪고 있었다. 트리스탄은 엘리아스의 말을 그대로 받아들이지 못했다.

「농담하십니까?」

「내 얼굴 봤어요? 내가 지금 농담할 상태라고 생각하십니까?」

「제가 누군지 정말로 아십니까?」

애원하는 어조로 트리스탄이 물었다.

「그게 그렇게 중요해요?」

엘리아스는 아무렇지도 않게 내뱉었다.

「저는 당신 아내의 애인입니다.」

「그거 우습군. 나는 결혼한 적이 없는데.」

「저는 클라리스와 자는 사이입니다.」

트리스탄이 말했다. 그의 눈빛은 엘리아스에게 도와 달라고 간청하고 있었다.

「나더러 당신을 축하해 달라는 말이오?」

가엾은 트리스탄은 신경이 곤두선 것처럼 보였다. 한편 그는 자랑스러워하고 있는 것 같기도 했다. 엘리아스는 자기가 클라리스와 사랑하던 방식이며 클라라 호비와의 처참한 에피소드를 떠올렸다. 그는 트리스탄의 역량과 그의 남자다운 외모를 높이 평가했고, 이런 남자라면 사랑을 할 줄 알겠구나 싶었다. 그는 감각적 쾌락의 냄새를 너무 풍긴 나머지, 엘리아스는 잠시 그가 동성애자가 아닐까 의심했다. 칼데이라의 폭력 사태 이후 많은 것이 달라졌다. 다른 시대가 열렸고, 지난 수년간 그가 쌓아 온 모든 것을 재검토해야 했다.

「대응하실 생각은 없습니까?」

「전혀.」

「제 얼굴을 한 대 갈기셔도 좋습니다.」

「그럴 수도 있겠죠. 이봐요, 나는 지금 다른 걱정거리들도 많아요. 클라리스와 나는 6년을 같이 살았어요. 지금 그녀는 날 떠났고. 당신이 사랑에 빠진 거, 나로서는 참 놀랄 일일 뿐입니다. 그건 성생활의 문제가 아닙니다. 그렇다면 당신은 거기에 있지 않았겠죠.」

「당신에게는 그게 단순해 보입니까? 이해하고 싶습니다. 그녀는 당신이 그녀에게 해준 모든 일들을 내게 말해 주더군요.」

엘리아스는 놀라면서 말했다.

「한때 나는 선한 사마리아인이었습니다. 하지만 그게 당신과 무슨 상관입니까?」

정말로 잘생겼다. 트리스탄은 정말 미남이었다. 엘리아스는 그를 찬찬히 살펴보았다. 그는 누구도 부인할 수 없는 우아함을 지니고 있었다. 지적인 면은 부족했지만 그것이 오히려 그의 매력이었다. 상상력이라고는 전혀 없어 보일 정도로 어리석어 보이기도 했다. 그러면서도 근육질 몸매에 단호한 면도 엿보이는 그는 진짜 폭력은 경험해 본 적이 없었다. 그것은 분명했다. 그는 자기 애인을 쳐다보는 남자들과 몸싸움을 벌이거나 왜소한 남자들에게 자기 근육을 과시하려는 그런 종류의 남자였다. 다리우스의 야생적인 힘과는 거리가 멀었다.

그는 스크린에서 대성공을 거둘 것이다. 그렇게 되면 모든 젊은 여자들이 자기 방에 그의 사진을 걸어 놓을 것이다. 하지만 그렇게 될 확률은 거의 없다. 누구든지 성공하고 재산을 모으고 존경받고 싶어 하는 것은 당연하다. 그리고 우리는 그것을 위해 일하지만, 결국 속고 만다. 모든 사람이 다 속고 열심히 일한다. 그러나 엘리아스는 트리스탄을 안심시키고 싶어서 우리가 암에 걸릴 확률보다 성공할 확률이 더 크지는 않다고 말해 주었다.

그는 트리스탄이 클라리스의 애인이 된 것을 원망하지 않았다. 그는 그녀가 트리스탄과 만난 것이 오히려 다행이라고까지 생각했다. 아파트 맞은편 카페테라스에서 그들이 키스하는 장면을 목격했을 때, 그는 당장 트리스탄을 어리석고 무모한 색마로 단정지었다. 그런데 그것은 착각이었다. 그가 클라리스에 대해 말할 때의 얼굴 표정에서 진지한 관심, 약간의 질투심을 동반한 애정 어린 걱정과 마음 씀이 보였다. 그것이 엘리아스를 감동시켰다. 그것이 그가 원하는 바라고 생각했다. 트리스탄은 두 손을 비비면서 입술을 깨물었다.

「클라리스가 다시 술을 마시기 시작했어요.」

안 돼. 엘리아스의 머릿속에서는 수천 갈래 목소리가 합창으로 '안 돼'라고 외쳤다. 트리스탄의 얼굴이 그의 눈앞에서 일그러졌다. 주름은 더 깊어졌고, 이마의 뾰루지와 머리의 기름기가 더 돋

보였다. 트리스탄의 양손이 신경질적으로 움직였다. 그는 자기 잔을 쓰러뜨렸다.

「저는 어찌해야 할지 모르겠습니다.」

트리스탄은 냅킨으로 테이블 위를 닦으면서 말했다.

「당신이 그 문제를 잘 아시리라 믿습니다. 그래서 부탁드리는 데…… 절 좀 도와주세요. 당신께 이렇게 부탁드리는 거 염치 없는 짓이고, 당신이 저를 원망하셔도 저는 할 말이 없습니다. 솔직히 말씀드리면, 차라리 당신이 제게 화를 냈더라면 제 마음이 더 편했을 겁니다. 당신이 저를 두들겨 팬다 해도 저는 당신을 원망하지 않을 것입니다. 어떤 방식으로든 제 죗값을 달게 받을 각오가 되어 있습니다.」

구타가 유행되었다는 것에 엘리아스는 주목했다. 칼데이라와 빅토르의 이미지가 그의 머리를 스쳐 지나갔다. 트리스탄은 맞을 각오를 하고 클라리스를 사랑했던 것이다. 그의 낭만적인 생각에 엘리아스는 강한 인상을 받았다. 그는 클라리스가 그런 남자와 함께 있어서 오히려 안심이 되었다. 그는 전혀 화나지 않았고, 트리스탄이 원하는 대로 그에게 주먹을 날릴 마음도 전혀 들지 않았다. 정작 그가 두들겨 패고 싶은 사람이 있다면, 그것은 자기 자신뿐이었다. 그는 너무도 많은 일들을 그르쳤고 너무 많은 시간을 낭비했다. 처음으로 그는 칼데이라의 구타를 이해하게 되었다. 그의 자리는 아프리카가 아니었다. 그는 파리에서 끝내고 시작해야 할 일이 많았다.

「당신의 도움이 필요해요. 정말로 당신 도움이 필요해서요……」

트리스탄은 알아듣기 힘들 정도로 빠르게 말했다.

그는 그를 도와줄 것이다. 그는 무엇을 도와주어야 하는지 너무도 잘 알고 있었다. 그는 트리스탄에게 술병들을 어떻게 감추는지 그리고 다양한 구타 방법을 동원해서 그녀가 술병을 가까이 하지 못하게 하는 법을 가르쳐 줄 것이다. 그는 그에게 말해 줄 것이다. 당신은 그녀에게 저항하고 그녀와 싸워야 할 것이라고. 이따금 그 압력이 너무 강해서 당신은 그녀에게 술을 사주고, 더구나 맥주를 할 것인지 제일 약한 와인을 할 것인지 선택하게 하는 예의까지 갖추게 될 것이다. 당신이 사랑하는 여자를 구하기 위해서는 속임수도 쓰고 거짓말도 해야 할 것이다. 어쩌면 그녀를 잃게 될지라도. 당신은 그렇게까지 할 각오가 되어 있는가?

「당신들은 서로 사랑하고 있겠죠. 아닌가요?」

엘리아스가 물었다.

「그럼요. 우리는 서로 사랑합니다. 처음에 나는 클라리스에게 매력을 느꼈어요. 그녀는 정말…… 뭐랄까, 섹시하고 야성적이고……」

「더 구체적으로 말할 필요는 없어요, 트리스탄.」

그런다고 그가 질투를 느끼는 것은 아니었지만, 아무튼 클라리스가 그에게 중요한 존재였기 때문에 그런 자세한 이야기를 듣는 것은 고통스럽다는 것을 보여 주어야 했다. 그가 진실을 말해 버리면 모든 걸 망치게 될 것이다. 다시 말해, '그녀가 지금 내게 낯선 여자이고 그전에도 항상 그랬었다'라고 말하면 모든 걸 망치게 될 것이다.

「아무튼, 지금, 우리는 사랑하고 있어요.」

그의 순진한 감정 표현 방식이 엘리아스를 감동시켰다. 트리스탄의 입술은 감동으로 떨렸고 순수한 눈은 그를 꿰뚫어 보고 있었다. 그는 사랑에 빠졌고, 아무런 의심도 하지 않았다. 엘리아스는 자신이 클라리스에게 이런 감정을 경험해 본 적이 없었음을 다시 한 번 확인했다.

「그녀는 내 아파트를 엉망으로 만들었어요. 그건 그녀가 건강이 안 좋다는 뜻이지요. 안 그런가요?」

「네. 그런 비슷한 기억들이 주마등처럼 떠오릅니다. 그녀의 건강이 안 좋다는 의미 맞아요.」

「무언가 조처를 취해야 해요. 그녀가 술을 끊어야 하니까.」

엘리아스는 그의 마지막 말을 되새겨 보느라 잠시 침묵을 지켰다. 트리스탄은 선의와 애정이 넘쳤다. 이 가엾은 친구는 고통받게 될 것이고 자신의 사랑을 확인할 무언가를 찾을 것이다. 그는 자신의 서투름을 더 잘 이해했다. 그녀가 눈을 어떻게 흘기는지, 어떻게 눈을 내리깔고 속삭이는지까지 설명할 수 있을 정도로 깊은 관계를 가졌던 여자와 그가 잤다는 것 때문에 생기는 거북한 마음이 아니라, 아마도 그가 처음으로 그 사랑에 대해 말했기 때문이리라.

「우리는 잘 해낼 거요, 트리스탄. 그러나 당신은 술을 끊는다는 것이 상상할 수 없을 정도로 어렵다는 걸 알아야 해요.」

엘리아스는 그의 어깨에 한 손을 얹으며 말했다.

그는 클라리스를 따라 술 좋아하는 그룹이 벌인 파티에 갔을 때, 알코올 중독에서 벗어나려고 인생을 거의 다 보낸 사람들을 만난 적이 있었다. 이가 다 빠지고 눈꺼풀이 거의 다 내려앉은 한 남자가 그에게 말했다. "술병 속에는 라벨에 써 있는 것 외에 많은 것들이 들어 있다는 걸 아실 겁니다. 그 안에는 미소가 들어 있어요. 거기에 어떻게 미소를 집어넣었는지는 모르지만, 아무튼 미소가 들어 있어요."

「술은 모든 것을 해결해 주기 때문이오, 트리스탄. 술이 모든 걸 해결해 줘요.」

엘리아스는 자기 주스 잔을 비우면서 말했다. 얼음 조각들이 이에 부딪혔다.

엘리아스는 트리스탄이 자존심에 상처받지 않도록 하기 위해 충분히 항의하도록 한 후 계산을 했다. 그들은 같은 여자를 알고 같은 전쟁을 치르는 사람끼리 느끼는 동지애를 가지고 악수했다.

자기 임무를 완수했고 어려움을 극복했고 이제부터 모든 것이 잘 풀릴 것이라고 믿는 사람의 만족감을 가지고 트리스탄은 빗속을 걸었다. 엘리아스에게 말한 것이 전날 밤의 절망을 말끔히 씻어 주었다. 그는 마치 사면과 축복을 받은 것처럼, 그에게는 이제 불가능할 게 없어 보였고, 깨진 접시와 눈물, 술병을 단단히 잡은 클라리스의 손, 그리고 다리 사이에 처박은 그녀의 머리를 잊을 수 있었다.

그는 오베르캉프 방향으로 가는 버스를 탔다. 그는 사실 엘리아스의 분노를 두려워했었다. 그런데 아무 일도 일어나지 않자, 그는 엘리아스의 냉담함이 두려워졌다. 그러나 이제, 그는 더 이상 의심하지 않았다. 그는 엘리아스를 믿을 수 있었다. 트리스탄에게 더욱 만족스러운 것은, 영향력 있는 프로듀서와 사이가 틀어지지 않았다는 사실이었다. 더욱 잘된 것은 일까지 약속받았다는 사실이었다. 그는 자기에게 맞는 역할을 줄지도 모를, 엘리아스의 동료 프로듀서의 전화번호가 적힌 쪽지를 손에 쥐고 있었다. 착각에 빠진 사람들이 누구나 그렇게 행동하듯…….

그가 장 피에르 탱보 거리에 다가감에 따라, 그의 걸음걸이가 느려졌다. 그는 클라리스와 어떻게 해야 할지 몰랐다. 그녀는 그들이 만난 지 반년 된 것을 기념하기 위해 저녁을 준비하겠다고 약속했다. 그는 그녀가 술 마시는 것을 막지 못할 것이다. 아무튼 특별한 날이니까. 내일부터 치료를 시작할 것이다. 그들은 계속해서 말할 것이다. 그녀는 그것이 필요하다고 했다.

그가 엘리아스보다 유리한 점은 자신의 적을 잘 모른다는 사실
이었다. 그 자신이 술을 마시지 않기 때문이다. 따라서 그는 문제
를 제대로 파악하지 못할 것이다.

그는 난생처음으로 두려움을 느꼈다. 바로 클라리스를 사랑한
다는 것을 깨달았을 때에 말이다. 그는 추월당한 느낌이 들었다.
엘리아스가 영화 촬영장에서 감독과 논쟁을 벌이고 있을 때, 그
는 그녀를 처음 보았다. 그는 후광과도 같은 금발에 둘러싸인 그
녀가 매우 아름답다고 생각했다. 놀이동산의 롤러코스터를 탄듯
그의 눈 속에서 무언가가 흔들렸다. 그는 그녀가 여배우라고 생
각했다. 그것은 내일을 약속할 수 없는 사건일 뿐이다. 어떤 여자
와 잔다. 왜냐하면 그녀가 매우 섹시하고, 그녀가 원하는 것은 우
리의 영혼이 아니라 욕망이라는 것을 알기 때문이다. 그리고 우
리는 가족과 자녀라는 개념을 생각하는 중이다. 빌어먹을. 그는
이런 것은 예견치 못했다.
그는 엘리아스를 무척 좋아했다. 당당함과 무례함에도 불구하
고, 그는 동정심을 불러일으켰다. 그는 지금까지 그렇게 독특한
사람을 만나 본 적이 없었다.
트리스탄은 자기가 엘리아스에게 전화를 했었다는 말을 클라리
스에게 하지 않았다.
그들의 관계 초기부터 그녀는 엘리아스의 멋진 사진을 세워 두

었다.

트리스탄은 그녀가 왜 그를 사랑한다고 믿었는지 이해가 갔다. 그녀는 아팠고 길을 잃었었다. 갑자기 한 남자가 그녀를 구하러 왔고, 그녀가 그를 사랑한다고 믿는 것은 합리적인 차례였다. 인정과 애정을 통해서. 그러나 엘리아스는 수수께끼로 남아 있었다. 트리스탄은 사람이 사랑하지 않는 사람과도 편하게 지낼 수 있고, 존경하고, 같이 사는 것이 습관화되면 6년이란 세월을 함께 살 수도 있다는 것을 인정했다. 그러나 클라리스 같은 사람과 함께, 그것도 그녀의 발작과 함께 6년을? 별로 있음 직하지 않은 얘기다. 무슨 신성한 동기라도 있지 않고서는, 납득이 가지 않는 일이다.

클라리스가 엘리아스를 사랑하지 않았다고 말을 해도, 트리스탄은 질투를 느꼈었다. 왜냐하면 그가 그녀를 구해 줬었기 때문이다. 그는 그녀에게 몸과 마음을 모두 바쳤던 것이 아닌가. 클라리스가 다시 술병에 손을 대기 시작했을 때, 트리스탄은 그녀를 사랑하지도 않았던 이 남자보다 더 잘할 기회를 만난 것으로 생각했다. 그녀의 재추락이 그에게는 좋은 기회였다. 그는 그녀를 완벽하게 그리고 결정적으로 구할 것이다.

12

아르덴 가스트는 마르고 라자뤼스 프로젝트에 집착했다. 늙은 상어는 먹이를 놓치지 않는다. 메모가 마리의 책상 위에 쌓여 갔다. 가스트의 여비서의 메시지가 응답기에 넘쳐났다. 그러나 이틀 전 엘리아스가 마르고를 만난 이후 검은색 커버의 기록이 꼼짝도 하지 않고 있었다.

매일 엘리아스는 15시간씩 일했다. 일거리가 부족하지는 않았다. 모든 사람들이 프로듀서와 만나기를 원한다. 엘리아스는 점심시간을 사람들과의 만남으로 날려 버리곤 했다. 그는 상대방의 이야기를 열심히 듣고 고개를 끄덕였다. 그들의 이야기와 생각이 그를 배부르게 했다. 잘만 이용하면 사람들은 마약이 된다. 진부한 대화가 지겨워질 수도 있지만.

두 번의 약속 사이에, 그는 손가락들이 그의 책상 왼쪽 구석에 놓여 있는 서류들을 만지지 않도록 하기 위해 하찮은 일에 몰두했다. 숙제를 하지 않고 부모의 간섭을 피하기 위해 숨어 버리는 어린아이처럼 그는 지하 호숫가를 산책하기 위해 지하로 내려갔다.

그는 마침내 이 이야기에 부합할 것 같은 대여섯 명의 시나리오 작가들과 감독들을 생각해 낼 것이다. 그는 그들에게 마르고 라자뤼스의 서류 복사본을 보내고 그들 중 한 사람이 이 서류를 보고 그중 일부를 이야기로 녹여 낼 수 있을 만큼 충분히 영감을 얻기를 기대할 것이다. 그는 새 영화를 준비 중이라는 소문을 은근히 퍼뜨려서 또 다른 후보자들을 유인할 것이다. 전화가 몇 차례 오고, 몇몇 남자와 여자들이 친근한 목소리로 자기소개를 할 것이고, 그는 그들을 만나고, 각기 다른 접근법을 들어 본 후에, 누구에게 그 작품을 맡길 것인지 결정할 것이다. 선택된 행복한 남자와 함께 일할 주연 여배우도 고르게 될 것이다. 아르덴 가스트는 30초쯤 그 프로젝트에 눈길을 던지고 나서 수백만 프랑을 예산으로 정할 것이다. 곧이어 거대한 기계 설비가 작동될 것이다.

엘리아스가 다리우스에게 갈락시 스튜디오를 소개하던 날, 다리우스는 거기에서 지출되는 비용을 보고 깜짝 놀랐다. 보물 창고에 있는 것 같은 인상을 받은 그는 엘리아스에게 감탄 반, 실망 반의 시선을 던지며, "브라보, 너는 은행에 들어갔지만 은행을 털 생각은 않고 은행가가 되었군"이라고 말했다. 잠시 그의 맞춤 양복이 엘리아스를 부끄럽게 만들었기 때문에, 그는 "네가 진정으로 원하는 건 뭐냐?"라고 자문했다.

한때 정말 까마득하게 오래전 같지만, 불과 엿새 전만 해도, 그는 하늘을 자기 어깨로 떠받치는 게 습관이 된 사람의 너그러운 미소를 띠고 이 모든 것을 책임질 수도 있었을 것이다. 그러나 장애가 너무 많았다. 마르고 라자뤼스와 함께 일하는 것은 생각도 할 수 없는 일이고, 그녀의 인생에 대한 영화를 만드는 일은 불가능해져 버렸다. 그녀의 절망을 이용하는 것, 그녀의 애인 중 한 사람 역할을 할 배우를 고용하고 그 배우가 그녀 역의 여배우를 끌어안는 것을 보는 것, 화면에서 가장 잘 나타날 면도칼과 알약을 찾는 것이 이제는 불가능한 일 같았다.

그는 자신이 클립을 크기와 색깔별로 분류했다는 것을 깨달았을 때, 전화기를 가져다가 수화기를 손으로 단단히 잡았다. 그는 "아닙니다, 내가 당신에게 했던 말들을 모두 잊고 영화도 잊으세요"라고 말할 생각으로 마르고 라자뤼스의 전화번호를 눌렀다. 아르덴 가스트와 그의 이력을 위해서는 안된 일이지만. 그는 그녀를 더 이상 만나고 싶지 않았다. 그는 계약서를 놓고 조목조목 따지고, 음료수를 한 잔 권하고 무대에서 그녀를 맞아들이는 일은 더 이상 참지 못할 것 같았다. 그는 그녀와 그렇게 가까이에 있을 수 없을 것 같았다. 왜냐하면 그의 가슴속에서 심장이 너무 힘차게 뛰는 바람에 자신이 살아 있음을 느낄 것이고, 살아 있다는 것은 이 순간 그에게 필요한 항목이 아니었다.

마리는 마르고의 소설들을 그의 책상 위에 놓아두었다. 그는 그것들을 곧바로 서랍 속에 유폐시켜 버렸다. 그는 허구와 자서전을 뒤섞고 싶지 않았다. 그는 소설 속 남자 주인공들 중 하나가 그녀의 애인이거나 그녀의 사랑의 대상이었으리라 의심하는 것을 참을 수 없을 것이다.

통화 중이었다. 그녀가 전화를 하고 있었다. 틀림없이 어떤 남자에게. 아마도 그녀의 애인이리라. 그들은 사랑을 나누기 위해 약속을 잡겠지. 엘리아스는 수화기를 잠시 내려놓았다가 다시 전화를 걸었다. 여전히 통화 중. 그는 재킷도 걸치지 않은 채 질투심에 불타서 사무실을 나왔다.

흥분을 가라앉힌 엘리아스는 택시를 잡아타고 바르베스 역에서 내렸다. 그는 마음을 가다듬고 마르고에게 할 말을 다시 생각할 시간을 가졌다. 지상 전철의 아치는 하늘의 일부분을 가리고 있었다. 남녀, 구경꾼과 노동자, 대학생과 실업자들이 다리 아래로 피신해서 신문 가판대, 크레이프 장사꾼, 그리고 지하철 회전문 앞으로 몰려들었다.

그는 타티를 지나 대로로 거슬러 올라갔다. 다리우스의 아파트와 예전에 그가 살던 레옹 가의 아파트가 바로 코앞에 있었다. 처음으로 엘리아스는 자기가 이제 더 이상 그 동네의 가난함만 보는 것이 아니라, 활기참과 다양성, 즉 다양한 언어와 국적의 공존을 좋아하고 있음을 깨달았다.

비가 와도 행인들은 흩어지지 않았다. 상인들은 크고 작은 여행용 가방, 손가방 등을 인도 위에까지 늘어놓고 있었다. 마치 이민자들이나 바캉스족들이 막 도착한 것 같은 풍경이었다. 아프리카와 아시아에서 온 사람들은 구트 도르 거리에서 살고 있었다.

샤토 루즈 지하철역 옆에 텐트처럼 포장으로 지붕을 드리우고 드장 시장이 열렸다. 사람들은 창꼬치, 가다랑어, 청어를 비닐종이로 싸서 팔고 있었다. 노랑촉수(어류의 일종-역주)의 껍질들이 상인들의 검은 손에서 빛나고 있었고, 다랑어 지느러미가 바람에 떨리고 있었다. 여자들은 항상 교통이 혼잡한 풀레 거리에서 자동차의 보닛 위에 헌옷 가게를 차렸다. 깔끔한 정육점들은 손님들로 북적였는데, 고기를 아주 저렴한 가격에 팔기 때문에 엄청난 양의 고기가 팔려 나가고 있었다. 옷감 장사들의 강렬한 색깔들은 진열창을 장식하고 있었다. 향신료, 말린 야채, 쿠스쿠스를 담은 부대, 그리고 바나나 펀치와 침미를 담아 놓은 종이 상자가 가게 밖까지 넘쳐 나서 인도의 일부를 점령하고 있었다. 지하철 지하도 층계 위쪽에서, 남자들은 이슬람교 성자의 방문 카드와 레스토랑 광고 전단을 나누어 주고 있었다. 삼삼오오 둥그렇게 모인 사람들은 토론 중이었다. 경찰들은 경찰차 앞에 따분한 듯한 모습으로 서 있었다.

　사람들은 자동차를 출발시킬 때 일제히 경적을 울리면서 길을 가로질렀다. 엘리아스는 낯선 언어들과 구운 옥수수 냄새 사이를 걸어갔다. 인생은 그의 눈앞에서 펼쳐지고 있었고, 그는 방법도 모른 채 그 속으로 뛰어들고 싶어 한다고 생각했다. 콜롬보 뿌리 냄새가 앙틸레 레스토랑에서 흘러나오고 있었다. 그는 대로를 건너 퀴스틴 거리로 해서 클리냥쿠르 가에 이르렀다.

　그는 클리냥쿠르 도서관에 책을 찾으러 가기 위해 이 거리를 이용했던 것을 기억했다. 그는 법학 공부를 하는 동안 18구의 이 부근에서 살았는데, 이 거리를 한가로이 걸어 본 적이 없었다. 그의 대학 시절 거리는 법정 같았고, 상점들은 판례가 되는 판결 같았고, 나무들은 상소 같고, 행인들은 민법, 형법, 상법 같았다. 그는 다른 환경을 원하지 않았다. 그는 법학 공부를 택했다. 왜냐하면 그것은 웅변과 집중력과 끈기를 배움과 동시에 산 채로 매장되는 가장 좋은 방법이었기 때문이었다.

　엘리아스는 인터폰의 단추를 눌렀다. 때가 타서 잿빛으로 변한 그녀의 아파트는 겉모습부터가 불안해 보였다. 시멘트 블록으로 둘러쳐진 무수히 많은 창문들, 거기에 걸려 있는 곰팡내 나는 빨래들이 눈에 들어왔다. 말뚝에 묶어 놓은 자전거는 녹이 나 있었다. 이곳은 사람이 살지 않는 것 같았다. 갈색 스카치테이프로 된 넓은 리본들이 창문들을 격리시켰다. 더러운 커튼들은 전깃불 빛 아래 펄럭이고 있었다.

「얘기 좀 할까요?」

그의 뒤에서 여자 목소리가 났다.

그는 돌아보았다. 손에는 장바구니를 든 마르고가 아파트 현관으로 통하는 계단을 올라가고 있었다. 그녀는 녹색 스커트를 입고 있었고, 베레모에 눌린 머리카락은 비 때문에 얼굴에 달라붙어 있었다.

「얘기 좀 해요.」

엘리아스가 말했다.

「당신이 내게 할 말이 있다고 하셨죠.」

「우리는 서로 얘기를 나누고 싶어 하고 있죠.」

그는 둘이 즉각 통하는 것이 오히려 두려웠다. 그는 본능적으로 그들의 서로 튀는 대화로 인해 생겨난 친밀감을 이용했다. '네 안에 가지고 있는 비밀과 은신처를 드러내지 않도록 조심해야 해'라고 엘리아스는 눈을 내리깔고 생각했다.

마르고는 8층에 있는 자기 집에 올라가서 한잔 하자고 하지도 않았고 장바구니를 내려놓지도 않았다. 그들은 비를 맞으며 그대로 서 있었다. 억수같이 쏟아지는 비에도 그들은 아랑곳하지 않았다.

엘리아스는 그녀의 비닐 장바구니 속에서 얼핏 먹을거리들을 발견하고, 그것을 그녀가 혼자 산다고 추측할 만한 증거로 삼으며 위안을 받았다. 면도용 무스도 없고, 맥주도 없다. 그러니 남자는 없다.

그는 어디서부터 시작해야 할지 몰랐기 때문에, 단도직입적으로 말하기로 결심했다. 맞은편 바에서 커피 한 잔 하자고 제안할 생각을 하지 못했다. 위급 상황이었다. 여러 가지 일들이 일어날 수도 있었다. 전화가 온다든가, 그녀 앞에 어떤 남자가 불쑥 나타난다든가 하는 등에.

「나는 당신에게 엄청난 금액을 제안할 겁니다. 당신은 거절하시겠지만.」

「내게 엄청난 돈이 필요한 건 사실이죠.」

마르고가 신경질적으로 말했다. 그녀는 다른 종류의 선언을 기다리고 있었다.

「아무도 엄청난 돈은 필요하지 않아요.」

그들은 식은땀이 밴 손을 서로 맞잡았다. 엘리아스는 자기 손을 마르고의 손 위에 얹었을 때, 자신이 자연 속에서 자라난 완전히 새로운 종류의 인간처럼 느껴졌다. 그는 너무 오랫동안 그녀를 애무했기 때문에, 자신이 더 이상 인간이기보다는 자신의 망령과 죽음도 두려워하지 않는 전혀 다른 존재 같았다.

「안녕하세요. 전화했는데 안 받으시더군요.」

그는 눈썹 위에 맺힌 빗물을 닦으며 말했다

「장 보러 갈 때는 수화기를 내려놓거든요. 아무도 없는 방에서 전화벨이 울려 댈 일을 생각하면 괴로워요. 나를 걱정하시는 건 가요?」

「아닙니다. 전혀요. 걱정하지 않습니다. 당신에게 말을 하고 싶습니다.」

그는 그녀를 떠날 생각을 하지 않았다. 3일, 이 도시, 그의 걱정은 눈앞의 환상들일 뿐이었다.

오는 길에 그는 그녀가 아름답지 않다는 것과 그녀를 경계해야 한다는 것을 인식했고, 자신의 실수를 주문처럼 반복했지만, 굳은 결심은 사라지지 않았다.

마르고의 숨결과 더듬거리는 말이 밀물처럼 그에게 와 닿았다. 그녀의 서투름조차도 의미가 있고 아름다웠다. 서투른 마르고는 더 이상 없고, 다만 어떤 결점을 가진 태도가 있고, 위조의 악덕만 남았고, 그녀의 변덕에 장단을 맞추기 위해 필요한 유연성이 부족한 세상이 있을 뿐이었다.

그는 침묵과 평온 속에서 그녀를 사랑하고 싶었지만, 격렬한 감정이 내면에서 솟구쳤다. 그는 자신을 괴롭히는 질투심을 경멸했다. 소유욕이 강하다는 것은 그답지 않은 것 같았다. 질투심에 이어 죄의식이 그의 생각을 지배했다. 그는 클라라 호비와 잠을 잤을 때 마르고를 속인 것 같은 기분이 들었었다. 그는 그녀와 사랑에 빠질 자격이 없었다. 그는 그녀를 배신했다. 그는 그런 자신을 용서하지 못할 것이다. 이제 모든 것이 물거품이 되었다.

그의 셔츠가 살갗에 달라붙었다. 그는 나오면서 재킷을 놓고 왔다는 것을 알았다. 마르고는 그의 옷차림에 신경 쓰지 않았다. 어쩌면 그녀에게는 아무래도 상관이 없었는지도 모른다. 아니면 그 이유를 짐작했거나. 그들은 자신들과 관련이 없으면서도 자기들의 까다로운 감정 문제에 접근하는 것을 막는 것이 무엇인가에 대해 계속 토론했다.

「나는 왜 돈을 거절해야 하는 걸까요?」

「그들이 당신 이야기를 배반할 것이기 때문이지요.」

「그들이 누구죠? '당신들'을 의미하는 건가요?」

「그래요, 우리들. 우리는 당신 이야기를 배반할 겁니다. 당신이 거절해야 하는 이유가 바로 그거예요.」

'이 무슨 오만인가'라고 엘리아스는 생각했다. 그가 그녀에게 경고라도 했던가? 아니면 그녀에게 명령을 내렸던가? 그는 낡은 아파트의 폐쇄된 창문들을 다시 바라보면서, 자기가 무슨 권리로 그녀에게 삶의 조건을 개선할 수단을 포기하라고 요구하는 것인가 궁금해졌다.

「내게는 반항 기질이 있어요. 나더러 이래라저래라 하지 말아요.」

마르고가 말했다.

그녀는 자신의 목소리 톤을 바꾸지 않았다. 하지만 그녀의 시선은 부드러워졌다. 엘리아스는 그들의 첫 만남과 이따금 갖는 격렬한 만남을 회상했다. 그들은 서로 하찮은 이유로 말다툼하는 재주를 가지고 있었다. 그들은 우스운 역할극을 했다. 하나가 다가가자마자, 다른 하나는 물러서거나 장애물을 설치했다.

「심각하게 생각지는 말아요.」

그녀는 그를 안심시켰다.

「물론 심각할 건 없어요.」

「나는 당신을 믿어요. 당신은 아무 짓이나 할 사람은 아니에요.」

「잘못 아셨어요. 날 믿어서는 안 돼요. 나는 내가 좋아하는 일을 할 거예요. 오랜 습관이죠. 내가 좋아하는 일을 하면, 당신이 배반당할 확률이 높아져요.」

엘리아스가 말했다.

그는 이 일이 어떻게 진행될지 알고 있었다. 영화는 독단적으로 진행될 것이다. 마르고의 도덕적 권리와 진실에 대해서는 아무런 배려도 없을 것이다. 그저 이야기를 만들어 내고 수정하고 다시 쓰고 코믹한 장면과 낭만적 사랑을 끼워 넣을 것이다. 촬영을 시작할 것이고 관객에게 먹을거리를 제공할 것이다. 영화의 배경은 제작비 절약을 위해서 갈락시의 지하실에서 끝날 것이고, 그녀는 텔레비전 방송용 소재와 토론의 주제가 될 것이다. 그는 마르고의 인생이 비평가에게 노출되게 하고 싶지 않았다. 그는 자신만을 위해, 자신의 품과 입술과 눈과 혀와 손바닥과 밤과 아침 식사를 위해서만 그녀가 존재하기를 바랐다.

「나는 거기서 좋은 경험을 하나 얻게 될 거예요. 작가들은 그런 식으로 일을 하죠. 그들은 착각을 하고, 우울증을 만들어 내고, 거기서 결과물을 거둬들이고, 책을 쓰죠.」

「당신은 이 영화를 끝내 만들겠다는 말이군요?」

엘리아스가 물었다.

「당신이 내게 준다는 돈을 기어코 받아 내겠다는 거죠.」

「당신은 일을 하잖아요? 그러니까 당신은 먹고살기 위한 일을 가지고 있지 않은가요?」

그 질문에 마르고는 눈살을 찌푸렸다. 그녀는 자신의 정열을 하나의 단순한 취미 정도로 생각하는 것을 참을 수 없었다. 엘리아스는 자신을 경멸했다. 그가 그녀에게 가능한 한 최악의 이미지를 주고 싶었다면, 그건 성공이었다. 그는 그녀가 무슨 말을 할지 알고 있었다.

「글을 써서 먹고살아요.」

「집세와 각종 청구서들은 어떻게 지불합니까?」

「일어로 된 전자 제품의 매뉴얼을 불어로 옮기는 일을 하죠.」

「일어를 하세요?」

「아뇨.」

「골치 아픈 일일 텐데, 어떻게 그런 일을 하세요?」

「꾸며 내죠. 매뉴얼 같은 건 아무도 안 읽잖아요.」

마르고의 대답에 엘리아스는 다시 희망을 가졌다. 눈사태가 그

를 덮칠지라도 그녀가 그에게 말만 걸어 준다면, 그는 춥지 않을
것이다.

「이 일이 얼마나 파괴적인 힘을 발휘하게 될지 당신은 깨닫지
못하는 것 같군요.」

「당신은 걱정이 너무 많아요.」

그가 불안해하는 건 당연했다. 그가 보기에 그녀는 '마르고 라
자뤼스'라는 프로젝트일 뿐이었다. 그러나 그는 그녀를 흰색 꼬리
표가 붙은 2센티미터 두께의 검은색 파일로만 간주할 수는 없었
다. 그녀가 영화 만들기를 받아들이는 순간 그녀는 허구라는 안
개 속으로 사라지게 된다. 어떤 여배우가 그녀 역할을 맡을 것이
고, 그녀의 말을 할 것이고, 그녀의 얼굴을 대신할 것이다. 제일
예쁘고, 제일 마르고, 키가 가장 크고, 아주 큰 입술을 가진 어떤
여배우가 제격일 것이다. 그렇게 되면 그는 그녀를 잃게 될 것이
라는 것도 잘 알고 있었다.

「나는 그런 악마 같은 사람과는 계약서에 서명하지 않을 거예
요.」

마르고는 그렇게 덧붙였다. 그녀는 콧물이 흐르자 훌쩍 늘이바
셨다.

「그렇게 된다면 최악이죠. 그러나 그 악마는 당신 영혼의 존재
를 믿죠. 날 믿으세요.」

「내가 왜 당신을 믿어야 하죠? 난 당신이 어떤 사람인지도 모

르는데.」

「그건 당신이나 나나 마찬가지죠.」

대화를 하면서 내내 긴장한 탓인지 그는 피곤했다. 비가 와서 공기가 시원했는데도 불구하고 더웠다. 마술, 속임수, 즐거운 대화, 오버랩, 이런 것은 인생이지, 영화가 아니다. 엘리아스는 사랑과 정열을 위한 용기와 에너지를 가지고 있는지 어쩐지 확신이 없었다. 그는 자신의 워키토키를 갖지 못할 것이고, 마르고 머리 위에 수천 개의 장미꽃잎을 뿌려 주고 샴페인을 한 병 배달해 달라고 부탁할 수도 없을 것이다. 그는 스튜디오의 승리를 인정하고 그로 하여금 마르고의 삶을 이용하도록 내버려 두는 것이 얼마나 쉬운 일인지 잘 알고 있었다. 영화는 괜찮을 것이고 마르고는 창문이 폐쇄되지 않은 좋은 아파트에서 살게 될 것이다. 그것은 가장 이성적인 해결책이었다. 그러나 그는 자신의 가슴속에 고이 간직한 '마르고'라는 비밀을 온 세상 사람들이 다 알게 되는 것을 거부했다.

그는 자신에 대해서 말해야 할 것이다. 그녀는 그에 대해 알지 못했다. 우리는 보통 처음 만나면 각자 자신을 소개한다. 서로 자신의 삶을 드러낸다. 그러나 아름다운 이야깃거리가 하나도 없고, 자신의 불행의 무게로 상대방이 짓눌리게 될 거라는 생각만으로도 끔찍할 때는 어떻게 할 것인가?

「당신도 알다시피, 일이 썩 잘 되지는 않을 겁니다.」

빌어먹을. 그녀가 '너는 도움이 필요한 그런 부류의 인간이야' 라고 생각하지 않기를. 너는 온갖 실수를 저지르고 있어, 엘리아스. 우리는 누군가를 만나면 시체를 방부 처리하는 장례식장의 직원들처럼 상처를 지우기 위해 스스로를 방부 처리해야 한다. 수중에 있는 재료를 최대한 동원해서 자신을 대충이라도 수리해야 한다.

「왜죠?」

「지금의 상황을 간단히 말하자면, 내 여자 친구는 나를 속이고 나를 떠나 버렸어요. 내 남자 친구 중 한 사람은 내 얼굴을 뭉개 놓았고 또 다른 친구는 나를 배신했고, 그 친구의 아내는 나와 함께 자려고 합니다. 나는 담배를 끊었고 술도 끊어야 할 겁니다. 그렇다고 내가 알코올 중독자라는 말은 아니고요. 술이 좀 과한 편이긴 하지요. 이번 주는 좋지 않습니다. 운이 좋은 해도 아니고, 운 좋은 인생도 아니지요.」

엘리아스는 가벼운 어조로 말했다. 그는 어쩌면 자신이 지었을 무서운 표정을 지우기 위해 억지로 미소를 지어 보였다. 또한 자신의 불행에 대한 묘사가 우스꽝스러웠기 때문에도 웃음이 나온 것도 사실이었다. 처음으로 그는 자신의 이야기가 얼마나 우스운지 깨달았다. 마르고는 이를 드러내며 미소 지었다.

그들은 흠뻑 젖었다. 장바구니는 물로 가득 찼다. 마르고는 양 팔에 두 개의 수족관을 들고 있는 것 같았다. 오이 피클 한 병과 정어리 통조림 한 통이 물 위에 떠 있었다.

「나는 어쩔 수가 없어요. 어머니는 미쳤고 아버지는 곧 돌아가
실 거예요.」

그녀는 고통과 빈정거림이 반반씩 뒤섞인 쾌활한 어조로 말했
다. 엘리아스는 그들의 첫 만남 때 그녀가 자기 부모는 모두 돌아
가셨다고 말했던 것으로 기억했다.

「괜찮아요.」

엘리아스는 속았다는 느낌을 감추려 애쓰며 말했다.

「네, 난 그럭저럭 잘 지내고 있긴 하지만, 내 인생은 한심하기
그지없죠.」

그녀는 웃었다. 그녀의 입가에 보조개가 보였다. 그녀의 젖은
스커트와 손가락 끝으로 들고 있는 비닐봉지들이 묵직해 보였다.
그녀는 균형을 잃었다. 그녀의 신발은 물웅덩이에서 철벅거렸다.
그녀의 피부는 빗방울들이 번져서 번들거렸다. 그녀는 이마로 흘
러내려서 눈을 가리고 있는 젖은 머리카락을 뒤로 넘겼다.

「나는 전혀 잘 지내고 있지 않은 것 같아요. 내 연애를 다 망치
고 있죠. 연애 기간은 평균 일주일이에요. 감탄할 일이죠.」

「자살로 끝나는 게 문제죠.」

엘리아스는 문제의 핵심을 짚어 주며 말했다.

「그 문제를 다시 환기시켜 주셔서 감사해요. 하지만 그만둘 거예
요. 죽음이란 수상한 사람들이 드나드는 휴식처 같은 곳이죠.」

다시 친밀감이 생겼다. 주제가 무엇이든 간에 그들은 복잡하게

말하는 경향이 있었다. 왜냐하면 뭐든지 행간을 읽어야 알 수 있게 말하기 때문이었다. 그들은 차라리 사전을 읽으라고 해도 읽었을 것이고, 그들의 말의 억양과 침묵 속에는 애정이 스며 있는 것 같았다. 엘리아스는 등줄기가 서늘해졌다.

「우리가 다시 만난다는 것은 별로 좋은 생각 같지 않군요.」

마르고가 말했다.

「내 문제와 당신의 문제를 가지고 그렇게 하는 것은 합리적이지 않은 게 사실이죠.」

「세상에는 이미 너무 많은 전쟁과 불행이 벌어지고 있어요. 거기에 하나를 덧붙일 필요는 없지요.」

그들은 서로를 관찰하고 있었다. 그들은 합리적인 대화를 나누면서, 그 대화가 상황을 해결하기에 충분하기를 희망했지만 서로가 서로에게서 눈을 떼지 못했다. 엘리아스는 비 때문에 눈물을 감출 수 있었다.

「당신이 이 계약서에 서명한다면 당신은 나를 미워하게 될 거요. 왜냐하면 당신은 그런 일을 하고 싶지 않기 때문이지요. 당신은 나를 경멸할 거라고 말했었죠. 하지만 나는 당신이 나를 좋아하지 않게 되는 것을 원치 않아요.」

그러고는 마르고가 그 말에 대답할 틈조차 주지 않고 그녀의 앞을 지나쳐서 길모퉁이를 돌아가 버렸다. 그는 자신의 방식으로 그녀에게 최초의 사랑 고백을 한 것이었다.

13

덮개가 있고 난로가 있어 따뜻한 바스티유의 테라스는 전망대로 안성맞춤인 장소였다. 엘리아스는 잔을 다시 내려놓고 자기 상처를 만져 보았다. 새벽 1시경, 통증 때문에 그는 두도빌 거리와 바르베스 대로 모퉁이에 있는 약국에 갔었다. 야간 경비원이 카운터 옆에 있었다. 약사는 그에게 소독약과 외상약과 붕대와 여러 가지 진통제를 주었다. 약을 사는 것이 그에게 썩 잘 어울렸다. 산책, 추위, 그리고 창녀들의 슬픈 광경은 고통을 진정시켜 주었다. 그는 사온 약들을 욕실 붙박이장 안에 정리했다.

다리우스의 거실에서 긴 소파를 차지하고 나흘 밤을 보낸 그는 몽토르게이 거리로 되돌아가서 짐을 꾸리고 이사를 해야겠다고 생각했다. 클라라 사건 이후 그는 거기에 돌아가지 않고 있었다.

그는 바깥 공기에 노출된 테라스에서 추워 죽을 지경이 되어서야 집 안으로 돌아왔고, 한 시간쯤 뒤에야 자동 응답기에서 조에의 메시지를 발견했다. 그녀는 오디션에 떨어졌다는 나쁜 소식을 술의 힘을 빌려 억지로 기분 좋은 척하며 말하고 있었다. 그는 그녀가 좁은 아파트에서 한 손에는 와인 잔을 들고 창가 라디에이터에 달라붙어서 어떤 유부남의 애인 역할을 꿈꾸고 있을 것이라는 상상을 했다. 동시에 그녀는 자신의 기분과 안색이 좋지 않을 만큼 나약해진 스스로를 미워하고 있을 것이다.

여덟아홉 살쯤에, 우리는 어떤 건물 가장자리에 앉아서, '좋아, 우리는 평생 자기 몫의 불행을 가지고 있지만 언젠가는 끝나겠지'라고 생각한다. 그러나 그것은 한계가 없고, 인생은 우리의 인내심의 한계에 아랑곳하지 않는다. 우리는 새로운 불행이 닥쳐와서 과거의 불행에 추가되면 놀라면서, "오 이건 아니야. 이럴 수는 없어, 도대체 왜?"라고 외친다. 그래서 우리는 저항하고, 어느 날 문득 이건 사는 게 아니라는 것을 깨닫게 되고, 다시 주먹을 불끈 쥐고 앞으로 나아간다. 이따금 우리는 너무 막강한 힘을 가지는 것을 두려워하는데, 그것은 살아가는 데 지장을 줄 만큼 괴력을 갖기도 하기 때문이다.

가엾은 조에. 그의 머릿속에서 그 말이 계속 맴돌았다. 가엾은 조에.

다리우스에게서 빌린 옷은 그가 생각하는 우아함과는 거리가 멀었지만 따뜻했다. 그는 양모로 된 두 겹 외투의 단추를 여미고 양털 모자를 똑바로 고쳐 썼다.

어둠과 비가 서로 앞 다투어 바스티유 광장을 차지하려 했다. 자동차 헤드라이트들은 전속력으로 사라져 갔다. 원주형 기념물은 등대를 닮았다. 사자의 머리와 외발로 서 있는 자유의 화신이 난간에서 파리를 감시하고 있었다.

엘리아스는 오페라 극장 안에서 일하는 가수들과 음악가들을 상상하며 위안을 얻었다. 벽보에는 그 계절의 프로그램이 나와 있었다. 오페라, 발레, 음악회의 시적인 제목들이 그를 매료시켰다. 그는 파리의 가능성들을 무시했었다. 극장과 콘서트 홀 앞도, 박물관과 전시장 앞도 마치 그 도시의 장식품들인 양 무심코 지나쳤었다.

조에의 불평에 귀 기울인 덕분에 그는 그녀의 가슴을 두근거리게 했던 남자에 대한 정보를 많이 수집했다. 이론상으로 그는 돈이 많은 사람으로 보였다. 유부남, 세 아이의 아빠, 이민자들의 권리 보호 협회의 변호사인 그는 유산으로 물려받은 보마르셰 대로의 한 아파트에서 살고 있었다. 그의 아내는 아랍 세계 연구소의 커뮤니케이션 담당자로 일하고 있었다. 그의 이름은 리샤르였다. '얼마나 가증스러운 이름인가'라고 엘리아스는 생각했다. 그는 원저 나비넥타이를 무척 좋아했다. 당신은 이것이 상상이 가는가?

이탈리안 칼라와 멜빵 등도 좋아하겠지, 아마도……. 그 남자를 미워하기로 작정한 엘리아스는 아주 사소한 것이라 할지라도 모을 수 있는 자료는 모두 모으고 있었다.

매주 수요일 저녁마다 그랬듯, 리샤르는 자신이 이끄는 이사회가 속한 인도주의 협회의 모임이 있는 날이면, 회색 양복에 빨간색 넥타이를 맸다. 그는 한 손에 암송아지 가죽으로 만든 작은 여행 가방을 들고 지하철에서 내렸다. 그는 지나가는 사람들에게 미소를 보냈다. 엘리아스는 그에 대한 논고에 죄목을 하나 더 추가시켰다. 조에를 불행하게 만든 이 남자는 빨간색 넥타이를 매고, 분명히 택시 탈 돈이 있는데도 불구하고 지하철을 탔다. 그는 아마도 진짜 대중들과 접촉하고 싶었던 것 같다. 피로에 지친 가난한 사람들을 연민 섞인 오만한 시선으로 바라보는가 하면, 가판대에서 신문을 사면서, "이보게 잔돈은 받아 두게"라고 말한다. 이 얼마나 가소로운 일인가.

엘리아스는 한 시간 전부터 바스티유의 테라스에서 그를 엿보고 있었다. 여섯 개의 키피 잔이 탁자 위에서 작은 원을 이루고 있었다. 그는 아침부터 술은 한 방울도 입에 대지 않았고, 몽롱한 술기운 없이도 그럭저럭 잘 지냈다. 감시를 시작한 이후 그에게는 행복한 사람들만 보였다. 어떤 커플은 키스를 하고 있었고, 어떤 가족은 색색의 초콜릿과 샹티이 크림이 넘쳐흐르는 아이스크림 한 그릇을 나눠 먹고 있었다. 타인들의 행복은 참을 수 없었다. 행복한 사람들에게는 공공장소의 출입을 금지시켜야 할 것 같다. 그들은 담배 연기보다 더 위험하다.

카페 앞을 지나가는 리샤르를 눈으로 쫓으면서 엘리아스는 결심을 굳혔다. 그의 분노와 고통은 서로 상승 작용을 일으키고 있었다.

말만 번드르르한 자와 비겁한 자에게는 냉혹하게 대해야 한다. 우리가 나약하고 온건하기 때문에, 우리를 가지고 노는 부류들에 대해서는 가차 없이 대해야 한다.

마르고를 자기 집 앞에 내버려 둔 채, 조에의 메시지를 듣고 나서, 그는 행동을 하고 싶어졌다. 분명, 그것이 사랑은 아닌 것 같았다.

리샤르는 조에를 배신한 대가를 치러야 한다. 그러나 그는 또한 칼데이라와 빅토르, 가스트와 클라라에 대해서도 대가를 치르게 될 것이다. 마르고를 위해서도.

엘리아스는 잔 밑에 지폐 한 장을 찔러 넣어 놓고 큰길을 건너갔다. 리샤르가 현관문의 버튼을 눌렀을 때, 엘리아스는 불쑥 그의 등 뒤로 다가가서 그의 어깨 위에 한 손을 얹었다.

14

일주일 전부터 단 한 시간도 여유를 가질 수 없었다. 도청에서는 홍수의 위험 때문에 생 마르탱 수로와 센 강변에 모래주머니들로 둑을 쌓았다.

굵고 반짝이는 빗방울들이 바닥에서 파열하듯 부서졌다. 빨간색 자동차가 갈락시 본부로 엘리아스를 태우고 가던 택시와 충돌할 뻔했다. 그는 운전기사에게 마장타 대로에 차를 세워 달라고 부탁했다. 빨간 자동차는 그들을 추월해서 몇 미터 더 가더니 차를 세웠다. 비상등을 켠 것으로 보아 고장이 난 듯했다. 엘리아스는 빨간 자동차 안에 있는 작달막한 그림자를 관찰하느라 잠시 머뭇거렸다. 와이퍼가 삐걱거리는 소리를 내며 앞 유리창 위의 물기를 닦아 내고 있었다.

　그는 택시에서 내렸다. 도랑의 물이 넘쳐서 그의 신발이 물에 잠기고 양말과 발이 흠뻑 젖어 버렸다. 그는 빨간 자동차로 다가갔다. 빗줄기가 그의 등과 머리 위로 쏟아져 내렸다. 엘리아스의 얼굴이 차창에 비치자, 탐정은 어깨를 움츠리고 눈을 내리깔았다. 사진기가 운전석 옆 좌석에 놓여 있었다. 엘리아스는 차창 유리를 검지로 톡톡 두드렸다. 탐정은 사진기 위에 비닐봉지를 얹은 뒤 유리창을 열었다.

「이 정도로 그만두는 게 좋겠소. 그건 아무 의미도 없어요.」

　얼굴 위로 흘러내리는 빗물을 한 손으로 쓸어내리면서 엘리아스가 말했다.

　그가 마지막으로 발견되었던 일과 그 뒤에 일어난 불쾌한 결과를 기억하면서 탐정은 핸들 위에 두 손을 걸쳤다. 그는 안정된 자세를 취하려 애썼지만, 권위가 서지 않는 거북한 자세를 연출할 뿐이었다.

「한잔 하러 같이 가실까요? 얘기를 좀 하고 싶군요.」

　엘리아스가 말했다.

　탐정은 망설였지만 엘리아스의 강렬한 눈빛을 보고 차에서 내렸다. 그는 겁먹은 짐승처럼 행동했고 불안에 떨고 있는 그의 커다란 눈은 조금이라도 위험한 일이 일어나지 않을까 경계하고 있었다. 그는 뒷트렁크에서 우산을 꺼냈다.

　마장타 대로에서 자동차들은 혜성 같은 헤드라이트들을 밝히고, 흙탕물을 튀기면서 지나갔다.

그들은 스트라스부르 대로의 모퉁이에 있는 카페에 들어갔다. 그 카페 바닥에 놓여 있는 많은 여행 가방들이 동역(東驛) 근처임을 말해 주고 있었다. 여행객들은 출발 시간을 기다리는 동안 거기에서 커피를 마시며 신문을 읽었다.

카운터 위의 바구니 안에 있는 초콜릿 빵들을 보자 엘리아스는 지난밤부터 아무것도 먹지 않았다는 것을 깨달았다. 빵을 하나 골라서 구워 달라고 주문했다. 두 사람은 유리창 가까이에 있는 테이블에 자리를 잡았다. 엘리아스는 아주 오래전부터 이런 종류의 카페에는 자주 다니지 않았었다. 그곳은 배우나 감독을 만날 만한 장소가 아니다. 벽에 높게 걸려 있는 텔레비전은 경마 대회를 중계하고 있었다. 카운터에 있는 사람들은 마치 자기들이 그 말의 주인인 양 진지하게 경주를 지켜보고 있었다. 엘리아스는 얼어서 뻣뻣해진 발가락을 따뜻하게 만들기 위해서 축축하고 더러운 땅바닥에 발을 쾅쾅 굴렀다.

웨이터가 주문한 음식을 가져왔다. 우선 핫초코로 입술을 적시고 나서 탐정은 조심스럽게 재떨이를 밀어 놓고 테이블 한복판에 서류를 놓았다. 난로의 연기가 그의 음료수 위로 내려앉았다. 엘리아스는 서류에 손을 얹었다.

「어떻게 생각해요?」

「네?」

「당신이 조사해 온 사람에 대해 어떻게 생각하냐고요.」

「그러니까 당신 말은…….」

「당신이 조사해 온 사람에 대해서 말이에요.」

탐정은 엘리아스에게 불안한 시선을 보내면서 출구와의 거리가 얼마나 되는지 가늠했다. 적어도 그는 정신병자의 감시 하에 낯선 아파트 안에 갇혀 있는 것은 아니었다.

「그 사람이 선행을 하는 사람이던가요?」

엘리아스가 볼멘소리로 물었다.

엘리아스의 불안을 감지하고는 탐정은 자신감을 얻었다. 그것은 함정이 아니었다.

「말하기 곤란합니다. 그는 사방으로 분주히 돌아다닙니다. 그는 뭐든 하니까요. 감히 말씀드리자면 말입니다.」

「그가 뭘 해야 합니까? 당신은 그가 뭘 해야 한다고 생각해요?」

엘리아스가 눈을 반짝이며 계속 물었다.

엘리아스는 질문을 던진 순간, 자신이 그에게 조언을 구하는 일이 얼마나 모순된 것인지 깨달았다. 그가 그의 인생에서 뭘 이해할 수 있었을까?

「모르겠습니다.」

탐정은 당황해하며 대답했다.

엘리아스는 탐정이 자기 핫초코 잔 바닥을 들여다보게 내버려 둔 채 서류를 펼쳤다. 사진들이 왼쪽 페이지에 클립으로 꽂혀 있었다. 그가 얼굴이 피투성이가 되어 칼데이라의 집에서 나올 때의 모습이 보인다. 클라라 호비를 자기 자동차로 데려다 주는 모습, 카멜리아 1층에서 트리스탄과 마주하고 있는 모습. 엘리아스는 리샤르의 어깨 위에 손을 얹고 있는 자신의 사진 한 장을 집어 들었다. 사진이 선명하지 않은 것으로 보아 망원 렌즈로 찍지 않았을까 생각했다. 현관문의 창살 때문에, 그의 얼굴은 잘 구별이 가지 않았다. 일련의 사진들로 보아 그가 리샤르에게 집착하는 것 같았다. 전쟁에 대한 보고라도 하는 것 같았다. 엘리아스는 자기 오른손의 붕대 감은 손가락 관절들을 어루만졌다. 그는 테이블 위에 자기가 먹던 크로크 무슈를 다시 내려놓고 화장실로 토하러 갔다.

탐정은 나가기를 망설였다. 그를 머뭇거리게 만든 것은 일말의 직업의식에서라기보다는 엘리아스가 풍기는 매력 때문이었다. 이 남자는 그의 눈앞에서 변신하고 있었다. 화려한 경력을 가진 실력 있는 프로듀서이자, 6년을 같이 산 여자에게 배신당한 그가 자기 자신에 대해 조사를 시작했던 것이다. 그의 존재가 한 겹씩 껍질을 벗어 감에 따라 탐정은 그가 변화하고, 실제 모습을 드러내는 것을 보았다. 엘리아스는 자신의 흥분을 탐정과 함께 나누고 싶었을 것이다. 이 사건은 그가 지금까지 맡아 왔던 다른 어떤 사건과도 달랐다. 일반적으로 남편이나 아내는 자기 배우자의 이중생활은 알고 싶어 하지만, 자기 자신에 대해서는 알려고 하지 않는다. 그들은 자신들도 매우 크고 매우 불안해 보이는 비밀을 가지고 있을 수 있다는 것을 상상하지 못한다. 그는 남편에 대한 뒷조사는 부탁하면서 자기 자신에 대해서는 아무것도 알려고 하지 않는 배신당한 아내들을 수없이 보아 왔다. 그는 점점 더 엘리아스가 친절하다는 것을 알게 되었기 때문에, 이 남자에게 그런 이야기를 해주고 싶었다.

탐정도 20년 전에는 미남이었다. 그에게도 정열과 야망이 있었지만, 일상생활과 피로가 그것들을 다 빼앗아 가버렸다. 그의 직업은 그가 바라던 모험을 약속하지 못했다. 그는 배신당한 연인들의 영원한 사랑놀이를 목격했다. 고객들의 불행과 그가 미행하는 대상의 행복이라는 반복은 그의 열정을 식게 만들었다. 응급처치 전문의처럼 탐정은, 자기가 무너지는 것을 원치 않는다면 스스로 강해져야 했다. 그는 자신의 직업적 기술 뒤로 도피하고 수술 작업을 하는 것에 만족했다. 그의 고객들은 곧이어 자기 나름으로 행동하는 데 자유로워졌다.

하루 일과를 끝내고 그는 알마 대로에 있는 회사 주차장에 차를 두고 경치 좋은 녹지대인 교외로 기차를 타고 간다. 그는 사랑하는 아내와 소중한 자녀들을 보며, 모든 것을 가진 자신이 왜 공허한 마음을 갖게 되는지 이해하려 애쓴다. 그의 꿈은 환상으로 가

득했고, 그는 그 꿈속에서 자신이 추적 중인 사람들과 같은 행위
에 몰두한다. 그는 현실에서 아내를 속일 만한 뻔뻔함도 비열함
도 갖지 못했다.

「나는 바보짓만 한다니까.」
일단 돌아오면서 엘리아스가 말했다. 그는 냅킨으로 입술을 닦
고 크로크 무슈를 밀어내고 물을 한 모금 마셨다.
「당신이 졌습니다.」
탐정이 부추겼다.
「이 남자는 어떻게 지내요?」
엘리아스가 리샤르의 얼굴을 가리키면서 물었다. 그의 이름을
안다는 것을 굳이 밝힐 필요는 없다고 생각했다.
「그는 고소를 했습니다. 당신도 알다시피 감시 카메라들이 설
치되어 있었거든요.」
「그는 괜찮나요?」
「구급차가 신속히 도착했어요. 몇 군데 골절됐지만, 후유증은
없을 겁니다. 당신이 좀 서툴렀던 거죠.」
엘리아스는 자기 주먹을 넋 놓고 바라보았다. 그는 부끄러웠다.
자신이 어떻게 그런 행동을 할 수 있었는지 이해가 가지 않았다.
그는 새삼 놀라며 다시 사진들을 들여다보았다.
「내가 뭘 해야 합니까?」

「모르겠습니다.」

「날 도와주십시오, 제발.」

엘리아스는 자신의 애원하는 말투에 스스로도 놀랐다.

'올 것이 왔군'이라고 탐정은 생각했다. 이것은 있을 수 있는 최악의 상황이다. 일을 마치고 나면, 사람들은 이런 식으로 우리에게 철학자이자 심리 분석가가 되라고 요구한다.

「우리 할머니가 말씀하시길…….」

탐정은 말을 멈추고 시선을 돌렸다. 엘리아스는 슬펐지만 미소 지었다. 그는 보면 볼수록 사설탐정같이 보이지 않았다. 엘리아스는 그를 이런 역할에 끌어들일 생각은 조금도 없었다. 사실이란 허구보다 더 허구 같다.

「당신이 당신 할머니의 충고를 내게 써먹어야 할 정도라면 나는 감동해야 할 것 같습니다.」

가슴이 몹시 아파진 엘리아스는 자기 자리로 돌아갔다. 초콜릿이 묻은 손가락으로 탐정은 사진 한 장을 꺼냈다. 그것은 클리냥쿠르 거리의 아파트 앞에서 마르고와 마지막 만났던 때의 사진이었다.

「이 젊은 부인은 누구죠?」

「그녀 이름은 마르고 라자뤼스입니다. 우리는 더 이상 만나지 않기로 결심했습니다.」

엘리아스는 그 말이 모든 것을 설명해 주는 것처럼 말했다.

「왜죠?」

「그녀는 너무 복잡해요.」

「당신도 이제 더 이상 단순하지는 않아요.」

「바로 그겁니다. 그래 봤자 좋은 일도 없을 테니까요. 그녀도 내 생각에 동의합니다. 당신은 내가 그녀를 다시 만나야 한다고 생각하십니까?」

「빗속에서 30분쯤 이야기를 나누고 계시더군요.」

「당신은 이해하지 못합니다. 그 여자는 미쳤고, 나는 내가 누군지 잘 모르지만 이건 너무 어처구니없는 일임이 분명합니다.」

탐정은 엘리아스의 접시를 붙잡았다. 그의 눈동자가 번득였다. 그 분야라면 자신이 전문가 아닌가. 이 젊은이는 더 이상 자신에게 감동적이지 않았다.

「나는 당신이 명석하다고 믿었습니다. 당신은 내게 강한 인상을 주었습니다. 자기 자신에 대한 조사를 부탁하는 사람은 거의 없거든요. 나는 당신에 대해 감탄했습니다. 솔직히 말씀드려도 될까요?」

「얼마든지…….」

「날 때리지는 않으실 거죠?」

「이건 다 실수였습니다.」

엘리아스는 사진들을 가리키며 말했다.

「그렇군요. 당신은 게을러요. 그걸 나쁘게 생각지 마십시오. 나는 사랑이니 인생이니에 대해서는 잘 몰라도 나 자신이 게으르다 보니 그런 부류의 인간을 잘 알아보지요. 당신은 항상 이유와 변명을 찾고 잔인한 운명에 불평을 늘어놓지만, 진실은 당신이 게으르다는 사실이지요.」

그는 다시 크로크 무슈를 한입 물었다. 엘리아스는 그가 먹는 것을 바라보았다. 말들이 결승선을 넘자 카운터의 남자들은 환호성을 질렀다.

3부

On s'habitue aux fins du Minde

1

클라리스의 어머니는 포슈 대로에 위치한, 나무가 드문드문 심어진 남향의 오스만식 건물에서 한 층을 다 쓰고 있었다. 그 동네는 너무 조용해서 나무들조차도 권태로워 보였고, 나뭇잎들이 가끔씩 떨어지는 것만이 그 권태를 깨뜨리고 있었다. 16구는 다른 표준 시간대 위에 존재한다. 그곳 주민들은 피부색이 같지 않다. 그들의 낯선 관습과 민속 의상은 여행객들에게 큰 구경거리이다.

투피스를 입은 작달막한 노파 몇몇이 개를 산책시키려고 지팡이를 짚고 나왔다. 벤치에 자리 잡은 그들은 야외에서 일어나는 순간순간의 광경들을 지켜보고 있었다. 그들은 시간을 붙잡아 두고 지나가는 시간을 응시하는 것을 택했다. 그것이 그들의 말년이고, 스스로 관리해야 하는 것이다. 특별한 열정이나 직업이 없기 때문에 남은 것은 권태뿐이고, 그것은 시계 바늘을 저속으로 회전하도록 한다. 환한 얼굴로 자기네 아파트 창가에 앉아 있는 그들은 행복해 보인다. 왜냐하면 1분이 한 시간처럼 흘러가고, 한 시간이 하루처럼 지나가기 때문이다. 그들은 시간이 약이라는 것을 알고 있다. 시간이 흘러서 결국 죽음에 이르러야 비로소 자유의 몸이 될 것이므로.

입구는 철책과 일본 소나무들로 둘러쳐져 있었다. 그가 입주자 명단에서 그의 이름을 발견했을 때, 수위가 엘리아스에게 현관으로 들어가도록 허락했다.

엘리아스와 클라리스의 어머니와의 첫 만남은 프장드리의 호화로운 레스토랑에서였다. 브리스반 부인은 자신의 사적인 영역 안으로 그를 받아들이기 전에 시간이 필요하다는 것을 그에게 확실히 보여 주기 위해서 공개적인 장소에서 저녁 약속을 잡았다. 식사하는 내내 그녀는 그의 생선 칼 다루는 솜씨와 정확한 손놀림을 관찰했다. 그들의 관계는 우호적이었다. 하지만 실제 애정에서라기보다는 예의 때문이었는지도 모른다. 왜냐하면 엘리아스는 뻔뻔하게도 그녀에게서 딸을 빼앗은 처지였기 때문이다.

브리스반 부인은 클라리스가 언제까지나 자신의 딸로만 남아 있기를 바랄 정도로 클라리스를 너무 사랑했다. 클라리스가 계속해서 엄마의 소원대로 빨간색 원피스를 입고 머리를 묶고 다녔더라면 파멸도 없었을 것이다.

엘리아스와 동거했던 6년 동안 클라리스는 자기 엄마의 집에 몇 차례 머무른 적이 있었다. 그녀는 다시 자기 방을 차지하고 레이스로 테두리를 장식한 작은 침대에서 잠을 자고, 엄마와 함께 점심과 저녁 식사를 하고, 쇼핑을 다녔다. 그녀는 건강이 좋아졌다. 어머니의 보살핌 덕분에 클라리스는 충분히 휴식을 취하고, 스스로를 더 심하게 파괴할 수 있을 만큼 원기를 회복했다.

한 시간 전, 트리스탄은 자기 사무실에서 엘리아스에게 전화를 걸었다. 그는 쉰 목소리로 클라리스를 그녀의 어머니 집에 데려다 주었다고 엘리아스에게 말해 주었다. 자기는 그 상황을 해결할 능력이 없고, 119구급대도 앰뷸런스도 출장을 오지 않는다고 했다. 그들이 만난 지 반년이 된 기념일은 시작부터 좋지 않았고, 점점 악화되어 결국 폭력 사태로 끝이 났다. 트리스탄은 아파트를 정리하고 손볼 곳은 손보기 위해 하루가 필요했다. 원기를 회복하기 위해서도.

엘리아스가 브리스반 부인에게 전화했을 때 그는 그녀의 목소리에서 위로와 비난을 동시에 느꼈다. 클라리스는 건강이 나빠졌고, 그는 그녀를 보러 가야만 했다. 이것이 마르고 라자뤼스와의 약속을 취소할 좋은 핑계가 되었다. 그들은 오늘 계약서에 서명할 예정이었다. 그는 그녀를 다시 보고 싶은 강한 욕망을 억제하기 위해서 메시지를 단순 명료하게 남겼다. 그는 오로지 라자뤼스 생각밖에 없었기 때문에 클라리스가 원망스러웠다.

엘리베이터가 1층에서 기다리고 있었다. 엘리아스는 층계를 이용했다. 층계를 한 계단씩 올라가면서 그는 마음을 진정시켰다. 그는 술에 대해서 앙세르메 박사가 해줬던 말을 다시 떠올렸다.

첫째, 혈장에는 자체 내에서 생산하는 알코올이 있다. 아주 조금이기는 하지만, 있다. 따라서 인간은 태아 때부터 알코올 맛을 본다. 더구나 우리는 본래 중독되는 기질을 가지고 있다. 그래서 우리는 살아가는 동안 내내, 영리하게도, 한 가지 중독에서 다른 중독으로 전전하면서 우리에게 최대한 쾌감을 주고 고통은 최소화시켜 주는 것을 찾아다닌다.

둘째, 우리가 술을 마실 때 알코올은 온몸으로 퍼진다. 신체의 각 기관은 물론 모든 세포 조직조차도 예외 없이 골고루 퍼져 나간다. 해독의 어려움이 바로 여기에 있다.

아포모르핀이 일으키는 혐오 요법이 바로 치료의 첫 번째 단계였다. 그 약을 먹으면 술을 한 잔만 마셔도 구토 증세가 일어난다. 클라리스는 그것을 재빨리 알아차렸기 때문에, 술 마시는 것을 잊지 않기 위해서 약 먹는 것을 잊곤 했다. 하루 종일 욕망과 싸우는 것보다 매일 아침 디술피람(술이 싫어지는 약-역주) 한 알을 삼키는 것이 더 쉬운 일이었기 때문에 협조하겠다고 동의는 했었지만,

클라리스는 매우 비협조적이었다. 심리 치료사가 필요했다. 그녀의 식이 요법의 오류를 바로잡아야 했다. 술을 끊기란 그렇게 쉽지 않다. 사람이 달라져야 한다. 이것은 걷기, 말하기, 먹기, 사회에 적응하기를 다시 배워야 함을 의미한다. 엘리아스는 그녀에게 우선 규칙적인 식사와 수면 습관과 같이 그녀를 쓰러지지 않게 해줄 작은 생활 규칙부터 갖게 하기 위해 애를 썼다.

커다란 안경을 쓴 네케르 병원 의사가 보건부에서 나온 소책자를 읽는 것 같은 말투로 그녀에게 말했다.

「실제로 알코올이 주는 것보다 한 차원 높은 자극과 가치를 주는 것을 찾은 사람들만이 치료되는 것을 볼 수 있습니다.」

어떤 자극과 가치, 물론 맞는 말이다. 우리는 그런 것을 찾게 될 것이다.

말 한마디 없이, "어서 오세요"라는 인사말조차 없이, 그가 마치 부끄럽지만 꼭 필요한 어떤 직업을 가진 고용인인 양, 어쩌면 쥐를 박멸하러 온 사람처럼 클라리스의 어머니는 문을 열고 그를 거실로 안내했다. 그녀는 가슴을 펴고 확고한 걸음걸이로 자기 왕국의 땅을 밟고 있었다. 그녀는 첫날부터 엘리아스가 아무리 예의 바르고 옷을 단정하게 입었어도 땀을 많이 흘리는 일을 하는 계층에 속하는 사람이라는 것을 알았다.

클라리스는 한 손에 잔을 들고 거실 한복판에 서 있었다. 그녀가 역광을 받고 있었기 때문에 엘리아스는 처음에 그녀의 얼굴을 알아보지 못했다. 그녀는 마술의 제물인듯 그 방의 루이 15세식의 장식들과 어울렸다. 그녀의 홈드레스는 자기 어머니의 옷장에서 나온 것으로 보였고, 요즈음 옷 같지 않았다.

「그거 당신한테 잘 어울려.」

클라리스가 말했다.

「고마워. 하지만 이건 내 것이 아니야. 빌린 거야.」

엘리아스는 검은색 벨벳 재킷을 가리키며 말했다.

「당신 재킷 얘기가 아니야. 당신 얼굴 말이야. 잘 어울린다고.」

그녀는 자신의 입술을 가리켰다.

그녀가 무슨 말을 하려는지 알려고도 하지 않고, 엘리아스는 거실의 대형 거울에 비친 자신의 모습을 보기 위해 고개를 돌렸다. 칼데이라가 6일 전 그를 때렸었다.

그는 문득 거울이 만들어지는 방법이 떠올랐다. 모래는 아주 높은 온도까지 달구어진다. 그는 거울에 비친 자기 모습 속에서 한 증막의 뜨거운 수증기의 자취를, 그리고 융합의 격렬함과 불길을 느꼈다.

클라리스의 손은 떨렸다. 그녀의 숨결에서는 자두주 냄새가 풍겨 나왔다. 엄마의 처방.

베르사유 궁전의 방들 중 한 곳에 있는 것 같은 느낌을 주는 이 거실에서 엘리아스는 자기가 알던 클라리스의 모습을 다시 보게

되었다. 눈가에 검은 그림자가 지고 창백한 그녀의 얼굴이 그를
안심시켰다. 그녀의 아픈 모습을 보는 행복이 마치 친숙한 동물
처럼 그의 내부로 스며들었다. 그는 그런 감정을 숨기려는 자신
이 싫었다.

그가 클라리스를 사랑했던 것은 자신이 그녀에게 행복을 줄 수
있었기 때문이었다. 성적 쾌감이 있었던 것도 사실이지만, 그는 처
음부터 사랑을 위장했었다. 그는 사람들이 스스로에 대해 말하는
것과 그들의 행동이 암시하는 것을 모두 믿었다. 그는 사랑에 빠
진 용감한 남자가 있다는 것도 믿었다. 그러나 최악의 이기주의인
이타주의가 있다는 것도 알게 되었다. 의식이 명료하다면, 그는 클
라리스에게 동의하고 그녀의 분노를 함께하게 될 줄 알았다.

그녀는 잔을 비우고 아주 도전적인 표정으로 또 한 잔을 따랐
다. 그녀의 어머니가 한쪽 구석에서 그들의 대면을 하나도 놓치지
않고 지켜보고 있었다. 그래서, 클라리스는 평소 습관과는 달리 차
분하게 말을 했다. 그녀는 비록 다시 술을 마시기 시작했지만 사
는 기쁨과 자신감을 되찾았기 때문에 고뇌는 덜하다고 했다.

「내가 당신을 속였어, 엘리아스. 나는 당신이 나를 속였기 때문
에 당신을 속인 거야. 당신은 나를 만났을 때 보호를 필요로 하
는 내 속마음을 알고 있었지. 나는 당신을 전혀 모르는데. 당신
은 검은색 옷을 입은 착한 사람일 뿐이었어. 당신은 현실이 아
니고, 엘리아스, 그저 있음 직한 사람일 뿐이었어. 나는 당신이

내게 무슨 짓을 한 것인지 알아. 당신은 사람들을 행복하게 하기 위해 그들을 대하지만 그들에 대해 궁금해하지 않아. 그게 타락이라는 거야. 나는 내가 당신을 필요로 했으니까 그것을 인정했어. 그것이 계속되기를 원했지. 그래서 당신이 내게 말한 것이 진실인지 아닌지 알려고도 하지 않았던 거야. 그건 천국이었고, 당신은 천국의 절대 신이었거든. 트리스탄은 예견할 수 있는 일에도 잘 속고, 내 마음속을 완전히 알지도 못해. 그는 인간이야. 당신도 알다시피 이건 불공평해. 왜냐하면 그는 당신처럼 거기에 열중할 줄 몰라. 그는 항상 뒤늦게 깨닫는 타입이지. 내 병을 두려워하고. 우리는 자신에게 제일 잘 대해 주는 사람을 사랑하는 것은 아니야. 그리고 그런 사람이 우리를 사랑한다고 말할 수도 없고. 이건 뭔가 불공평해.」

그는 할 말이 없었지만 그렇다고 그녀의 비난을 막고 싶지도 않았다. 모욕당한 사람의 입을 막고 비난을 못하게 하는 것처럼 나쁜 일도 없기 때문이다. 클라리스는 그가 화내기를 바랐다. 그는 그녀에게 서류를 내밀었다.

「이건 당신이 고용한 사설탐정의 보고서야. 난 당신이 그런 짓을 한 거 이해해. 당신은 알 권리가 있으니까.」

엘리아스는 너무 너그러운 투로 말한 것을 후회했다. 그는 상처받은 표정을 지었어야 했다. 그녀는 자신의 폭로가 그를 놀라게 하거나 감동이라도 주기를 기대했었다. 그녀는 서류를 받았다.

그녀는 그것을 찬찬히 훑어보고 나서, 두 손으로 그것을 둘둘 말고, 웃으면서 그것의 냄새 맡는 시늉을 하고는, 벽난로 근처 낮은 탁자 위에 놓인 샴페인 통에 쳐 넣고 그 위에 술을 따르고 성냥을 그었다.

「난 이런 거 관심 없어. 당신의 인생도, 이유도, 변명도 알고 싶지 않아. 나는 다만 당신이 존재하고 있기나 한지 알고 싶었을 뿐이야. 그런데 당신은 분명히 존재하고 있네. 엘리아스, 당신은 존재하고 있다고.」

그녀는 불붙은 성냥을 놓았다. 통 속에서 불길이 확 퍼졌다. 서류들과 사진들이 연기로 피어올랐다.

종이 타는 냄새가 코를 찔렀고 눈은 따가웠다. 클라리스의 어머니는 집주인으로서, 창문을 열었다. 클라리스의 마지막 말이 엘리아스의 머릿속에서 메아리치고 있었다.

「당신은 내가 왜 술을 마시는지 한 번도 물어본 적이 없다는 사실을 알기나 해? 내가 왜 그런 문제를 가지고 있는지?」

「난 그저 당신이 그 점에 대해 말하고 싶어 하지 않는다고 생각했을 뿐이야.」

그는 혼잣말처럼 중얼거렸다.

클라리스는 그의 궁색한 변명을 비웃었다. 엘리아스는 불꽃이 자신을 불태우고 재로 만들어 버렸으면 좋겠다고 생각했다. 클라리스를 만났을 때, 그는 큰 기대를 하지 않았기 때문에 실망할 것

도 없으리라고 믿었었다. 그들이 함께했던 6년은 술 마신 뒤의 갈
증과도 같은 것이었다. 그동안 그들은 진지하게 이야기할 힘도,
시간도, 욕망도 없었다.

「사실은 그렇지 않아. 당신은 내게 왜 스스로를 파괴하려고 하
느냐고 결코 물은 적이 없었어. 당신에게는 그것이 당연했으니
까. 당신의 타락한 허무주의적 사고방식으로는 알코올 중독이
나 자살이 놀랄 일이 아니라 잘 살고 있는 사람들이 놀라운 거
지. 그래, 사람들은 잘 살아, 행복하게. 항상 그렇지는 않겠지만
그들은 사랑도 해. 그들은 사랑을 한다고, 엘리아스.」

클라리스는 잠시 머뭇거렸다. 엘리아스는 그녀가 술기운을 빌
어서 말한다는 오해를 받지 않기 위해서 소란을 피우지 않기로
결심했다는 것을 알 수 있었다. 그녀가 트리스탄에게 바치는 사
랑과 그가 그녀에게 주는 힘이 그녀를 바꿔 놓았다. 한 사람의 얼
굴 형태는 그것을 바라보는 사람에게 달려 있다. 이제부터 클라
리스는 그 남자가 보는 대로 보인다.

저항할 수 없을 정도로 무기력해진 엘리아스는 두 손을 축 늘어
뜨렸다. 총살형에 처해진 기분이 들었다. 그 판결은 정당했다. 그
래서 그는 그녀의 입에서 나오는 말들이 총알이 아닌 것이 유감
스러웠다.

「나는 이제 뭘 해야 할지 모르겠어. 당신이 나를 필요로 한다면
있어 줄게.」

엘리아스가 말했다.

「필요 없어. 트리스탄이 날 도와줄 거야. 그가 배우면 잘 될 거야. 우린 사랑하니까. 난 이제 더 이상 당신을 만나고 싶지 않아.」

엘리아스는 오늘 쓸모 있는 존재였다. 왜냐하면 클라리스가 그에게 자신의 분노를 표출했으니까. 그것이 그에게는 좋았다. 비록 자존심은 완전히 구겨졌지만.

대로변 산책로 한복판에서 그는 어둠이 그를 삼켜 버렸듯 탐욕스러운 욕망을 가지고 두 팔을 벌렸다.

2

알려진 사실들과는 달리 마르고 라자뤼스는 그렇게 불행한 어린 시절을 보내지 않았다. 사람은 행복이 뭔지 모르는 한, 진정으로 불행하지 않다. 다행히도 그녀의 부모는 그런 감정으로부터 그녀를 격리시켜 놓았었다.

목둘레에 스카프가 늘어져 있고, 두 손을 카디건의 커다란 주머니 속에 넣은 그녀는 아빠의 아파트 앞에서 서성였다. 제시간에 도착해서 성실한 모습을 보임으로써 그에게 즐거움을 준다는 것은 있을 수 없는 일이었다. 그녀는 그가 커튼이 쳐진 대형 침대에서 무릎에 수프 그릇을 놓고 메마른 입술에 수프 숟가락을 가져가는 모습을 상상했다. 그는 떨리는 목소리로 그녀를 맞이할 것이다. 그녀를 감동시키려는 의도 없이, 그는 통증에 대해 그녀에게 말하고 의사들의 친절을 칭찬할 것이다. 그는 네팔의 어떤 불교 사원에 갇혀 있는 그녀의 어머니 소식도 전할 것이고, 재수가 없다면, 그는 막 피어난 꽃에서 꿀을 빨아먹는 나비의 아름다움과 물의 신선함에 대해 말하고, 자신이 최근에 읽은 철학적 명상 책도 읽어 줄 것이다. 끔찍한 일이다.

그는 이전에 자기 자식에게 한 번도 보내 본 적이 없던 부드러운 시선을 보낼 것이고, 그녀에게 단 한 번도 허락해 준 적이 없었던 시간을 허락해 주고 싶어 할 것이다. 마흔여덟 살에 아빠가 되기 시작해서 일흔이 다 된 지금, 20년 전에 그랬어야 했을 행동을 하는 한 남자 앞에 있게 된다는 것은 얼마나 난처한 일인가.

상속 문제도 다시 떠오를 것이다. 라자뤼스는 두 채의 아파트와 단독 주택 한 채, 그리고 금융 상품을 갖게 될 것이다. 그러나 상속받을 수 없는 성질의 유산들도 있는 법이다. 그녀가 잘못을 저지른 것은 단 한 번뿐인데, 한 남자가 편집광적으로 경고하며 자기 길을 가로막고 있었다. 엘리아스가 그녀를 짜증 나게 만드는 것은 바로 자기만이 그녀를 걱정해 주는 사람인 양 여기는 것이었다.

그녀는 초인종을 눌렀다. 간호사가 문을 열었다. 그녀는 흰색 캡을 쓰고 있었다. 그녀는 고개를 까딱하면서 마르고에게 인사했다. 그녀는 천사라도 나타나기를 바라는 것처럼 흰자위를 보이며 하늘을 바라보았다. 커다란 나무 십자가가 그녀의 불룩한 가슴

위에 돋보였다. 간호사는 그녀가 방문할 때마다 자리를 비웠다. 마르고가 아버지와 나누는 대화를 참을 수가 없었기 때문이다. 그녀는 마르고가 아버지에게 너무 냉담하다고 생각했고, 어쩌면 그녀를 괴물이라고까지 여겼는지도 모른다. 선량한 사람이 볼 때는 침대에서 죽어 가는 사람이 항상 옳아 보일 수 있기 때문이다.

유산은 유혹적인 무언가를 가지고 있다고 마르고는 생각했다. 천장이 높은 그 아파트는 방이 다섯 개에 콜렝쿠르 가로 향해 있다. 그 동네는 계속해서 중산층을 형성하더니 몽마르트르의 조용한 뒤뜰 역할을 하고 있다. 나무들은 점점 무성해지고, 건물 정면들은 새 단장을 하고, 새로운 레스토랑들이 문을 열었다.

그녀는 차를 준비하려고 부엌으로 갔다. 그녀의 아버지가 쉰 목소리로 그녀를 몇 차례 불렀다. 그녀는 대답하지 않았다.

마르고는 최근에 와서 갑자기 너그럽고 다정해진 이 남자와 함께 있는 것이 편하지 않았다. 그의 발병 선언 직후, 그녀는 담당 의사에게 물었다. 그의 행동의 변화가 혹시 먹는 약의 부작용으로 생겨난 것이 아닌가 하고.

「아닙니다, 아가씨. 약학 역사상 이 처방을 받은 환자가 점점 더 선량한 사람으로 변했다는 기록은 찾아볼 수가 없습니다.」

그녀는 그의 냉담함과 무책임함에 익숙해 있었다. 그런데 새삼 아버지 노릇을 하기로 작정한 이 남자는 그녀에게 자기 딸이 되라고 강요하고 있었다. 그녀는 자신이 이런 변화를 믿고 싶은 것인지 아닌지를 몰랐고 또 이런 역할을 하고 싶은 것인지 아닌지도 몰랐다.

죽음이 사드 후작을 달라이 라마로 바꿔 놓은 것인가? 그녀는 사는 게 너무 힘들던 때에 죽음과 동맹 관계를 맺을까 하는 생각까지 했었다. 그러나 지금, 죽음은 그녀를 배신하고 그녀에게 사랑과 용서를 강요하고 있었다.

마르고는 냄비 속에서 끓고 있는 물을 바라보았다. 표면으로 올라온 작은 산소 방울들처럼 추억들이 떼 지어 떠올랐다. 그녀가 아직 어린아이였을 때, 아버지는 그녀를 무릎에 앉혀 놓고, 그녀가 크리스마스 날 태어나도록 날짜를 맞춰서 임신했다는 얘기를 들려줬었다. 그래야 선물 값이 덜 들기 때문이라고 말하고는 그녀의 머리를 쓰다듬으며 웃음을 터뜨렸었다.

"아이들은 뭐든 다 알고 있어. 그래서 우리는 그들에게 아무것도 감출 수가 없지"라는 말은, 그가 딸아이에게 못할 소리까지 다 해놓고는 그 실수를 합리화하기 위해 종종 써먹는 주술과도 같았다. 그는 아들을 더 원했기 때문에, 태아의 성별을 알게 되자마자 그녀의 엄마에게 유산시키라 했었다고 그녀에게 말해 주었다. 그런데 불행하게도 낙태시킬 법적 기한을 넘겨 버린 때였다.

「네덜란드에서도요?」

어린 마르고는 눈살을 찌푸리면서 아빠에게 물었다.

「네덜란드에서도.」

아빠가 대답했다.

그는 불치병에 걸린 사실을 알게 되자 딸과 화해하고 싶어 했다. 그녀의 문학 활동을 하찮게 여기던 그가 그녀의 소설을 읽고 좋아하기 시작했다. 그는 대학 노트에 딸의 작품과 관련된 기사들을 붙였다. 그는 신문 자료집을 만들기 위해서 기사들을 오려 달라고 했다.

배경은 인상적이었다. 맞은편 보도의 와인과 다른 술들을 파는 상인과 거리를 구경을 할 수 있도록 그의 침대가 거실에 놓여 있었다. 치료가 시작된 이후 그에게 술이 금지되었다. 그는 의사의 조언에 따라 하루 세 번 식사 전에 마리화나를 피울 수 있었는데, 그것이 그의 유일한 낙이었다.

식탁, 작은 원탁, 텔레비전은 벽 쪽으로 밀어 두었다. 질병이 아파트 내부 배치를 완전히 바꿔 놓았다. 붙박이장과 서랍장들은 열려 있고, 옛날 물건들과 옷가지들이 방마다 가득했다.

그는 베개를 세 개나 포개서 베고 있었다. 등은 구부정한 채 나른한 자세로 벽에 기대어 있었다. 시트는 허리까지 덮고 있었다.

마르고는 그의 곁으로 가서 앉았다. 찻잔은 손바닥이 델 정도로 뜨거웠다. 그녀는 통증을 더 강화하려는 듯 찻잔을 꼭 쥐었다.

「잘 지냈니, 마르고.」

마르고가 바라는 대로 둘은 너무 친해지는 것을 피했다. 서로 손을 잡지도, 포옹을 하지도 않았다.

「안녕하세요.」

마르고는 그의 숨결을 피하기 위해서 고개를 돌리면서 인사를 했다.

머리맡 탁자 위에는 물병과 유리잔 주위로 약상자들이 늘어서 있고, 스탠드 아래쪽에 있는 알람 버튼의 불이 깜빡이고 있었다.

마르고의 나이별 사진들이 벽에 못으로 고정되어 있었다. 이런 장식은 최근에 한 것으로, 방을 호화스러운 묘지처럼 꾸며 주고 있었다. 어린 시절과 학창 시절의 마르고의 수많은 눈동자들이 밤낮으로 아빠를 지켜보고 있었다.

침대 머리맡에는 어린 딸의 그림, 밀가루 반죽으로 만든 목걸이, 요구르트 병으로 만든 집, 솔방울로 만든 산타 할아버지, 그녀에게 관심도 없는 부모를 위해 그녀가 직접 만든 선물들을 담아 놓은 종이 상자가 있었다. 그는 이 어린아이의 작품들에 깃든 아름다운 마음에 감탄하면서 작품들을 상자에서 꺼내서 침대 위에 놓고 쓰다듬고 끌어안곤 했다.

그의 손가락들은 날로 야위어 갔고, 손등의 털들은 무성했다. 병으로 인해서 눈자위가 검게 움푹 패어 30년은 더 늙어 보였고, 예전의 모습은 전혀 찾아볼 수가 없었다. 6개월 전만 해도 그의 얼굴은 밝은 편이었고 마음을 비우고 있었다.

「오늘은 무슨 얘기를 하고 싶니?」

그가 물었다.

마르고가 그를 다시 보자고 한 것은 두 사람이 과거에 대해 말하기 위해서였다. 그녀는 그가 마음을 바꿔서 자신의 잘못을 속죄하려 한다고 생각했다.

그는 자기 침대에서 꼼짝도 하지 못하기 때문에, 사실 그는 그녀의 손에 달려 있었다. 하지만 그녀는 복수할 생각은 없었다. 그녀는 자신의 태도를 바꾸지 않고, 수년 동안 자신을 방어하기 위해 취해 왔던 바로 그 건방지고 냉정한 말투로 그에게 말을 걸었다.

「어렸을 때 나는 나쁜 짓을 하면 벌을 받을 것 같았어요.」

「알고 있다.」

그는 후회하는 듯 한숨 섞인 말투로 말했다.

그녀의 아버지는 꾸밈없이 대답했다. 그는 비난을 피해 가려고 애쓰지 않았다. 자신이 과거에 무슨 짓을 했었는지를 듣고 있는 환자의 얼굴에는 고통스럽고도 놀랍다는 표정이 스쳐 갔다.

「왜 저한테 그렇게 못되게 구셨어요?」

「너에게는 아무렇게나 대할 수 있었기 때문이지. 네가 우리를 무조건 사랑하는 만큼 오히려 우리는 거침없이 네게 상처를 줄 수 있었지. 부모는 자기 자식들에게 복수를 하거든. 자식들은 손쉬운 먹잇감이니까.」

「내 인생은 이제 끝장이라고 생각했어요.」

「네 불행한 경험들은 네 어린 시절의 상처들을 확인시켜 주지. 네 어머니와 나는 무서운 부모였다. 난 그걸 후회하고 있어.」

「그렇게…… 그렇게 자아비판적인 소리는 그만둘 수 없어요? 이제 와서 그런 소리가 무슨 소용이 있어요?」

그녀는 그의 앞에 있게 되자마자 그보다 자신이 더 약한 존재처럼 느껴졌다. 그녀는 자신이 더 심각한 상태였기 때문에 그의 푹 꺼진 뺨, 주름진 이마가 그녀로 하여금 동정심을 불러일으키지는 않았다. 환자들은 건강한 사람들 곁으로 돌아가는 것이 필요하다.

그녀는 일주일에 한 번씩 그를 방문했다. 그녀의 가슴을 짓누르는 것들에 대해 말하기 위해서. 그에 대한 감정이 그녀를 사로잡았기 때문이다. 그들은 가까워지지 않을 것이고 절대로 화해도 하지 않겠지만, 그들이 함께 했던 과거에 대한 지식을 공유하게 될 것이다. 이미 그렇게 되고 있다.

「나는 아버지를 좋아하지 않아요.」

그녀는 사태의 초점을 흐리지 않기 위해 가능한 한 부드러운 목소리로 말했다.

「난 변했어.」

누르스름한 흰자위에 핏발이 선 그의 두 눈은 진지하게 한 곳을 응시하고 있었다.

「난 아니에요. 아버지의 변화에 세상 사람들이 모두 따라와 주기를 기대하실 수는 없는 거예요..」

마르고는 사람들이 우리에게 가했던 잘못을 용서할 수는 없더라도, 언젠가는 그것이 아무것도 아니라는 것을 받아들여야 할 것임을 알고 있었다. 범죄는 없어도 두려움과 어리석음과 무의식이 있다. 언젠가 그것도 인정해야 할 것임을 그녀는 알고 있었다. 그러나 지금은 아니다. 지옥 같던 20년을 두 달 간의 참회로 지워 버릴 수는 없다. 어쩌면 그가 몇 년을 더 산다면, 그들이 정상적인 관계를 가질 수 있을지 모르지만, 마르고의 마음이 암이 전이되는 속도만큼 빠르게 변할 수는 없다.

「나는 곧 병원으로 옮겨질 거다.」

그가 그녀에게 말해 주었다.

그녀의 아버지가 환자라는 사실이 그녀에게는 놀라운 일이 아니었다. 그녀는 부모 때문에 아팠었다. 이제 계산이 공평하게 이루어진 셈이었다.

3

「난 이해할 수 없어.」

엘리아스가 들어오자마자 나탈리가 말했다.

나탈리는 부르제 공항 하늘 위의 구름이 그녀의 얼굴을 가리던 날 이후 빅토르의 소식을 듣지 못했다. 위성 전화 통화는 응답이 없었다. 일기 예보는 빅토르 호수 남쪽과 카제라 지역 하늘 위에서 커뮤니케이션을 어렵게 할 뇌우가 예상된다고 했지만, 이런 식의 침묵의 설명으로는 충분치 않았다.

덧문을 닫고 커튼까지 내린 채, 칠흑 같은 어둠 속에서 그녀는 아파트에 혼자 있었다. 행여 전화를 받지 못할까 봐 그녀는 자신이 근무하는 상업 은행에 휴가를 냈다. 그녀는 세끼 식사를 모두 집으로 배달받아 먹었다.

빅토르는 직업상, 그리고 갈락시 스튜디오의 국제적인 활동 때문에 장기간 집을 비우곤 했다. 그러나 그는 상하이 탑 꼭대기에 있든 오베르뉴에 있든 매일 저녁 그녀에게 사랑한다는 말을 하기 위해 전화를 했었다. 지금까지 이 규칙을 어긴 적이 없었다. 그녀는 수화기 너머로 여자들이 고양이처럼 가르릉거리는 소리를 들어도, 샴페인 잔 부딪는 소리를 들어도, 그의 목소리를 들으면 안심이 되었다.

곰팡내와 음식 썩는 냄새 때문에 엘리아스는 구역질이 났다. 빈 통조림통들이 부엌에 잔뜩 쌓여 있었고, 개수대에는 더러운 식기가 넘쳐 났다. 음식 찌꺼기가 말라붙은 접시들은 거실 탁자 위에 아무렇게나 널려 있었다. 김밥 도시락, 피자 배달 상자, 그밖의 외국 요리 배달 상자들이 작은 탑을 이루고 있었다. 발효된 음식 찌꺼기들로 인해 가스가 차서 팽팽해진 쓰레기 봉지들이 현관문 옆에 줄지어 있었다. 작은 날파리들이 주위를 맴돌고 거기에 알까지 낳아 놓았다. 식탁 한가운데에는 불 꺼진 양초가 꽂힌 촛대처럼 위성 전화기가 작은 여행 가방 옆에 세워져 있었다.

「아무도 대답을 안 해요. 아르덴과 연결되지 않아요. 그의 비서는 그가 회의 중이라는 말만 계속해요. 무슨 일이 있는 거예요. 왜 내가 알면 안 되는 거죠?」

나탈리가 말했다.

엘리아스는 나탈리의 목에 손을 갖다 댔다. 그녀의 부드러운 목덜미의 피부가 더 이상 그의 감각을 자극하지 않았다. 유혹의 위험에서 벗어나기 위해 그는 그녀를 품에 끌어안았다.

엘리아스가 두려워했던 것과는 반대로 그들 사이에는 아무런 어색함도 없었다. 그들에게 깊이 영향을 끼치는 것은 욕망이 아니라 그들 자신의 인격과 고독의 폭로이다. 빅토르가 떠난 뒤 택시를 타고 다시 파리로 돌아왔을 때, 그들은 둘 사이에 심오한 차이가 있음을 깨달았다. 그들은 공통점이 전혀 없었고 서로를 존경하지도 않았던 것 같았다. 문을 연 그녀는 그에게 거의 눈길을 주지 않았다. 그녀는 술 한 잔도 권하지 않았고 개인적인 질문도 하지 않았다. 그녀는 아무런 노력도 하지 않았다.

상대방에 대한 무관심을 인정하려 애쓰는 두 사람의 성실함은 아름답기까지 했다. 이런 솔직한 관계가 엘리아스에게 용기를 북돋워 주었다. 그는 아주 오래전부터 그렇게 진실한 관계를 가져 본 적이 없었기 때문에 나탈리를 통해서 큰 깨달음을 얻게 되었다.

나탈리는 거실 테이블에 팔꿈치를 괴고 앉았다. 그녀는 빅토르와 마지막으로 포옹했던 날 밤에 입었던 옷을 그대로 입고 있었다. 엘리아스는 그녀가 그날 이후 씻지 않았다는 것을 알았다. 그녀에게서 땀 냄새가 났고, 머리카락은 엉킨 채 기름기가 흘렀고, 블라우스의 깃은 목 때로 잿빛 줄이 생겼고, 입술의 루주는 까칠해 보였고, 마스카라는 속눈썹에 엉겨 있고 눈 아래 뺨에까지 번져 있었다.

전화기 받침대에서 벌새의 심장처럼 빠르게 작은 불빛이 깜빡거렸다.

「나는 더 이상 아무것도 몰라요.」

엘리아스가 말했다.

그는 마리가 그에게 했던 말을 생각했다. 4층에 있는 헬스클럽의 휴게실에서 모이는 비서들의 은밀한 사교 모임을 통해서, 그는 스튜디오 사람들도 아프리카 촬영지에 대한 새로운 소식을 모른다는 것을 알았다. 그것은 7층, 8층의 일부 사람들을 신경과민으로 만들기 시작했다. 엘리아스가 정보를 얻어 보려고 가스트를 만나려 했을 때 그의 여비서는 그에게 '마르고 라자뤼스 프로젝트에나 몰두하라'는 내용의 메모를 전해 주었을 뿐이었다.

우리는 자신의 가슴을 장식하듯 사랑하는 사람과 함께 자신의 아파트를 장식한다. 그는 커튼과 카펫의 색을 조화롭게 고른다. 그러나 그가 사라질 때, 벽지들은 윤기를 잃는다. 가구 표면의 광택도 없어지고 공기 중에는 향기도 사라진다.

3일 전부터, 느림과 침묵이 나탈리를 가득 채웠다. 텔레비전은 소리와 이미지로 빅토르의 빈자리를 덮어 버릴 조각보를 만들고 있었다. 그녀는 마약 중독자가 헤로인을 필요로 하듯 소음이 필요했다. 그녀의 귀는 남편의 외침 소리에 익숙해 있었다. 그녀의 피는 웃음소리에 목말라 했으므로 녹음된 웃음소리라도 듣고 싶어 했다. 침묵의 불쾌감을 사라지게 하기 위해서. 그녀의 영혼은 절망의 불꽃이 그녀의 귀에 대고 하는 속삭임을 뭉개 버리기 위해 큰 목소리와 말이 필요했다. 와인을 마시자 그녀의 머릿속에서 심벌즈가 요란하게 울려 댔다.

네 잔째 비우고, 옷소매로 입술을 닦은 다음, 그녀는 자신이 별로 주목받지 못하는 데 대해 불평했다.

「친구들이 들르겠다고 약속해 놓고 들르지를 않네요, 엘리아스. 하지만 그들이 나를 그런 어리석은 일에서 구해 줄 테니까 걱정하지 마세요.」

엘리아스는 그녀의 어깨에 두 손을 얹었다.

「일이 잘 될 때 당신은 어디로 가는지 알고 있어요, 나탈리. 당신의 행복을 향해 열린 문들이 있지요. 하지만 일이 잘 안 될 때는 그렇지 못해요. 친구들도 성공할 때 친구가 되죠. 당신의 고통은 그들의 몫이 아니거든요. 그들을 원망해서는 안 되요. 당신이 불행하기 때문에 당신이 그들을 배반한 것이죠. 당신의 눈물이 마르면 그들을 되찾을 수 있을 것이고, 당신은 다시 미소 지을 수 있게 될 것입니다.」

나탈리가 그를 보려 했던 이유가 분명하기 때문에 ─ 그녀는 빅토르의 소식을 듣고 싶었다 ─ 엘리아스는 평소와 달리 자신의 존재에 대해서는 설명하지 않았다. 마음처럼 그의 발도 가야 할 길을 알고 있었던 것이다. 그는 자신이 이들 부부를 사랑하는지 아닌지 잘 몰랐다. 그는 무조건 '친구'라는 꼬리표를 붙여 주었던 사람들에 대해 이성적으로 대해야 할지 우정이라는 이름에 충실해야 할지 갈등했다.

몇 년 동안, 빅토르와 그는 자기들이 얼마나 악의적인가를 증명하기 위해 논쟁을 벌이기도 하고 농담도 많이 했다. 대마초와 담배 연기 속에서, 그리고 위스키의 취기 속에서, 재치가 번득이면서도 공허한 대화를 나눔으로써, 그들은 서로에 대해 더 많은 것을 알기를 회피하려 애썼다. 엘리아스는 빅토르가 자신에게 어떤 존재였는지 알기 위해 빅토르를 다시 보고 싶었다. 그의 눈을 들여다보고 싶고 그의 속마음을 알고 싶었다.

우리는 서로 너무 잘 통하고, 같은 일을 하는 동료이고, 함께 말하면 즐겁기 때문에 친구가 되었다(그러나 당신은 누구하고나 잘 지내고 있어, 엘리아스. 그건 의미가 없어). 우리는 서로의 집에서 번갈아 가며 저녁 식사를 하고, 보르도 와인 한 병과 꽃다발을 가져다주기도 하고 당신이 요리한 도피네식 그라탱이 못 먹을 정도로 타거나 후추를 너무 많이 쳤어도 그저 맛있다고 말해 주기 때문에 친구인 거야. 우리는 수첩에 전화번호를 적어 두고 저녁 시간을 함께 하기 위한 친구이지. 엘리아스는 결혼식처럼 사원에서 두 사람 사이의 우정을 다지는 의식을 할 것을 제안하는 생쥐스

트의 글을 회상했다. 우리는 서로 선택하고 선택된 친구들에게
충실할 것과 도와줄 것과 사랑을 맹세하게 된다. 의심으로 가득
찬 그의 머릿속에서 그 개념은 아름답게 보였다.

　나탈리는 눈을 크게 뜨고 시선을 텔레비전 화면에 고정시킨 채
손으로는 옷을 움켜쥐고 긴 소파에 쭈그리고 앉아 있었다. 엘리
아스는 집 안을 환기시키기 위해 창문을 열어야겠다고 생각했다.
하지만 그는 그녀가 자신이 피운 담배 냄새를 간직하고 싶어 한
다는 것을 알아차렸다.

　텔레비전 앞에서 그는 그녀가 잠들 때까지 그녀를 지켜보았다.
그리고 아파트를 떠날 때 쓰레기 봉지들을 들고 나왔다.

4

나날이 하늘이 낮아졌다. 구름이 건물 지붕에 닿을 정도였다.

그 부인은 검은색 외투에 녹색 장갑을 끼고 있었다. 절묘하게 틀어 올린 커다란 머리 타래가 모자 밖으로 삐져나왔다. 그녀의 스커트는 발목까지 내려오는 것이어서 검은색 양말이 보였다. 그녀의 태도에는 우수가 배어 있었다. 그녀는 18구 시청 앞 쥘 조프랭 광장에서 기다리고 있었다. 그날 저녁, 그 광장에는 그들 두 사람뿐이었다.

몇 분 뒤, 다리우스는 그들이 약속을 했었다는 것을 알았다. 그녀는 먼 곳을 바라보고 있었는데, 다리우스가 고개를 돌리는 순간 그녀와 눈이 마주쳤다. 그는 사랑을 발견했다. 그것은 분명했다. 그들이 감히 서로에게 말을 걸었더라면 그들은 함께 살고 아이를 갖자는 말밖에 할 수 없었을 것이다. 그들은 조용한 동네에서 햇살이 잘 드는 발코니가 있는 큰 아파트에서 살게 될 것이다. 다리우스는 운명이라고밖에는 표현할 수 없는 아주 특별한 순간을 경험하고 있다는 확신을 가지고 지금껏 사랑을 해본 적이 없는 사람처럼 사랑할 것이다. 그녀가 불안해하면, 그는 그녀를 안심시키기 위해서 그녀의 손을 잡고 자신의 어깨의 움푹 팬 곳은 바로 그녀를 위한 자리라고 말해 줄 것이다. 그녀는 시청 앞에서 서성거리고 있었다. 그녀는 느린 동작으로 그의 면전에서 머리 타래를 쓸어내렸다. 한 남자가 택시에서 내렸다. 다리우스에게 눈길도 주지 않고 그녀는 미소 지으면서 그 남자에게로 달려갔다. 그들은 서로 끌어안았다. 다리우스의 심장은 터질 것 같았다. 그의 눈에는 눈물이 고였다.

우연히 그날따라 전화벨도 울리지 않았다. 그가 수화기를 들었을 때 아무도 말하지 않았다. 메시지는 분명했다. 코타보 형제가 그에게 경고했다. 만드는 데 몇 달이고 몇 년이고 걸렸던 출입문은 넘을 수 없는 장벽을 향해 나 있었다. 그는 선택의 여지가 없었다. 그는 그들을 만나러 가야 했다. 레크리에이션은 끝났다.

오늘 아침, 그는 앙드레 코샤와 전화로 격렬한 대화를 나눴다. 그는 흥분했다. 아파트가 더워서 미칠 지경이었다. 코샤는 그의 시나리오가 이치에 맞지 않는다고 야비하게 말했다. 그는 좀 더 현실적인 이야기들을 다시 찾고 있었다(그는 전문가의 건방진 말투로 그렇게 말했다).

「스튜디오가 너를 고용한 것은 네가 진짜 죄인이기 때문이야, 다리우스(그는 첫날부터 그를 어린아이나 아랫사람 대하듯 '너'라고 부르며 반말을 썼다). 경험해 보지 못한 사람들에게 상상할 수 있게 해줘 봐.」

그러나 다리우스는 이제 사실주의가 지겨웠다. 그것은 집세를 낼 수 없을까 봐 전전긍긍해 본 적이 없는 바보들의 환상이며 악몽일 뿐이다. 나는 악몽 없이 잠들 수 있는 이야기가 필요해, 앙드레. 자서전은 진실이 아니야. 내가 경험한 것들보다는 내가 상상한 것들에 더 진실이 담겨 있어. 무기를 어떻게 분해하는지 알고 싶어, 앙드레? 우리가 헤로인 1파운드에 어떻게 중탄산염을 섞는지, 우리가 누군가를 죽일 때 어떻게 경동맥을 짓누르는지, 창녀들이 성 관계를 갖는 모든 남성들을 냉정하게 대하기 위해 어떻게 하는지? 너는 나더러 크랙(코카인에서 추출 농축한 마약의 일종-역주) 흡연으로 죽은 사람이 계속해서 자기 파이프를 빨아 댄다고 말하라는 거야. 그가 여전히 이 빌어먹을 마약을 삼킨다고 말이야, 앙드레. 그의 심장은 멎었는데 그의 폐는 마지막 한 모금을 빨아들이기 위해 들썩거리고 있다고. 그렇다면 호기심을 자극하기에 충분하지.

그의 이야기가 충분히 있음 직하지 않다고 주장하는 그는 누구였나. 그는 자기가 누구에게 말을 걸고 있는지 몰랐는가. 다리우스는 이 남자의 말을 듣고 있자니 화가 났다. 머리에는 이론만 잔뜩 들어 있고 평생 사과 한 알 훔쳐 본 적이 없는 사람이 그에게 범죄에 대한 강의를 하려 하기 때문이다. 코샤는 성급하게 한숨을 쉬면서 말을 아꼈다.

마음을 진정시키고 총을 꺼내 코샤의 두개골에 총알을 박고 싶은 욕망에 저항하기 위해서 그는 거실의 종려나무 잎을 손톱깎이 가위로 잘랐다. 커다란 잎들은 엘리아스의 얼굴을 간질이며 밤마다 성가시게 만들었었다. 잎들이 떨어짐에 따라 결심이 굳어졌다.

그건 내 시나리오야, 앙드레. 너는 그걸 그런 식으로 다룰 권리가 없어. 코타보 형제는 그것을 받아들일 거야. 그는 그들에게 전화해서 쥘 조프랭 광장에서 만날 약속을 잡았다. 옛날의 좋은 시절 같았으면 그들은 푸아소니에 거리에 있는 리시트로 꼬치구이를 먹으러 갔을 것이고, 그는 그들에게 상상 속의 무장 습격에 대한 이야기를 했을 것이다.

그들은 늦지 않을 것이다. 그는 발을 따뜻하게 하기 위해 발을 굴렀다. 15분가량 비가 그쳤지만 시정 위의 구름은 곧 비가 다시 쏟아질 것을 예고하고 있었다.

옆구리에 바짝 대고 있는 무기가 허리와 부딪치는 친숙한 느낌은 마음을 안심시켜 주었다. 그는 펜 한 자루로 얻을 수 없었던 친밀감을 되찾았다. 여기에 살아야만 하나? 자식들에게까지 가난과 매춘의 광경을, 바퀴벌레와 납 성분이 들어 있는 페인트를 물려주어야 하나? 그는 마르카데 푸아소니에 지하철역 층계에서 죽은 쥐 한 마리를 보았다. 아니다, 이대로만 있지는 않겠다. 코타보 형제의 도움으로 그는 자기 영화를 만들기 위한 돈을 구하게 될 것이다.

엘리아스는 그에게서 무엇을 보았는가. 그가 성공하지 못하면 어떻게 될 것인가. 재활 실패의 살아 있는 예가 될 것이다. 그는 친구가 자기 작업을 자랑스럽게 여기기를 얼마나 원했던가. 그는 자신의 내부에 아름다운 것들을 가지고 있었다. 그것들을 표현할 수 없다는 것이 그를 힘들게 했지만, 그것들은 곧 무르익어서 세상에 나오게 될 것이다.

사람들은 항상 그를 머릿속보다는 근육 속에 더 많은 것을 가지고 있는 사람으로 취급했다. '코샤'라는 이 멍청한 사람이 가슴을 가졌더라면, 그리고 15년만 더 젊었더라면 다르게 행동했을 것이다. 오, 그랬더라면, 그는 달리 생각했을 것이다. 사람들은 우리에게 궁지에서 벗어날 수 있을 것이라고 믿게 만든다. 그러나 그것은 사실이 아니다. 엘리아스는 침묵할 이유가 있었다. 거짓말, 바로 그것이 해결책이다. 당신의 자녀들에게 거짓말하는 것을 가르치라. 제발, 거짓말을 하고 자신의 순수한 마음을 간직하도록 가르치라.

검은색 작은 트럭이 다리우스 앞에 멈췄다. 옆문이 벌컥 열렸다.

5

「당신은 담배를 끊어야 해.」

「담배가 없으면 더 불안해.」

결국 담배는 조에가 숨을 쉴 때마다 1센티미터씩 사라졌다. 담배 연기가 그녀의 반쯤 벌린 입 속으로 사라졌다. 그들은 울긋불긋한 세라믹 식탁 앞에 마주 앉았다. 붉은색 실크지로 둘러싸인 전구 한 알이 좁은 공간을 밝혀 주고 있었다. 식탁 가운데에 놓인 재떨이가 차츰 채워졌다. 조에는 긴 손가락들로 연기를 가지고 장난치고 있었다. 그녀는 예쁘게 꾸미고 있었다. 빨간 입술과 눈 화장은 그녀의 얼굴 윤곽을 더 뚜렷하게 만들어 주었다. 그녀는 검은색 파티복을 입고, 눈에 잘 띄지 않는 은 목걸이, 할머니로부터 물려받은 반지, 자수정 귀걸이를 하고 있었다. 그녀는 엘리아

스에게 와달라고 부탁했다. 그녀는 울기 위해서 예쁘게 치장했다
고 말했다. 그러나 그 순간은 아직 오지 않았다. 그녀는 그에게
설명해야 했다.

「당신은 그럴 권리가 없어. 당신이 뭣 때문에 그에게 폭력을 휘
둘러?」

몇 시간 전, 조에는 창가 라디에이터 위에 앉아서 리샤르의 메
시지를 듣다가 놀라서 쓰러질 뻔했다. 그녀가 병원을 방문할 수
있는 시간은 6분밖에 없었다. 그의 아내와 자녀들이 다녀가고, 직
장 동료들과 친구들이 올 때까지의 사이에 낀 6분. 그 6분간 사랑
하는 사람의 손을 잡고, 그를 공격한 사람이 누구인지 설명을 들
어야 했다. 그녀는 엘리아스를 미워하고, 자기 자신도 미워했는
데, 결국 그가 그녀를 보호해 주고 그녀의 원수를 갚아 주려 한 것
이기 때문에 그를 사랑하게 되었다. 상처 덕분에 엘리아스의 얼
굴은 평소처럼 창백해 보이지 않았다. 그녀는 새로운 눈으로 그
를 다시 보게 되었다. 그가 낯설기는커녕, 그녀가 그를 사랑하는
이유를 더 잘 이해하게 되었다.

「그것은 내 실수야, 엘리아스. 그와 함께 있을 수 있었는데, 내
가 그를 거부했거든.」

조에는 백금 라이터를 손으로 문질렀다. 어느 우울한 날 저녁,
그녀는 앙시엔 코미디 거리의 골동품 가게에 들어갔다가 스스로
를 위로해 줄 만한 아주 비싼 물건을 찾았다. 그녀는 고전적이고

신비한 모습을 한 라이터를 택했다. 그것은 역사가 있는 물건이었다. 수 세기 동안 믿을 수 없을 정도로 많은 사람들의 손을 거쳤을 것이다. 그녀는 그것을 손가락 사이에 돌리면서 결심했다. 그녀는 종종 이 아름다운 물건을 가지고 장난을 치고 문지른다. 친절한 지니가 나타나서 그녀의 세 가지 소원—첫째도 리샤르, 둘째도 리샤르, 셋째도 리샤르—을 들어주기를 바라면서. 지니가 없으면, 거기에서 불꽃이라도 일어서 그녀의 눈동자에 반사되고 그녀를 따뜻하게 해주기를 바라면서.

「당신은 왜 내게 그 말을 하지 않았지?」

엘리아스가 물었다.

「나는 그냥 불평을 하고 싶었던 거야. 그건 내가 나에게 주는 애석상이지. 내가 가진 게 그것뿐이잖아.」

엘리아스는 그녀의 손을 잡았다. 그녀는 몇 년 전부터 말하고 싶어 했다. 그러나 불행에서 끌어내는 이익도 소중하다. 우리가 우리에게 일어나는 일들에 대해 책임질 수 있다고 말하기는 어렵다. 비난할 사람이 하나도 없다는 것은 불공평한 일이다. 너무 불공평하다.

「리샤르는 나보다 더 고통받고 있어. 그는 나를 사랑하고, 더구나 죄의식까지 가지고 있으니까. 나는 모든 것을 버렸어.」

그녀는 재킷 주머니에 있는 위궤양 예방약을 생각했고, 두통과 마른버짐과 비듬을 생각했다. 조에는 그에게 그의 아내를 떠나라고 한 적도 없고, 이혼을 요구한 적도 없고, 그녀의 감정을 받아 달라고 한 적도 없었다. 그녀는 그에게 그의 마음속에 자리 잡고 있는 두 가지 형태의 사랑 중 한 가지를 택하라고 요구한 적도 없었다.

그녀는 그를 이중적으로 만들었다. 그는 두 여자를 사랑하는 것이 가능하긴 하지만 고통스럽다는 것을 깨달았다. 브라보 조에, 당신은 그의 이상주의를 깨뜨려 버린 거야. 당신은 순수하고 부드러운 이 사람을 변화시켰어. 그는 머릿속에 어리석은 원대한 꿈밖에 없어. 정직과 진실이라는 개념을 가지고 있지. 그런데 당신은 그로 하여금 사랑이 그가 믿었던 것보다 훨씬 더 복잡하다는 사실을 깨닫게 만들어 놓았어. 세상에는 자기 여자를 속일 궁리를 하는 남자들이 넘쳐나는데, 당신은 그런 짓을 원치 않는 남자를, 한술 더 뜨자면, 아예 그런 것이 가능하다는 생각조차 안 하는 남자를 선택했던 거야.

「당신이 순진한 사람을 때린 거, 알아?」

엘리아스는 조에를 끌어안고 싶어졌다. 그러나 어두운 조명 속에 빛나는 그녀의 담뱃불은 마치 늑대를 쫓기 위해 피워 놓은 모닥불처럼 그로 하여금 거리를 두게 만들었다. 화장을 한 그녀는 매우 아름다웠다. 그녀의 검은색 드레스는 그녀를 한껏 더 우아해 보이게 했다.

「누군가를 병원 신세 지게 만드는 것은 당신답지 않아.」

조에가 말했다.

「나는 나답지 않은 무언가를 할 필요가 있었어.」

「나는 지금 철학적인 토론을 할 상태가 아니야, 엘리아스.」

「아마도 그것이 내 스타일인가 봐. 순진한 사람 후려치기.」

「당신이 아무리 엉터리같이 행동해도, 당신은 그런 엉터리가 못 돼. 그러니 자기가 누군지 자신도 모르는 이런 어리석은 말장난은 그만둬.」

그녀는 그를 몰아세우면서도 그를 믿는다고 말했다. 엘리아스의 두 뺨은 불타올랐다. 그는 그런 말을 기대해 본 적도 없었다. 그는 다른 사람들에게 복수하기 위해서 리샤르를 때렸다고 그녀에게 고백하고 싶었지만, 이런 고백은 아무런 도움도 되지 못할 게 뻔했다. 그날은 조에의 밤이었고, 그녀는 말하고 싶어 했고 이 모든 것에서 한 가지 의미를 찾고 싶어 했다. 그녀는 담배를 끄고 와인 잔에 차를 따르더니 다시 새 담배에 불을 붙였다.

「한 가지 부탁해도 될까?」

「물론.」

엘리아스는 말하고 나서 오락 시간에 맹세하는 것처럼 "네가 원하는 것은 뭐든"이라고 덧붙였다.

「침묵할 수 있어? 마주 보고 앉아 있기만 하고 말은 하지 말기. 하지만 서로를 위해서 거기에 있기. 난 울 거야, 엘리아스. 미리 말해 두지만, 난 울 거야.」

몇 초 동안 조에는 눈 한 번 깜빡이지 않고 한 곳을 뚫어져라 바라보았다. 그녀는 담배를 마지막으로 한 모금 길게 빤 후 재떨이에 담뱃불을 비벼 껐다. 그리고 곧 그녀의 눈가에 눈물이 고였다. 눈물이 넘치면서 마스카라가 녹아내려서 목을 타고 내려가 목걸이 위로 흘렀다. 그는 동요하고 있었지만, 조에의 미소는 현기증이 난 곡예사처럼 입술 위에 아슬아슬하게 걸려 있었다.

그녀는 격렬한 사랑을 원했다. 소리 지르고 싸우고 도망가고 다시 만나는. 그러나 사람들은 너무 약해서 활기를 되찾지 못한다. 그들은 단지 고통 속에 갇히지 않기를 원할 뿐이었다. 그녀는 리샤르를 원망할 수 없었다.

경험은 우리가 아는 것들을 다 잊게 만든다. 그녀가 바보 같은 꽃무늬 옷을 입고 책가방을 방법론으로 가득 채우고, 낭만적인 영화를 열심히 보던 순진하고 꿈 많던 처녀 시절에, 그녀는 사랑이 뭔지 알고 있었다. 그러나 그녀는 책을 읽고 강의를 듣고, 독창적인 자기만의 사랑법을 개발하려 애썼다. 그 결과는 끔찍했다. 얼마 동안 우리는 우리 부모처럼 될까 봐 두려워한다. 그러고 나서 어느 날 문득 그들을 닮지 않으려 했던 생각이 무서워지기 시작한다. 브레스트에 있는 부모의 집을 방문할 때마다 그녀는 벽난로 앞 소파에 앉아 있는 그들을 보는 것이 감동스러웠다. 서로 손을 꼭 잡고 있는, 보잘것없이 시들어 가는 두 노인. 그 모습은 그녀를 울고 싶게 한다. 그들이 너무 아름다워서. 오, 맙소사,

그들이 너무 아름다워서 울고 싶었다. 그녀는 그들이 무능하고 경직되었다고 생각했다. 그녀는 그들이 사랑의 결과로 빚어 놓은 것들이 싫었다. 그들의 생각, 50년 전부터 해온 똑같은 비난, 의례적인 키스 따위. 그러나 사실 그들은 위대했다. 왜냐하면 그 많은 세월을 부부로 지내는 데에는 놀라운 감수성과 지혜가 필요하기 때문이다.

그들이 스물두 살 되던 해 여름, 그녀는 리샤르의 청혼을 단호히 거절했다. 그녀의 한창 시절은 아름답고 동시에 그로테스크했다. 맙소사, 그는 법학도였는데, 당신은 그것이 상상이 가는가? 그는 변호사가 되고 싶어 했다. 그녀는 그의 사랑을 거부했다. 왜냐하면 그녀는 아직 먹고살 것이 있었기 때문이다.

그녀는 남편을 만나기에는 자신이 너무 젊다고 생각했다. 우리는 너무 일찍 진정한 사랑을 찾으면 안 된다. 왜냐하면 서투름과 오만함 때문에 모든 것을 망치고 옆길로 새기 때문이다. 마흔 살부터 사랑에 빠져야 한다. 젊음은 감정이 뭔지도 모른 채 사랑을 믿지만 시트콤을 연출할 뿐이다. 사랑은 성숙함과 지성을 요구한다. 흘러가는 세월의 쓸쓸함과 고독을 경험하기 전에는 그 두 가지 요소를 갖출 수가 없다. 젊은이는 즐겨라. 하지만 사랑하고 있다는 생각은 버려라. 제발 사랑만큼은 오래 살아 본 사람들에게 맡겨라.

그녀를 기다리고 설득하느라 지치고, 마음에 상처를 입는 데 싫증이 난 리샤르는 다른 사람과 결혼했다. 매우 아름답고 지적이고 균형 잡힌, 그리고 자기가 원하는 바가 무엇인지 잘 아는 그런 여자와. 남자들은 결국 이런 종류의 여자를 좋아하게 된다.

결혼 2년 만에, 버티려고 애를 썼음에도 불구하고, 절망과 체념 속에, 도저히 더 이상 사랑할 수 없었기 때문에, 그는 조에와 다시 관계를 맺게 되었다. 그는 두려웠다. 왜냐하면 또 한 번 마음에 상처를 받게 될 것이 두려웠기 때문이다. 그녀는 자신이 위험한 존재로 여겨지는 것이 고통스러웠다. 브리스톨에서 처음 만났을 때 그들은 울었다. 당신은 상상이 가는가? 울기 위해 방을 빌린다는 것이. 그러고 나서 그들은 싸웠다. 마침내 그들은 사랑을 나눴다. 한동안 서로 육체관계를 가졌기 때문에 그들의 관계는 끔찍하지 않았지만, 심각하지도 않았다.

불륜은 부부를 구원하는 제일 좋은 방법이다. 정부는 남자로 하여금 긴장을 풀고 숨을 쉴 여유를 준다. 그녀가 없었더라면, 리샤르는 아마도 오래전에 아내를 떠났을 것이다.

'이런 모든 과정을 지겹게 되풀이하지 말 것. 프로다운 인생을 살기 위해서는 눈물이 필요하다. 눈물을 다 말라 버리게 해서는 안 된다. 나는 또 다른 이유들로 인해 울어야 하기 때문이다'라고 조에는 생각했다. 불행을 겪을 때마다 자기 몫을 가질 것이다. 엘리아스는 그녀의 손을 자기 손으로 감싸 쥐었다.

캐스팅은 견디기 어려울 정도로 고통스러웠다. 그녀는 긴 복도에서 기다리고 있었다. 죽음의 고통에 대한 영화에서처럼.

캐스팅은 당신을 변화시킨다. 당신은 당신을 닮은 것 같은 여자들을 바라보고 그들의 시선에 상처를 받는다. 그녀는 좋은 배역을 맡아 보지 못했다. 선망의 대상이 되고, 전화를 기다리게 하고, 노골적으로 거절하는 재주를 타고난 사람들은 따로 있다. 그러나 당신은 아니다. 당신은 그것을 깨달아야 한다. 거울에 비친 당신의 모습을 진지하게 들여다볼 필요가 있다.

머큐롬 냄새와 얻어맞아 멍든 눈과 리샤르의 부러진 이빨 모습이 그녀의 머리를 떠나지 않았다. 그녀는 그에게 말할 것이다. 그녀가 그의 인생을 접수하겠노라고. 그리고 그녀를 위해 모든 것을 떠나라고 요구할 것이다. 그녀의 부르주아적인 결혼과 보마르세 대로에 있는 자신의 아파트를 위해, 그리고 자녀들을 위해. 그녀는 완벽하고 애정 어린 이기주의자일 것이다. 죄의식은 포기할 줄 알아야 하는 쾌락이다.

6

토요일 정오의 태양을 가리고 있는 것은 구름이 아니었다. 어두움은 마르고의 눈에서부터 나왔다.

병원의 전화벨 소리가 그의 잠을 깨웠다. 그는 스웨덴 어 자막과 함께 꾼 흑백 악몽에서 깨어났다.

문제가 있다고 의사가 말했다. 애도, 영구차, 그리고 장례 화관 따위의 단어를 말했다. 고통 때문에 그의 아버지는 침대에서 기어 나와 물결처럼 여러 가지 호스들을 몸에 매단 채 바닥에서 몸을 꿈틀거려 복도를 건넜다. 그는 층계에서 몸을 던져 그 고통을 끝장내려고 했지만 바로 아래층으로 굴러 떨어졌을 뿐이었다. 층계 모서리에 입술을 부딪쳐서 앞니들이 부러졌다. 모르핀도 맹물처럼 아무 효과가 없을 때 의사들은 모두 이것은 최악의 신호라고 입을 모았다. 그를 침대에 가죽 끈으로 묶어 놓고 간호사가 그의 신경계에 여러 대의 주사를 놓았다. 좀 더 효과를 내기 위해 그녀는 목덜미를 기준으로 척수에 여러 대의 주사를 꽂았다.

마르고는 아버지의 마지막 말을 듣고 싶었기 때문에 의사에게 교통 법규를 어기고라도 제시간에 그녀를 병원으로 데려다 줄 택시를 찾아야겠다고 미리 말해 두었다.

그녀는 수화기를 내려놓자마자 자기가 무엇을 해야 할지 잘 알고 있었다. 그녀는 아파트에서 나와 택시를 소리쳐 부를 것이다. 그녀는 거리를 지나가는 남녀의 얼굴들을 관찰하면서 그들도 언젠가는 병원의 하얀 병실을 경험하게 될 거라는 생각을 할 것이다. 운전기사가 그녀에게 말할 것이고 그녀는 듣지 않을 것이다. 택시는 미끄러지듯 살페트리에르 병원 앞으로 가서 멈출 것이다. 그녀는 현관을 통과해서 안내 센터에서 안내도를 받았음에도 불구하고 이 도심 병원에서 길을 잃을 것이다. 그녀는 건물들을 가로질러 뛰어다니다가 질병과 상처로 고통받는 온갖 종류의 환자들 또는 하얀 가운들과 마주칠 것이다. 마침내 그녀는 468호 병실을 찾아낼 것이다. 의사는 그녀의 어깨에 손을 얹고 용기를 내라고 말해 줄 것이다. 이것은 인생의 과정일 뿐이고, 장기 이식을 위해 그의 심장을 기증할 수 있을 것이라고도 할 것이다. 그녀는 하얀 침대에 누워 있는 자기 아버지를 잘 알아보지 못할 것이다. 그가 언젠가 그녀를 공포에 떨게 했던 사람이라는 것이 믿기지 않을 것이다. 그녀는 그에게 부드러운 목소리로 말할 것이고 그는 그녀에게 미담을 말할 것이다. 아버지가 딸을 안심시키기 위해 하는 순수한 그런 말을. 그녀는 그에게 손을 내밀 것이다. 그가 마지막 숨을 거둘 때 그녀도 눈을 감을 것이다.

의사의 명령과 수천 년을 이어 온 가부장제 문화의 명령을 따를 각오로 문손잡이를 잡았지만 그녀는 더 이상 움직일 수 없을 것이다. 그녀의 마음은 어떤 다정한 장면도 받아들이지 못할 것이다.

그녀는 병원에 가지 않을 것이다. 그녀는 세상의 다른 어디라도 가겠지만 468호 병실은 가지 않을 것이다. 그녀는 감동받고 싶지 않았다. 지금부터 몇 십 분 후, 의사는 그녀의 자동 응답기에 메시지를 남기겠지만 그녀는 그것을 듣지 않을 것이다. 그녀는 다른 불행과 다른 감정이 가슴에 넘쳐흐를 때 자동 응답기 버튼을 누를 것이다. 예를 들면 지진이 나서 수많은 희생자가 생기면 자식으로서의 슬픔은 희석될 것이다.

당신에게 하기 싫은 일을 억지로 시키는 상황들이 있다. 누워서 꼼짝 못하는 아버지를 보는 일은 그녀를 울게 만들 것이다. 그것은 당연한 일이다. 당신의 죽은 아버지가 누워 있는 병실은 당신의 몸뚱이 사방에서 눈물을 빨아올리고 당신의 눈에서 눈물을 빼낼 것이다. 작은 새우를 먹기만 하면 부종을 일으켜서 몸이 부풀어 오르는 사람처럼. 벽과 시트와 돌보는 사람들의 유니폼인 흰색은 가족간의 증오심을 잠재우는 효과가 있다. 어떻게 저항하겠는가? 이런 흰색 속에서 악당은 자기 죄를 씻는다. 죽기 전에 왜 화해를 할까? 용서를 위한 최고의 순간, 가장 평온한 순간은 바로 심장이 멈추는 때이기 때문이다.

결심한 그녀는 열쇠로 문을 잠그고 그것을 사전 뒤에 숨겼다. 그녀는 이부프로펜 두 알을 삼키고, 메르세데스 소자의 음반을 틀고 침대에 앉았다. 그녀는 옷들을 말리기 위해서 옷들을 방 안 사방에 널었다. 의자 위, 창문 손잡이, 책상, 컴퓨터 모니터 위, 부엌 한구석에 있는 수도꼭지, 진공청소기의 손잡이, 그리고 냄비 손잡이, 벽에 박힌 못들에. 사방에 흩어진 그녀의 옷들은 방 분위기를 우습게 만들었다. 마치 눈에 보이지 않는 어떤 여자의 배 속에서 수류탄이 터져서 그녀의 옷들이 사방에 흩어진 모습이다.
비는 마치 움직이는 투명한 그림처럼 창문 위에 물방울을 뿌려대고 있었다.

그녀가 처음으로 자살을 기도했을 때, 아버지는 그녀가 책임 회피를 하려 한다고 말했었다. 그는 병원에 와보지 않았고 그녀의 자동 응답기에 조롱하는 투의 메시지를 남겼었다.
그녀의 아버지는 곧 죽을 것이고, 그녀가 이 사실을 알고 난 후 죽음은 더 이상 그녀에게 매력적이지 않았다. 왜냐하면 이제 그녀에게는 죽음 자체가 타락으로 느껴지기 때문이다. 산다는 것이 가능해졌다.

누군가가 그녀를 행복하게 만들었다. 그녀는 평생 이렇게 까다로운 문제에 직면했던 기억이 없었다.

이 행복을 가지고 사람들은 뭘 할까? 내 말은, 그 용도가 무엇이냐는 것이다. 누군가를 이런 식으로 사랑할 때 사람들은 어떻게 행동할까? "나는 모르겠어, 모르겠다고." 마르고는 반복했다. 그녀는 사람이 행복할 때 어떻게 하는지 조언을 구하기 위해 남자 친구에게 전화를 하면 좋으련만, 그녀는 이런 분야에 무지한 것이 부끄러웠다.

매 맞는 아이가 첫 번째 애무를 경계하는 것처럼 그녀는 착각하지 않으려고 정신을 바짝 차렸다. 아이를 때리는 부모들은 아이로 하여금 자기네와 똑같은 실수를 하지 않게 한다는 명분으로 아이들이 살아가는 것을 막는다. 부부로 살기가 불가능한 점, 불륜, 사랑이 식음 따위에 대해 그들은 진실을 들먹이는데, 그것은 결국 자녀들로 하여금 실패하고 포기하게 만들 뿐이다.

우리는 알고 싶지 않은 것들이 상당히 많다. 자신만의 실망을 스스로 만들어 내는 시간을 무시하고 싶어 하는 현실들. 우리의 꿈이 다른 사람들의 꿈으로 된 퇴비에서부터 온다는 것. 그리고 우리의 꿈이 그렇게 고통을 지니고 있는 이유는 바로 그 때문이다.

그녀는 시체 걱정은 하지 않을 것이다. 그녀는 엘리아스를 위해 마음을 쓸 필요가 있었다. 그들이 다시 안 본다 할지라도 그녀는 그를 사랑했기 때문이다. 두려워서 자기 얼굴을 가려 버린다는 것은 어리석은 짓이었다. 우리는 쾌락을 위해서는 발 벗고 나서야 한다. 진단은 의심의 여지가 없었고, 구협염도 그녀를 말리지 못했다. 처음으로 그녀는 사랑할 수 있었고 동시에 환자가 될 수 있었다. 그녀는 재채기를 했다. 그녀는 손수건으로 얼굴을 가렸다.

바라던 사랑은 대체로 우리가 받은 사랑에 의해 배반당한다. 그것은 별로 중요하지 않다. 그녀는 자기가 얼마나 슬픈지, 그리고 그것은 바로 당신 때문이라고 엘리아스에게 속삭이고 싶었다. 이제 나는 자신감이 생겼고, 다른 아무도 내게 상처를 줄 수 없을 것이라고. 아무도 나를 마음속으로 울게 만들 권리가 없을 것이라고.

그녀는 침대 위에 걸터앉아 콧노래를 불렀다.

전화벨이 울렸지만, 그녀는 받지 않았다.

7

갈락시 스튜디오 8층으로 들어가는 방법은 두 가지뿐이다. 하나는 호출 버튼 아래 판을 들어 올린 후 열쇠를 꽂는 방법. 그러나 열쇠는 단 한 개뿐이고 그것은 아르덴 가스트의 조끼에 매달린 열쇠고리에 끼워져 있다. 두 번째 방법은 디지털 방식의 번호판의 비밀 번호를 누르기. 엘리아스는 종이쪽지를 펼쳤다. 거기에는 가스트의 여비서가 전달한 그날의 비밀 번호가 적혀 있었다. 그는 번호판을 눌렀다.

엘리베이터가 올라가는 동안 엘리베이터 통로를 타고 사무실로부터 여러 가지 소음과 사람들의 목소리가 들려왔다.

아래층들에서는 전화벨이 울리고, 비서들은 수화기를 들어 올려 귀와 어깨 사이에 끼운 채 한 손으로는 메모를 하고 다른 한 손으로는 머리카락을 쓸어내리고 있었다. 심부름하는 사람들이 오가고, 약속 장소의 문들이 열리고 닫히고, 담배꽁초들이 은 재떨이 속에서 짓이겨지고, 커피 잔들이 비워지고 채워지고 있었다. 수표에 사인을 하고, 때로는 지폐 뭉치가 책상 서랍에서 나와 세무서의 누군가의 주머니 속으로 들어간다. 악수를 하고 말이 오고 갔다. 언론인들, 배우들, 은행 직원들, 손톱 관리사들, 피자와 스시 배달원들이 서로 마주쳤다. 4층 사무실로부터 조감독의 나직한 목소리가 들려왔다. 빨간 장미꽃잎 두 양동이, 신부 드레스 50벌을 주문하고 있었다. 한 시나리오 작가는 회계 부서에게 변명을 하고 있었다. 어떤 감독은 세금을 내기 위해서 주문받은 영화를 찍기로 했다. 거기에서는 강한 열망과 파렴치한 요구들이 불어, 영어, 그리고 스페인 어로 표현되었다. 엘리베이터들은 섹스를 하듯 왕복 운동을 계속하면서 각 층마다 사람들을 쏟아 냈다. 물레방아처럼 잠시도 쉬지 않고 육중한 회전문이 돌아가고 있었다.

엘리베이터 문이 고요한 복도를 향해 열렸다. 인기척이 전혀 없다. 그 구역에는 아르덴 가스트의 책상과 비서의 책상 말고는 어떤 가구도 컴퓨터도 보이지 않았다. 엘리아스는 아무도 없는 대기실을 지나 조심스럽게 반쯤 열린 문을 밀었다.

아르덴 가스트가 자기 책상 위에 놓인 요리에 포크를 꽂고 있었다. 입 안에 감자를 잔뜩 넣어서 일그러진 그의 뺨은 비버 같은 모습이었다. 그는 엘리아스에게 손짓을 했다. 그 제스처는 모든 것을 의미했다. 안녕하시오? 잘 지냈습니까? 잠깐 기다려요, 입에 있는 거 다 삼키고……, 또는 거기 앉아요 등등. 그는 약식 고기 야채 스튜를 먹고 있었다. 채로 썬 당근이 작은 접시에 오렌지 빛 줄무늬를 만들어 놓았다. 부르고뉴산 와인 한 병이 종이 더미 위에 놓여 있었다. 가스트는 술잔을 채워서 엘리아스 앞에 놓았다.

「자네가 왜 왔는지 알고 있네.」

엘리아스는 앉으면서 술잔은 못 본 척했다. 더 이상 술을 마시지 않는다는 것은 그가 매 순간 주의를 한다는 뜻이다. 편집증에 대항하기보다는 오히려 생각에 대항해서 싸우기 위해서. 그의 손 떨림이 반복되었을 때 앙세르메의 경고가 다시 떠올랐다. 그는 마치 생전 처음으로 생명에 집착하는 것처럼 자기 자신을 위해 두려움을 느꼈다. 자기 간의 상태가 걱정되었다.

나탈리의 고뇌에 떠밀려서 오는 바람에, 그는 자기 후원자에게 뭐라고 말해야 할지를 미처 생각하지 못했다. 당연히, 그는 자기가 온 이유를 자신보다도 아르덴 가스트가 더 잘 알아주기를 바랐다. 그래서 그가 포문을 열기를 기다리며, 엘리아스는 말 한 마디 없이 그를 바라보았다.

「자네는 자네를 제거하려던 사건에 대해 오해하고 있어. 나는 거기에 대해 자네를 비난할 수 없네. 그것은 마르시알의 요구였으니까. 나는 그 이유를 몰라. 자네는 지금 아프리카에 가기를 원하고 있군.」

가스트가 엘리아스에게 폭로했다.

자신이 아프리카로 가고 싶어 했던가? 엘리아스는 생각할 시간이 필요했다. 그렇다, 그는 떠나고 싶었었다. 그 당시에는. 영화를 만들기 위해서이기도 했고 클라리스와의 관계에서 일어나는 문제들을 회피하기 위해서이기도 했다. 지금은 그 이유가 달라졌다. 그는 칼데이라와 빅토르에 관한 진실이 무엇인지 밝히기 위해 아프리카에 가고 싶었다. 무엇보다도 이제는 마르고로부터 도망치고 싶었다. 마치 그러고 싶어 안달 난 사람처럼 언제까지나 그녀에게 전화하고 만나 주고 품에 안아 주는 일을 계속할 수는 없는 노릇이었다. 그는 다급한 마음을 압도할 만한 어떤 모험이 필요했다.

「나탈리가 불안해합니다. 빅토르가 떠난 이후 그녀는 빅토르로부터 한 번도 소식을 듣지 못했습니다.」

엘리아스는 거기에 대해 뭔가 할 일이라도 있는 것처럼 진지하게 말했다.

「나는 자네에게 거짓말하지 않아. 우리는 더 이상 아는 바가 없어. 두 가지 설명이 가능하겠지. 마르시알이 우리를 속였거나, 아니면 원숭이들이 섬에 있는 전화기들을 몽땅 훔쳐다가 나무

꼭대기에 얹어 두었거나.」

그의 목소리에는 억양이 없었다. 그러나 그는 정열이 넘쳤다. 그의 눈은 어떤 것도 놓치지 않고 다 기록하려는 듯 창백한 전등불빛 속에 반짝였다. 그렇게 제멋대로인 사람은 상상하기 힘들었다.

「예방 주사는 제대로 맞지 않았나?」

매일 아침 습관적으로, 엘리아스는 술·담배를 하듯 말라리아 예방약을 먹었다.

「당신은 내가 루본도 섬으로 떠나기를 원하시는군요.」

엘리아스가 말했다.

「나는 자네밖에 보낼 사람이 없어. 불안한 마음은 전혀 없네. 그들이 어디에 있든 혼자는 아닐 거야…… 아마도 공격을 받았겠지.」

「그것은 마르시알의 영화입니다. 나는 그를 압니다. 그는 자신의 꿈을 실현하는 데 방해가 되는 것은 그 어느 것도 내버려 둘 사람이 아닙니다. 그러나 그를 잘 지켜보셔야 할 것 같습니다. 그는 더 이상 젊지 않고, 성격이 무척 변덕스럽다는 걸 아실 겁니다.」

엘리아스는 칼데이라와 가스트의 관계를 밝혀내는 데 성공하지 못했다. 그들이 지금은 서로 피하지만, 옛날의 관계가 그들을 하나로 묶어 주고 있었다. 무엇보다도 그들은 동갑이고 같이 데뷔했기 때문이다.

아르덴 가스트는 손목시계를 보더니 자기 잔에 남은 와인을 책상 곁에 있는 물통에 쏟아 버렸다. 엘리아스는 술 마시고 담배 피우는 가스트의 사진을 본 적이 있었던 게 생각났다. 엘리베이터 옆 홀에 걸려 있는 어떤 사진은 갈락시 건물을 새로 지은 직후에 입에는 담배를 물고 한 손에는 술잔을 든 그의 모습을 보여 주었다. 젊고 호리호리한 칼데이라와 함께 건배하는 그는 자신감 넘치고 행복해 보였다. 그 시절은 잊혀졌다.

「자네가 탈 비행기가 앞으로 2시간 32분 후에 출발하네.」

가스트는 엘리아스의 얼굴에 놀라는 빛을 볼 생각도 없이 담담하게 말했다. 그는 몇 분 후에 수천 킬로미터 떨어진 곳으로 출발하는 일이 낯설지 않았다. 거리는 중요하지 않았다. 시간과 국경선도 더 이상 의미가 없다. 가스트는 자기의 결정에 대한 현실감이 없는 세계에 살고 있었다. 가스트의 비서가 엘리아스 앞에 봉투를 하나 내밀었다. 그녀의 팔이 그의 뺨을 스쳤다. 그는 그녀가 들어오는 것을 보지 못했다. 어쩌면 그녀는 이미 사무실 안에서 움직이지 않은 채 그에게 주의를 기울이고 있었는지도 모른다.

「마르고 라자뤼스 프로젝트는 어떻게 되고 있나?」

분명히 거기에도 이면공작이 있었다. 가스트는 잊지 않고 있었다. 그의 전략의 섬세함에 엘리아스는 강한 인상을 받았다. 가스트의 이해할 수 없다는 표정을 보고 엘리아스는 상황을 파악했다. 가스트는 그 프로젝트를 차지하려는 의지를 별로 보이지 않고 거리를 두고 있는 엘리아스가 무언가를 감추고 있는 것이 아닌가 의심했다. 치타는 영양을 죽이지 않지만, 어쩌면 그는 치타가 아닐지도 모른다.

「마르고는 별로 하고 싶어 하지 않습니다. 도덕적인 문제도 있고요.」

엘리아스는 냉정하게 말했다.

「돈 문제지. 두 배로 제안하면 어떨까.」

「저는 그럴 수 없습니다.」

「물론 그렇겠지. 좋은 말로 달래 보게. 그녀가 설득당할 만한 걸 약속해 줘.」

가스트는 긴 가죽 수첩 속에서 수표책을 꺼내면서 말했다.

「저는 마르고에게 이런 계약을 제안하고 싶지 않습니다. 제가 그녀를 사랑하는 것 같습니다.」

이런 엉뚱한 폭로에도 가스트는 눈 하나 깜짝하지 않았다. 오히려 엘리아스가 얼굴을 찡그렸다. 그는 자기감정에 대해 결코 말한 적이 없었다. 이런 대단한 인물에게 자기감정을 드러내는 것은 무의미했던 것이다. 그런데 그가 감정을 드러냈다. 한발 앞으로 나아간 것이다.

「자네의 고백은 매우 감동적이네, 엘리아스. 그러나 그건 스튜디오의 관심사가 아니야. 자네의 반대는 받아들여질 수 없어.」

엘리아스는 깨달았다. 스튜디오의 제안을 거부하는 것은 마르고의 몫이었다. 실제로 그는 그녀에게 자신이 용기를 내지 못하게 해달라고 부탁했었다. 그녀에게 그런 거래를 제안하기를 거절한 것은 바로 그였기 때문이다. 결론이 어떻게 나든 간에.

그는 작별 인사를 했다. 의류 전문점으로 가서 옷가지들과 가방을 살 시간적 여유가 없었다. 물론 그는 자기 아파트에 가서 필요한 물건들을 가져올 수도 있었을 것이다. 그러나 클라라 호비 사건 이후 그는 거기에 다시 발을 들여놓을 생각이 없었다. 그곳은 과거에 속했다. 그것이 가지고 있는 모든 것은 시대에 뒤떨어졌다.

엘리베이터는 6층에서 멈췄다. 마리가 준비해 둔 신발 상자는 선반 위에서 그를 기다리고 있었다. 내용물을 확인한 후 마르고 라자뤼스 서류를 거기에 함께 넣었다.

멍청한 친구 코샤가 그에게 전화를 했다. 다리우스와 함께한 그의 대화를 말해 주기 위해서였다. 엘리아스는 자기가 그와 마주하고 있었더라면 어떤 반응을 보였을지 알지 못했다. 우리의 주먹이 순식간에 사람을 때려눕히고 상처를 입힐 수 있다는 것을 알게 되었을 때, 우리는 스스로 힘이 넘치는 것을 느끼고, 그것을 써먹어 볼 어떤 새로운 상황을 찾아 나선다.

코샤는 그의 가학적 성향을 만족시키듯 다리우스는 아무런 재주가 없기 때문에 우리는 시간을 낭비할 뿐이라고 말했다. 엘리아스는 서둘러 다리우스에게 전화를 걸었지만 연결되지 않았다. 그는 그에게 말해 주고 싶었다. 포기하지 말라고. 그리고 그의 이야기의 힘을 보지 못하고 모순에만 집착하는 바보들을 믿지 말라고. 그를 공항까지 태워다 준 택시에서, 그는 친구의 자동 응답기에 메시지를 남겼다.

택시가 알마 다리를 지나갈 때 갈락시 건물이 안개 속으로 사라졌다. 6년 동안 스튜디오는 그의 마음을 따뜻하게 해주었고 그에게 생각보다 훨씬 더 큰 힘을 주었다. 그는 이제야 그곳으로부터 자신이 완전히 떨어져 나왔다는 것을 깨달았다.

전문가 사회에는 더운물 샤워나 진정제가 가져다 주는 효과와 같은 믿을 수 없는 부드러움이 있다. 중요한 것은 우리 주변 사람들을 사랑하느냐 아니냐, 그들과 진정으로 토론을 하고 거기서 즐거움을 누릴 수 있느냐 없느냐—그렇게 고백해야 할 것 같지만—가 아니라, 그 사회의 한구석에 웅크리고 가만히 있기만 하면 된다는 점이다. 그래서 그것이 폴리에스테르로 만든 것이냐 아니냐, 또는 기계로 짰느냐 은밀한 작업장에서 어린 노동자들의 손으로 짰느냐는 점은 중요하지 않다. 어쨌든 그것은 따뜻하기 때문이다. 엘리아스는 스스로 더 나아지기를 기대할 권리가 없었다. 6년 동안, 사람들이 그에게 보내 준 이미지를 받아먹고 살았다. 그러나 이제 그는 헤엄도 칠 줄 모르는 해양학자로, 또는 와인도 마실 줄 모르는 와인 전문가로 사는 것이 지겨워졌다. 인생에 대해 제대로 아는 것으로는 충분치 않았다. 그는 살고 싶었다.

8

「현기증이 있으십니까?」

'나는 허공으로 떨어지는 것은 두려워하지 않는다. 하지만 허공이 내게 달려드는 것이 두렵다'라고 엘리아스는 생각했다. 그는 장교에게 그렇다는 신호를 보냈다.

4일 전과 같이 택시는 정확히 예정된 코스를 따라갔다. 운전기사는 엘리아스를 알아보지 못했고, 따라서 그는 그에게 국제 정치에 대한 똑같은 이야기를 했다. 경치도 똑같이 반복되었다. 고속도로, 보안대, 그리고 그를 조사하고 택시 밑으로 검색기를 통과시키는 군인들, 이 거대한 기지에 세워진 함석지붕의 공항 터미널. 그러나 이번에는 아무도 비행기 앞에서 기다리고 있지 않았다.

장교는 그가 개인 비행기를 이용할 권리가 없고, 시간이 너무

짧아서 비행기를 동원하지 못했다는 점을 알려 주었다. 그는 인도주의적인 임무를 띠고 트랜스올과 함께 출발할 것이다.

비행기는 빅토르를 실어 날랐던 비행기가 있던 바로 그 자리에 서 있었다. 그러나 트랜스올은 몇 대의 디 해빌런드(De Havilland, 영국의 항공기 설계·제작자이자 장거리 제트 비행의 선구자. 항공기 회사 이름—역주)기 몫을 할 수 있을 것이다. 군대가 탄자니아로 갈 의약품 상자와 화물차 적재함을 보냈다고 장교는 설명했다. 세렝게티 동쪽에 있는 올도이뇨 렝가이 화산이 잠에서 깼을 때 수천 명이 생매장되었다. 용암과 진흙이 들판과 마을과 도로를 뒤덮어 버렸다. 트랜스올은 빅토리아 호로부터 100킬로미터 떨어진 곳인 케냐의 엘도레 국제공항에 기항할 것이다. 거기서부터 루본도 섬으로 가는 길은 그가 혼자 해결해야 한다.

현기증은 조종석 옆에 군인들과 함께 있는 것을 피하기 위한 완벽한 핑계가 되었다. 엘리아스는 비행기 후미 쪽으로 갔다.

선창은 동굴처럼 거대했다. 조그만 소리도 메아리가 되어 돌아왔다. 낯선 라스코 동굴에는 탈 것들과 물건들, 그리고 가방들이 바위와 석순을 대신해서 어둠 속에 묻혀 있었다. 엘리아스는 굴착기의 좌석에 자리를 잡았다. 장교는 그에게 추위를 막도록 모자 달린 재킷을 주었다. 비행기가 이륙하자 그는 핸들을 단단히 잡았다. 굴착기의 바퀴들이 화물 적재소 안에서 움직였다. 곧이어 트랜스올이 충분한 고도에 오르자 엔진의 진동과 소음 외에는 아무것도 느낄 수 없었다. 현창이 없기 때문에 그는 바깥 경치를 볼 수 없었다. 안전 표지판에서만 불빛이 흘러나오고 있었다. 그는 재킷 주머니에서 성냥갑을 하나 찾아냈다.

기압 차이로 인한 고막의 고통을 줄이기 위해 껌을 씹으면서 그는 지도를 보고 여정을 계획했다. 그가 갈 길을 손가락으로 따라가 보았다.

영화 촬영 덕분에 그는 수많은 나라들을 다녔지만 아프리카는 처음이었다. 그는 인류의 탄생지인 리프트 계곡에 있는 것 같은 특별한 감정이 들었다. 관광 안내서에는 그 계곡이 매년 몇 센티미터씩 가라앉아서 언젠가는 동쪽 아프리카가 대륙의 나머지 부분과 갈라지면서 섬으로 변할 것이라고 되어 있었다.

동체의 떨림과 공기의 흐름 소리에도 불구하고, 엘리아스는 고래 배 속의 어린아이처럼 굴착기의 조정간에 손을 얹은 채 잠이 들었다. 일곱 시간의 비행시간 동안 그는 꿈 한 번 꾸지 않고 단잠에 빠졌다.

그가 화물칸을 빠져나오자, 눈부시게 푸른 하늘이 그의 눈 속으로 밀려들어 왔다. 거대한 관 하나가 트랜스올의 저장고를 꽉 채우고 요란한 소리를 내고 있었다. 케냐 장교들은 프랑스 장교들과 의논을 하고 있었다. 그늘 하나 없는 공항에서 내리쬐는 햇볕을 받으며 비행기의 녹색 동체는 뜨겁게 달구어졌다. 화려한 이름에 비해 엘도레 국제공항은 대학 도시의 작은 공항에 불과했다. 관제탑은 지상으로부터 겨우 몇 미터 위에 있었고, 현대식이긴 하지만 소박한 건물이 공항 터미널로 쓰이고 있었다. 그 도시의 문에 위치한 교역과 활동 지대에 상점들이 모여 있었다.

엘리아스는 모자 달린 재킷이 어깨를 짓눌러서 숨이 막혔다. 그는 그것을 장교에게 돌려주었다. 장교는 이미 화물 적재소의 문을 잠그는 일에 몰두해서 그가 작별 인사하는 소리도 듣지 못했다.

엘리아스는 신발 상자를 옆구리에 끼고 세관을 향해 갔다. 영국의 식민지였던 까닭에 케냐 사람들은 영어를 썼다. 그는 세관원에게 백신 접종 카드를 내밀었다. 한 경찰이 그에게 구두 상자를 열어 보라고 손짓했다. 엘리아스는 셔츠 속에 달러 뭉치를 감추느라 애썼다. 경상비로 쓰기 위한 지폐 몇 장이 재킷 호주머니 속에 들어 있었다. 세관원은 그의 여권과 비자와 돌아갈 비행기 표를 살펴보았다. 엘리아스는 그 영토에 들어가는 값에 해당하는 달러를 지불했다. 경찰은 불빛 아래 지폐들을 비쳐 보고 만족한 표정으로 철제 상자 안에 그것들을 넣었다.

킬리만자로의 미네랄워터 광고 표지판은 바깥 온도가 28도임을 가리키고 있었다. 에어컨 바람 때문에 엘리아스는 여행 동안 무척 피곤했다. 그는 코카콜라 캔을 하나 사고 화장실 근처에 붙어 있는 그 도시 지도를 보았다.

공항 터미널을 나오자 엘도레가 눈앞에 펼쳐졌다.

강철과 유리로 지은 건물들이 마치 대형 거울처럼 태양 광선을 반사하고 있었다. 자동차가 무척 많은데도 불구하고, 도로들이 넓어서 길이 막히지 않고 잘 굴러갔다. 도시는 바둑판 모양으로 설계되어서 도로들은 모두 나란하거나 수직으로 만났다. 엘리아스는 학생들, 정장을 한 남자들, 그리고 인디언들 사이를 걸어갔다.

눅눅한 공기 때문에 그의 셔츠는 땀으로 다 젖었다. 그는 재킷을 벗어서 어깨 위에 걸쳤다. 살기 위해서는 벨벳의 긴 바지, 두꺼운 셔츠와 터틀 스웨터보다 더 적합한 옷을 찾는 것이 급선무였다.

가판대에서 그는 〈이스트 아프리카〉를 샀다. 분출하는 화산의 사진이 표지를 차지하고 있었다. 그는 케냐타 거리에 있는 작은 레스토랑 테라스에 앉아서, 그가 보기에 제일 위생적으로 보이는 유일한 음식인 위갈리를 한 그릇 주문했다. 염소 고기가 그의 옆에 있는 바비큐 틀에서 구워지고 있었다. 그는 생수 한 병을 따서 병째로 마셨다. 웨이터가 그에게 옷 가게 주소를 적어 주었다.

한바탕 소나기가 내렸다. 2분쯤 뒤, 소나기가 멈추고 금세 해가 났다. 그는 엘도레 거리를 걸어가면서 파리에서 그를 그토록 흥분시켰던 다급한 마음이 사라져 버렸다. 루본도 섬이 가까이에 있었다.

바르클레이와 시청 근처, 도로변에 커다란 노점상이 하나 있었다. 목화솜 뭉치들, 짐승의 가죽과 뿔들이 상점 입구에 쌓여 있었다. 흰색 천으로 휘장을 쳐서 비와 먼지로부터 가게를 보호하고 있었다. 나무로 만든 마네킹들은 정장과 드레스를 입고 있었다. 한 아이가 나타났다. 자기 재주를 의심치 않는 전문가 같은 당당한 태도로 그에게 무얼 원하느냐고 물었다. 아이는 목에 1미터짜리 줄자를 걸치고 허리에는 닭 벼슬 허리띠를 두르고 있었다. 가게 뒤쪽에서는 여자들이 음악을 들으면서 그리고 자르고 꿰매고 있었다. 그 아이가 발판에 올라서서 엘리아스의 치수를 재고 그를 돌려보냈다.

한 시간 뒤, 신문을 사고, 너무 달고 진한 우유를 잔뜩 탄 케리코차를 한 잔 마신 그는, 크림 색의 면과 아마 혼방의 멋진 양복의 행복한 소유자가 되었다. 그는 와이셔츠 세 벌, 속옷, 신발 한 켤레, 그리고 밀짚모자를 하나 골랐다.

아이의 맏형은 낡은 옷가지들을 부러운 듯 바라보았다. 다리우스라면 그것들을 주더라도 자신을 원망하지 않을 것이라고 엘리아스는 생각했다. 남자아이는 그것들을 재빨리 입고 거울 앞에서 스스로 감탄했다. 엘리아스는 루본도 섬으로 어떻게 가야 하는지 아이에게 물었다.

바공 호텔 앞에는 택시 세 대가 기다리고 있었다. 엘리아스는 검은색 영국제 택시를 골라서 위장즈 시의 이름을 댔다. 운전기

330

사는 웃음을 터뜨리더니 거기까지 가는 모험을 감행하고 나면 자기 택시는 고철 덩이로 변해 버릴 것이라고 말했다. 100킬로미터는 너무 먼 거리라면서, 마타투를 이용해야 한다고 말해 주었다. 엘리아스는 땀을 흘리고 먼지를 마셔 가며 덜컹거리는 버스를 몇 시간씩 타고 갈 자신이 없었기 때문에 빅토리아 호숫가에 도달할 다른 방법이 있는지 그에게 물었다. 택시 기사는 그를 바라보더니 마타투로 가는 것의 열 배를 내면 된다고 했다. 엘리아스는 그래 봤자 200달러밖에 안 된다는 것을 알고 그렇게 하자고 했다. 택시 기사는 흥정을 끝내고 휴대폰으로 전화를 하면서 도심을 가로질러 에소 역까지 갔다. 그들은 주유소에서 멈췄다. 5분 뒤, 사륜 구동 한 대가 그들 앞에 멈춰 섰다.

그들이 엘도레를 떠날 때 이미 해가 져서, 엘리아스는 바깥 풍경을 상상할 수밖에 없었다. 그는 나무들과 사바나를 상상해 보려 애썼다. 동물들은 고통 때문인지, 승리감 때문인지, 아니면 욕망 때문인지는 몰라도 비명을 질러 대고 있었다. 울퉁불퉁한 비포장도로를 달리자니 등이 아파 왔다. 차 앞 유리창 위쪽에 사냥총이 있고, 계기판 위에 권총이 있는 것으로 보아, 도로에 강도들이 있음을 짐작할 수 있었다. 엘리아스는 철창을 한 유리창을 이해했다.

택시 기사의 대화 성향은 국제적인 수준이었다. 기사가 그에게 올도이뇨 렝가이 화산 폭발에 대해 말했는데, 엘리아스는 그것을 알아듣고 몇 시간 전에 읽었던 기사의 요점을 말했다. 그리고 택시 기사는 그에게 줄리어스 니에레레의 생애에 대해 이야기해 주었다. 그는 성경과 셰익스피어 작품을 스와힐리 어로 번역하고, 위대한 해방자이자 독재자로서의 업적을 이룬 사람이었다. 그 성인의 사진이 미터기 바로 옆에 붙어 있었다. 평균 시속 40킬로미터 정도로 달려서 그들은 자정 무렵 위장즈에 도착했다.

자동차는 항구 앞의 갑에서 멈췄다. 만에서 본 경치는 도시화 바람에도 불구하고 야생적인 풍경 그대로였다. 빅토르 호수는 바다 같았다. 호수의 끝이 보이지 않았다. 바다처럼 파도가 강변으로 밀려왔다. 항구 끝에 수상 비행기가 한 대 기다리고 있었다.

홍학들이 물 표면을 쪼고 있었다. 제방에서는 아이들이 거대한 물고기 대가리를 놓고 다투고 있었다.

횃불 빛 아래, 낚시꾼들은 손으로 그물을 끌어올리고 있었다.

9

해가 떴다. 햇살은 호수 위에서 부서졌다. 육두구 나무 꽃가루가 루본도 섬의 대기 속에 떠돌고, 엘리아스의 입술 위에도 내려앉았다. 그는 수상 비행기에서, 해변으로부터 바닷속 40미터 지점까지 뻗어 있는 부교로 뛰어내렸다. 제복을 입은 사람들이 모래사장에 정박시켜 놓은 배 옆에 있는 초소를 떠나 그를 만나러 왔다. 엘리아스는 여권을 내보이며 거기에 온 목적을 밝혔다. 그들 중 하나가 멀리 떨어져서 무전기에 대고 뭐라고 말했다. 그늘은 손짓으로 그에게 길을 가르쳐 주었다. 엘리아스는 언덕을 지나 숲으로 이어지는 오솔길을 따라갔다.

잘린 줄기들 위에 수액이 엉겨 있고, 베어진 고사리들은 아직 녹색을 띠고 있었다. 길에는 방금 지나간 흔적이 남아 있었다. 식물들이 빽빽이 자라고 있어서 하늘을 보기가 힘들었다. 칡 넝쿨 속에 갇힌 나무들은 햇빛을 향해 가지를 뻗어 나가고 있었다.

벌레들이 그의 얼굴과 머리카락을 스치고 지나갔다. 엘리아스는 소음에 신경 쓰지 않으려 했다. 자고 있거나 먹이를 찾고 있는 짐승들의 숨소리를 무시하기 위해 그는 콧노래를 불렀다. 그는 자기 노랫소리가 오히려 사나운 짐승들에게 자신의 존재를 알리는 꼴이 된다는 것을 깨닫고는 신발 상자를 품에 꼭 끌어안고 침묵 속에 걸음을 재촉했다.

30분쯤 걷자, 나무들이 더 듬성듬성하고 작아졌고, 엘리아스는 그 속에서 난초, 육두구 나무, 그리고 버들옷을 찾아볼 수 있었다. 그가 나뭇가지 하나를 밟는 순간, 코뿔새들이 떼 지어 날아올랐다. 푸르스름하던 하늘이 창백한 노란색을 띠며 밝아졌다.

기요틴에 목이 잘린 것처럼 갑자기 숲이 끝났다. 몇 헥타르에 걸친 들판이 펼쳐졌다. 파피루스 밭이었던 곳의 한복판에 집이 한 채 서 있었다. 집터 가장자리에는 파라솔 모양의 아카시아 꽃들이 만발해 있었다. 가시나무 잎들 사이로 흰색 꽃들이 피어나고 있었다. 육두구 열매에 이어 재스민 향 등의 풍부한 향기들이 엘리아스의 코를 간질였다. 자동차 매연 냄새와 탄산가스 냄새에 익숙해진 폐가 가래를 뱉지 않고 순수한 공기를 마시는 데에는 어느 정도 시간이 필요했다. 큰 녹나무 방향에서 낯익은 모습이 그에게로 다가왔다.

「다른 지방 와인들은 아주 고약해, 엘리아스. 남아프리카나 케냐산 와인의 경우는 그저 나쁘지 않은 정도이고.」

마르시알 칼데이라는 통이 넓은 바지를 입고, 흰색 셔츠에 카키색 밀짚모자를 쓰고 있었다. 특히 그는 늘 입던 대로 예복을 입고 있었다. 진이 담긴 술잔을 들고 그는 눈살을 찌푸리며 악의적인 눈빛으로 엘리아스를 뚫어져라 바라보았다.

「나는 랑그독 와인 한 상자를 주문하게 되었소. 우표 값이 만만치 않게 들었지. 한잔 하러 갑시다.」

그는 마치 간밤에 세상에서 제일 좋은 친구들과 헤어진 것처럼 행동했다. 그에 대해 가지고 있던 추억과 닮은 칼데이라를 되찾은 것이 엘리아스를 흔들어 놓았다. 그 자신의 삶은 그런 격변을 겪었기 때문에⋯⋯. 세상도 뭔가 달라져 있기를 기대했었다.

칼데이라는 집으로 향했다. 엘리아스는 그를 다시 보는 행복과 그들의 마지막 만남의 격렬한 흔적 사이에서 갈등하면서 그를 따라갔다.

뱀, 벌레, 야수들의 침입을 막기 위해서 집은 1미터 높이의 나무 기둥 위에 세워져 있었다. 테라스 위에서 한 여자가 안경을 코에 걸고 책을 읽고 있었다. 그녀의 머리 위에서 램프가 흔들리고 있었다. 모기장이 테라스 전체를 덮고 있었다. 그녀는 삐거덕거리는 발소리가 나자 고개를 들었다.

「말라리아 치료를 계속 받았나요, 엘리아스 씨?」

의사 앙세르메는 이상하게 생긴 양모 터틀 스웨터 대신 원색의 꿰맨 자국이 보이는 두툼한 면 스웨터를 입고 있었다. 그의 얼굴은 긴장이 풀렸고 눈썹도 다듬어지지 않았다.

「네, 제가…….」

엘리아스가 중얼거렸다.

카페인과 카라나를 너무 많이 먹어서 그는 36시간 이상 잠을 자지 못했다. 날씨도 그렇고, 지프를 타면서 시달렸고, 수상 비행기도 힘들었던 탓에 그는 기진맥진해졌다. 칼데이라의 손이 그를 잡았다. 앙세르메는 그를 긴 의자에 앉혔다. 그녀는 그의 이마에 물수건을 얹어 주고, 연꽃 맛이 나는 뜨겁고 신 음료수를 그의 입술 사이로 흘려 넣어 주었다.

그는 눈을 감고 귀뚜라미 소리와 바람에 부딪치는 풀 소리를 들었다. 그는 잠깐 정신을 잃었다.

칼데이라는 부드럽게 그의 뺨을, 그것도 자기가 일주일쯤 전에 때렸던 바로 그 자리를 손으로 어루만졌다. 상처는 피부에 약간 부푼 작은 흔적을 남겼다. 그 흔적은 계속 남게 될 것 같았다. 칼데이라의 손과의 접촉은 마치 진통제 같은 효과를 냈다.

「내가 사과하리라는 기대는 하지 말게.」

「예.」

「자네가 옳아. 난 자네에게 할 말이 있어.」

칼데이라는 자기 모자를 창가에 놓으면서 말했다.

「식사를 먼저 할까요?」

「아니.」

조명과 피 냄새에 자극을 받은 여러 종류의 벌레들이 모기장에 다닥다닥 붙어 있었다. 그것들은 촘촘한 모기장 그물코에 착 달라붙어서, 벌어진 틈새로 침을 찔러 넣으려고 안간힘을 쓰고 있었다. 앙세르메가 일어났다. 집으로 들어가기 전에, 그녀는 칼데이라에게 어두운 시선을 보냈다. 마치 그가 지금 말하려는 내용에 대해 찬성하지 않는다는 의미 같았다. 그는 긴 의자에 앉아 있는 엘리아스 곁에 앉았다. 그들은 섬 풍경을 바라보며 나란히 앉았다. 아카시아 나무가 계곡의 일부를 가렸지만, 넓은 초원은 한눈에 들어왔다. 엘리아스는 짐승들이 물을 마시는 호수를 상상했다. 해가 육계 나무들 사이로 떠올랐다.

칼데이라는 말을 시작했다. 그의 목소리의 최면 효과가 엘리아스를 몽롱한 상태로 빠뜨렸다. 그는 모든 말을 다 알아듣지는 못했지만, 어떤 말들은 흘러가 버렸고, 먼 과거로부터 나온 이미지와 소리들은 뚜렷이 부각되었다.

그가 이해한 바에 따르면, 칼데이라는 경마로 망한 한 친구로부터 말을 한 마리를 받았다. 그는 그 말에게 망아지들과 함께 마음껏 뛰어놀고 평화롭게 풀이나 뜯으라고 자기 소유지의 가능한 공간을 전부 내주었다. 그러나 말은 지칠 줄 모르고 달렸고, 사람보다 말이 우선인 것 같아 사람들은 말에게 질투를 느꼈다. 말에게 대항하는 자는 없었지만, 말에게는 출발선도 도착선도 없었다. 그래서 말은 아침부터 밤까지 달리는 일에 지쳤고, 피곤해서 죽을 지경이 되었다. 어느 날 칼데이라는 쇠막대를 설치하고, 말의 한쪽 다리를 부러뜨려 버렸다.

그 이야기는 엘리아스 자신이 당한 공격과 일치하는 무엇이 있었다. 노인의 눈빛에는 긴장감이 돌았고, 턱은 가볍게 떨렸지만, 그 이야기는 너무 끔찍해서 사실 같지 않았다. 칼데이라가 말을 때렸다고 생각지는 않았기 때문에, 엘리아스는 그가 자기에게 더 큰 힘을 주려고 이야기를 꾸며 낸 것이 아닌가 생각했다.

「자네는 내가 잔인하다고 생각하겠지.」

「바로 그 말씀이 끔찍합니다.」

그는 칼데이라의 눈을 똑바로 쳐다보면서 말했다.

「자네는 말들이 어떻게 생각하는지, 그리고 그들의 내면에 있는 강박 관념의 힘이 어떤 것인지 모를 거야.」

엘리아스는 지난주 토요일 저녁부터 자기 인생이 달라졌다고 그에게 말하고 싶었지만, 그럴 수 없었다. 모욕감과 통증이 되살 아났다. 어떤 친구에게 무언가를 가르쳐 주는 방법은 때리는 것 말고 다른 방법도 있다. 자신의 세련됨에도 불구하고, 칼데이라 는 야만적인 방법을 썼다. 엘리아스는 자기가 공격당한 순간을 머릿속에 정확히 기억하고 있었다. 그러나 그것은 마치 그가 잘 알지도 못하고 사랑하지도 않고 존경하지도 않는 다른 누군가에게 일어났던 일처럼 아득하게 느껴졌다.

「그 말이 당신께 감사하던가요?」

「아주 좋은 질문이야, 엘리아스. 그러지 않았어. 그날부터 그 말은 나를 두려워하고 멀리하더군. 완치되고 나서도 말이야. 아마도 죽을 때까지 그러겠지. 그런데 그 말은 아직 살아 있어. 그것이 지불해야 할 값이지. 자네는 내가 두려운가?」

「아닙니다.」

「그게 바로 내가 알고 싶은 거야. 저녁 먹으러 가지. 촬영은 몇 시간 뒤 시작하고.」

가늘고 긴 옹이로 뒤덮인 아카시아 나무로 된 벽들에는 가느다란 틈새로 바람이 통했다. 방 안쪽에 있는 책상 위에는 컴퓨터 한 대가 자가발전 장치에 연결되어 있었다. 옆에는 원고 묶음, 흩어진 종이 낱장들, 그리고 바닥에 커피 찌꺼기가 남아 있는 커피 잔이 있었다. 위성 전화는 선반 위에 놓여 있었다. 낡은 마룻바닥에는 와인 한 상자, 구입한 물건들의 빈 상자들, 요리에 사용할 수 있는 가스버너가 놓여 있었고, 대나무 미닫이문이 집의 다른 방들 쪽으로 나 있었다.

세 사람분의 식기 세트가 차려져 있었다. 방 안 가득 퍼진 양초 불빛이 칼데이라와 앙세르메의 얼굴을 비춰 주고 있었다. 엘리아스는 칼데이라와 플레르 사이처럼 그들 사이에서도 은밀한 합의

가 있음을 발견했다. 앙세르메는 몸을 숙여서 전축 위에 슈베르트 음반을 올려놓았다. 칼데이라는 버너에서 냄비를 내려서 각자 접시에 갑각류를 넣은 스튜를 덜어 주었다. 음식에서 나는 김이 엘리아스의 위를 자극했다. 그는 아프리카에 도착한 이후, 주로 위갈리와 옥수수 죽을 먹었고 야채와 생선과 고기는 피했다. 주인이 앉자마자, 엘리아스는 스튜에 포크를 찔러 넣어서 빨간 소스로 뒤덮인 바다가재를 한 덩어리 입에 넣었다. 칼데이라는 그에게 육계나무 숲 뒤쪽 100여 미터 떨어진 곳에서 있을 촬영에 대해 말했다. 그는 배우들과 기술자들을 위해 스튜디오가 마련한 호텔의 번잡함을 피하기 위해서 이 집을 짓게 했다. 팀의 나머지 대원들은 10여 개의 안락한 텐트에 머물기로 했다. 아주 작은 사회가 구성된 셈이었다. 모든 것이 잘 진행되었다.

「플레르는 3일 후 우리와 합류할 거요. 시작은 했는데…….」

칼데이라가 말했다.

「빅토르는 어디에 있습니까?」

엘리아스는 배가 부르자 자기가 온 이유가 생각나서 칼데이라의 말을 막고 끼어들었다. 앙세르메는 그를 빤히 쳐다보았고, 칼데이라는 그에게 포제르 한 잔을 따라 주었다. 잠시 칼데이라와 앙세르메는 마주 바라보기만 했다.

「우린 몰라요.」

앙세르메가 말했다.

「자네는 성구 성구스(Sungu Sungus)가 뭔지 아나?」

칼데이라가 테이블 위에 팔꿈치를 괴고 두 손을 맞잡은 채 물었다.

갑자기 분위기가 언짢아졌다. 식기 세트들이 접시들 가장자리에 놓였다. 멀리서 사륜 구동 차 소리와 메가폰으로 말하는 사람 소리가 들렸다. 촬영 장소가 활기를 띠기 시작했다. 그는 작업 준비를 하고 기초 공사에 들어가는 기술자들을 아련히 떠올렸다. 그 시각 배우들은 여전히 자기 방에서 자고 있을 게 뻔했다.

「그들은 민병대예요. 정부가 경찰이 없는 곳에 질서를 유지하기 위해서 그들에게 완전히 권한을 줬어요.」

앙세르메가 설명했다.

「빅토르와 무슨 상관이죠?」

「빅토르가 실수를 한 것 같아요.」

앙세르메가 말했다.

「아니지. 그건 실수가 아니야. 그는 젊은 아가씨를 강간해서 고소당했어. 자기 말로는 그녀가 동의를 했다지만, 그의 경우는 사정이 달라. 그 아가씨가 미성년자이거든. 그는 돈을 지불했다고 주장을 하는데, 그것으로도 충분치 않아. 분명히 그 아가씨는 유력자의 딸이거든.」

「그럼 그는 재판을 받게 될까요?」

「그들은 민병대야, 엘리아스. 저들은 자기네 부족의 규칙에 따르고, 자기네 핏속에 들어 있는 알코올 양과 마약의 양에 따라 행동하는 사람들이라네. 맙소사, 그는 틀림없이 벌써 죽었을 거야.」

칼데이라의 감정은 빅토르의 불행에 좌우되는 것이 아니라, 그 젊은 프로듀서가 그에게 불러일으킨 반감에 의해 좌우되었다. 빅토르의 죽음을 언급할 때 그의 눈은 빛났다. 엘리아스를 생각해서 그는 터져 나오는 웃음을 참으려 애썼다.

「당신이 빅토르를 그들에게 넘겨주셨군요.」

「그들이 빅토르를 잡으러 왔는데 우리도 막을 수가 없었어.」

「왜요?」

「그걸 모르겠나? 그들은 무기를 가지고 있고, 빅토르는 범죄자이고 나는 촬영 중이었으니까. 그가 사창가에 가기 위해 내 영화를 말아먹었단 말이야. 그가 실수한 거지.」

「프로 정신이 부족한 것이 죽을죄는 아닙니다.」

「자네는 진짜 내 입장을 알고 싶나?」

화가 난 엘리아스가 테이블에서 벌떡 일어났다. 칼데이라도 앙세르메도 빅토르의 운명에 관심이 있는 것 같지 않았다. 엘리아스가 이런 반응을 보이지 않았더라면, 그들은 계속해서 저녁을 먹었을 것이다. 그는 방 안을 큰 걸음으로 왔다 갔다 했다.

「우리는 그를 도와야 해요. 그가 무슨 짓을 했느냐는 중요하지 않아요. 그는 공정한 재판을 받을 권리가 있어요.」

그의 말은 정의롭게 들렸지만, 한편 그가 맡은 정의의 옹호자 역할은 우습기도 했다. 여기에서 재판을 요구하는 것은 그가 저항하고 있다는 것을 보여 주는 것 외에 아무런 의미가 없었다.

「대사관 직원들이 무완자에 도착했어요.」

앙세르메가 말했다.

「그들은 백방으로 노력을 하고 있네. 만약 자네가 그를 되찾기 위해 기꺼이 가시덤불로 뛰어들었다가 그와 함께 처형되어도 좋다면, 그렇게 하게. 하지만 그 사람이 자네 친구라고 생각하고 있다면 자네는 크게 착각하고 있는 걸세.」

칼데이라가 덧붙여 말했다.

「당신은 비록 아프리카라고 해도 유력 인사들을 알고 있잖습니까.」

칼데이라는 위험하면서도 막강한 사람들과의 우정 때문에 유명하고 때로는 비난을 받기도 했다. 파리, 런던, 또는 나이로비로 전화 몇 통화만 하면 그 문제는 해결될 수도 있었다.

「우리는 지금 아프리카에 있는 게 아니야, 엘리아스. 우리는 내 영화 촬영장에 있다고. 모르겠나? 난 그런 친구를 구할 시간도 없고 그럴 마음도 없어. 그를 위해 내 촬영 날짜를 하루도 낭비하고 싶지 않아.」

「당신은 정말 나쁜 사람입니다.」

「자, 그를 구하러 가게.」

사람들은 세상의 종말에 익숙하다 343

한쪽 입가에 미소를 머금은 칼데이라가 그의 품에 총을 던져 주었다. 그 무기의 부드러우면서도 따뜻한 금속의 촉감과 열린 총구를 보니 엘리아스는 마음이 불편했다. 그는 자신이 사바나를 달려가는 것을 상상할 수 없었다. 그것은 의미가 없었다. 그는 그들이 무슨 대단한 일을 해낼 수 없다는 것을 알았지만, 그래도 칼데이라의 비인간적인 언행을 참을 수 없었다. 더구나 그는 자신의 감정도 그와 크게 다르지 않다는 것을 발견하고 더 화가 났다.

「자네는 우리가 왜 친구가 되었는지 궁금하지 않은가?」

칼데이라가 물었다.

엘리아스는 그와 빅토르를 연결시킬 만한 감정을 찾아보았지만 헛수고였다. 그는 자신의 가슴속 깊은 곳까지 샅샅이 뒤져서, 그의 얼굴과 그들의 대화를 떠올려 보고, 나탈리의 우울을 상기시켜 보았다. 그는 자신의 용기를 되살려 낼 불씨를 찾으려고 정신을 집중했다. 그러나 아무것도 떠오르지 않았다. 인도주의적인 냉정한 반응이 그의 화를 돋울 뿐이었다. 그는 마장타 대로의 카페에서 탐정이 했던 말을 다시 생각했다.

「겁이 납니다. 분명히 저 혼자서는 아무것도 할 수 없어요.」

엘리아스는 총을 내려놓으며 말했다.

냉담하다기보다는 비겁하다는 표현이 더 적합하다. 모든 변명을 생각해 보았다. 그가 이미 죽었다면 그의 목숨이 위험한 상황도 아니다. 마르고에 대한 그의 사랑이 빅토르를 구하려는 한 가닥 희망보다 더 소중했다. 그것이 인간이었다.

「자네는 비겁한 게 아닐세. 그건 아주 단순해. 생각해 보라고,
엘리아스. 자네와 나는 서로 비슷해. 그건 복수야.」

「복수…… 누구에 대한?」

칼데이라는 미소를 지으며 말했다.

「우리가 왜 그들에게 그런 감정을 가지고 있는지조차 모르는
남자 또는 여자들에 대해서지.」

「저는 적이 없습니다.」

「그건 거짓말이야. 빅토르는 자네가 경멸해야 마땅한 통속적인
사람이고 출세주의자야. 자네는 의문을 갖는 것을 회피하기 위
해서 그와 친구가 된 거야. 이따금 우리는 그 사람을 보지 않고
알지 않기 위해서 어떤 사람을 가까이하게 되기도 해. 문제는
내가 빅토르 말렌느를 전혀 도울 생각을 하지 않는 이유를 아
는 것이 아니라, 자네가 왜 그와 친구가 되었는지를 알아보는
거야.」

엘리아스는 더 이상 아프리카에 있는 것이 아니라 칼데이라의
세계에 있었다. 그 세계에서는 인권이 더 이상 통하지 않고, 그의
욕망이 곧 법이었다. 현실이 정지된 이곳에서 칼데이라는 빅토르
의 실종이, 어쩌면 그의 죽음이 자신에게 도움이 된다는 생각을
하고 있었다. 그는 성가신 어떤 사람에게서 벗어났다. 그의 존재
는 범죄 현장에 남겨진 마지막 증거일 뿐이다. 그는 동료의 운명

에 관심이 없을 뿐 아니라 거기서 만족을 얻었다. 그들은 파리에서 아주 멀리 떨어진, 지구의 반대쪽, 문명의 아름다운 감정이나 민주주의와는 아주 거리가 먼 곳의 어느 통나무집에 있었다. 엘리아스는 자신이 덜 매끄럽고 덜 완벽하다고 생각했다. 그는 피가 거꾸로 솟는 것 같았다. 칼데이라는 촬영 날짜를 단 하루도 희생시키지 않을 것이므로, 엘리아스는 마르고로부터 더 이상 멀리 떨어져 있지 않을 것이다. 빅토르의 실종은 그에게 자신이 살아 있다는 것을 일깨워 주었다. 엘리아스는 잠에서 깨어 눈을 크게 떴다. 이제 더 이상 꿈을 꾸지 않았다.

칼데이라는 그에게 촬영에 따라나서지 않겠느냐고 제안했다. 그러나 엘리아스는 몇 시간 동안이나 테라스의 긴 의자 위에서 자고 있었다.

정오가 막 지난 무렵, 칼데이라와 앙세르메는 부두까지 그와 동행했다. 수상 비행기에 오르자, 엘리아스는 마르고 라자뤼스 관련 서류들을 한 장씩 찢어서 호수에 던져 버렸다. 그것들은 흰 새 떼처럼 날아갔다.

10

자기 나라로 돌아온 여행자는 시차 때문에 크게 고통받지는 않는다. 몇 시간 정도 늦거나 빠른 것이 처음에는 잘 적응이 안 되지만, 그것은 오래가지 않고, 재빨리 그 지역의 생활 리듬을 따라잡는다. 문제는 이미 여행지의 생활 습관이 몸에 배어 버렸다는 데 있다. 우리는 사바나와 은빛 하늘 때문에 파리를 잊고 지냈다. 가젤, 하마, 홍학이 핏속으로 밀려들었다. 바닐라, 후추, 정향 냄새가 몸에 배어 버렸다.

특별한 안약이 우리의 시야를 해방시켜 준다. 파리는 우리 몸이 아프리카를 한껏 흡수한 뒤에 다시 보게 되면 더욱 아름답다. 그곳에서는 공기가 더 맑고, 언어는 노래처럼 들리고 이국적이고, 건물들은 뜨거웠다. 비둘기들도 위엄 있는 새가 된다. 우리는 그들의 잿빛 깃털 속에서 여러 가지 색깔을 본다. 여행객도, 파리지앵도 아닌 우리는 아직 그 도시의 습관을 버리지 못하고 있다.

엘리아스는 가스트의 여비서에게 사직서를 제출하고 나서, 자기는 잃은 것이 아무것도 없고, 결코 이루지 못할 꿈을 포기한 것이라는 생각을 했다. 갈락시 스튜디오 건물을 나온 그는 엥발리드 다리로 향했다. 그는 파리 날씨에 맞는 옷을 미처 사지 못했기 때문에 아마로 된 옷을 입고 떨었다. 그의 피부에는 소름이 돋았다. 공기는 쾌적하지 못했다. 그는 사방을 두리번거렸다. 그는 모든 사람에게 말을 걸고 싶었다.

배기가스가 육계나무 향기와 같은 즐거움을 주었다. 매연, 잿빛 회오리바람, 기름 냄새가 그를 감동시켰다. 자동차 달리는 소리가 귀뚜라미의 노랫소리로 들렸다. 행인이 그를 밀치고 지나가도 행복해서 웃음이 나왔다. 그는 드디어 집에 돌아온 것이었다.

파리는 그의 피부를 어루만져 주었고 그를 야만 생활로 데려가 주었다. 큰길이든 좁은 길이든 모두 사방으로 뻗어 있었다. 그에게 불가능한 것은 아무것도 없을 것 같았다.

다리우스는 거실의 긴 의자에 앉아서 기다리고 있었다. 그는 바른 자세로 앉아 있었지만, 어깨가 평소보다 처져 보였다. 그는 글을 쓰기 시작한 이후부터 아침 운동을 소홀히 했다. 그리고 늘 책상 앞에서 작업을 해야 하는 작가들처럼 등이 굽기 시작했다.

「그들이 난방을 고쳐 줬어.」

「약간 추운 게 더 기분 좋아.」

엘리아스는 미지근한 차를 마시면서 말했다.

엘리아스는 다리우스의 창백한 얼굴과 파리한 입술을 눈여겨보았다. 그는 지친 표정이었다. 엘리아스는 신발 상자를 붙박이장에 넣고 나서 그의 곁에 앉아 그의 어깨에 손을 얹었다. 엘리아스는 다리우스에게 할 말이 너무 많았다. 친구의 놀라서 휘둥그레지는 눈 속에서 그는 흔들리지 않는 확신을 발견했다. 우리는 세상과 타협한다. 우리는 사랑하는 사람들을 행복하게 만들어 주고, 그들이 우리에게 똑같이 갚아 주리라고 믿는 수밖에 없다. 이모든 것은 부서지기 쉽다. 우리를 도와주기 위한 종교도 철학도 없다. 우리에게는 사랑할 수 있는 부드러우면서도 단호한 능력밖에 없다. 다리우스와 같은 방에 있다는 것, 그리고 조에와 같은 도시에 있다는 생각에 그는 자신감이 솟았다. 그는 그들을 더 잘 알고 싶고 그들에게 마음을 열고 싶었다.

「네 생각에는 말이야 사람이 죽으면 무슨 일이 일어날 것 같아, 엘리아스?」

「다른 삶이 계속되겠지. 나는 천국이 있다고 믿어.」

우리가 가던 길을 계속 가고, 우리가 저질렀던 잘못도 되풀이하고, 표정도 그대로, 제스처도 그대로, 눈물을 흘리기 위해 눈을 깜빡이면서 우리에게 존경을 보내는 그런 삶.

다리우스는 고개를 끄덕이며 엘리아스에게 미소를 보냈다. 그는 그 질문을 매우 진지하게 생각하고 있다는 것을 보여 주기 위한 것처럼 잠시 침묵을 지켰다.

「우리가 죽으면 꿈이 더 커진다고 생각해. 우리의 꿈은 육신이라는 껍질에서 해방되기 때문에, 우리는 별과 꽃으로부터 꿈을 꿀 수 있거든.」

다리우스는 감정을 억제하면서 말했다. 그는 어린아이 같은 표정이었다. 엘리아스는 친구와 함께 걸으면서 많은 얘기를 나눌 시간을 갖고 싶었다.

다리우스는 그에게 자신의 영화를 위한 자금을 조달할 수 있게 되었다고 말했다. 그는 은행가들을 설득하는 데 성공했다. 엘리아스는 자신이 그를 얼마나 자랑스럽게 여기는지 말했다.

「좀 자러 가야 할 것 같아…….」

다리우스는 하품을 하며 말했다.

「그렇게 해.」

다리우스는 윙크를 하면서 그의 미소에 답했다. 엘리아스는 자기 손으로 친구의 차가운 손가락들을 따뜻하게 해주려고 감싸 쥐었다. 그의 손가락뼈들이 가벼운 경련을 일으켰다. 문 닫는 소리 때문에, 엘리아스는 다리우스가 마룻바닥에 쓰러지는 소리를 듣지 못했다.

새로운 장애는 모든 것이 잘 되어 간다는 것이다. 우리는 숨겨진 악덕, 곰팡이 자국들을 찾아보지만, 찾지 못한다. 우리의 행복을 믿을 시간이다. 그것을 이용할 시간이다.

이제부터 엘리아스에게 필요한 것은 두 가지이다. 일과 일하려는 욕망. 그는 자기의 미래가 순탄치 않으리라는 것을 의심치 않았다. 무장 해제되고 상처받기 쉬운 상태이면서 동시에 완전히 자유로워진 것에 대해 어리둥절해진 그는 불확실성 속에 살아가게 될 것임을 알고 있었다. 그가 아파트를 나와 대로를 향해 갈 때 두려움은 점점 커져 갔지만, 그의 발걸음은 늦춰지지 않았다.

그는 클리냥쿠르 가의 카페에서 30분 전부터 기다리다가 그녀를 보았다. 그녀는 손에 책을 몇 권 들고 있었다. 그녀의 빨간색 외투가 검은색 머리카락을 더 돋보이게 했다. 그는 찻잔을 내려놓았다. 자동차들은 그들 사이로 여러 가지 색깔의 먼지를 일으키며 멀어져 갔다.

엘리아스는 자기 앞에 모습을 드러낸 마르고를 바라보면서, '너는 몇 년 전부터 나를 보고 싶어 했지'라는 생각을 했다. 오래전부터 너는 나를 그리워하고 있어. 우리는 공통된 과거를 가지고 있어, 마르고. 우리는 함께 있었어. 어린 시절, 어른들의 눈을 피해서 서재의 책상 밑에 숨어서 몇 시간이고 책을 읽었지.

그는 일어나서 길을 가로질러 갔다. 그는 차들을 멈추게 하려고

손을 들었다. 마르고는 책들을 가슴에 안은 채 한 손으로 열쇠를
찾고 있었다.

「내게 좋은 스토리 하나가 있어요.」

그는 인사말도 생략하고 불쑥 말했다.

마르고의 얼굴은 그를 보자 갑자기 잠에서 깨어난 듯 놀라는 표
정이었다. 책들이 인도로 떨어졌다. 엘리아스는 그녀를 도와 책
을 주워서 일부는 자기가 들고 있었다.

「어떤 종류의 이야기인데요?」

「사랑 얘기죠.」

「또? 그것밖에 없군요.」

마르고는 항의하듯 말했다.

「그렇지 않아요.」

엘리아스는 그녀의 팔을 잡으면서 말했다. 그는 추위를 견디기
위해 걸어야 했다.

「진짜 사랑 얘기를 말하는군요, 그러니까.」

「네.」

「그건 독창적이에요. 하지만 선량한 등장인물들이 필요해요.」

마르고가 인정했다.

「당신이 도와줄 수 있을 겁니다.」

마르고는 멈춰 섰다. 그녀는 스카프를 풀더니 엘리아스의 목에
걸어 주었다.

「물론이죠. 나는 아주 좋은 여자를 상상하고 있어요. 그녀는 그
것이 사랑이라고 생각하면서 환상을 품고 있어요.」

그녀는 미소 지으며 대답했다.

「남자 주인공은 진짜 사랑을 해본 적이 없어요. 그는 오랫동안
한 여자와 같이 지냈지만, 그녀를 사랑하지는 않았어요.」

엘리아스가 이어서 말했다.

「그들 사이에서 그것이 문제인 것 같아요.」

「맞아요. 처음 시작부터가 잘못되었지요.」

마르고와 엘리아스는 아파트 입구 계단에 나란히 앉았다. 그들
은 우선 이 순간을 즐겼다. 서로 손을 잡기 전, 그리고 키스를 하
기 전 단계. 그들은 그것을 미뤄 두고 있었다. 그런 단계가 곧 올
것을 그들은 알고 있었기에. 1분 후, 아니면 하루 뒤, 아니면 일주
일 뒤에라도.

《우리는 세상의 종말에 익숙하다》에서는 마르탱 파주의 이전 소설들에 비해 발랄함, 엉뚱함, 기발함은 많이 사라졌다. 좀 더 진지해졌고, 좀 더 신랄해졌다고 할까.

이 소설의 주인공 엘리아스는 《나는 어떻게 바보가 되었나》(2001)의 앙투안을 연상시킨다. 둘은 본성이 닮았다. 남을 배려할 줄 알고 자기 일을 열심히 하는 지성인이라는 점에서 그렇다. 엘리아스는 좌충우돌하던 앙투안이 제법 성숙해져서 돌아온 것 같다.

앙투안은 스물다섯 살의 가난한 시간 강사였다. 그는 자신의 뛰어난 지성과 세심한 성격이 오히려 살아가는 데 방해가 된다고 생각해서 바보가 되기로 결심한다. 앙투안은 떼돈을 벌어서 감각과 본능에 충실한 삶을 사는 것이 행복이며, 그런 행복을 누리기 위해서 자신은 알코올 중독자가 되든지 바보가 되어야 한다고 억지를 부린다. 지성을 포기한 그는 우여곡절 끝에 마침내 TV 광고나 패션 잡지가 보여 주는 '행복한 인생'의 주인공이 된다.

한편, 법학도였던 엘리아스는 영화가 좋아서 영화 제작 스튜디오에서 일하게 된다.

스물여덟 살의 엘리아스는 전도유망한 프로듀서로 인정받고, 자신이 일하는 스튜디오의 차기 주인 후보에 오른다. 그러나 일과 사랑을 다 잃고 나서야 엘리아스는 진정한 행복은 '고통스럽지 않은 상태'임을 깨닫는다. 이 세상을 잘 살아가는 사람이 오히려 비정상으로 보이는 허무주의자 엘리아스. 그런 그가 어떻게 '자동차 달리는 소리가 귀뚜라미의 노래 소리'로 들리고, '행인이 그를 밀치고 지나가도 행복해서 웃음'이 나오는 사람으로 변하는지를 이 소설은 보여 준다.

1. 타락한 허무주의자

엘리아스는 한때 자신이 하고 싶은 일을 하고, 좋아하는 여자와 동거하면서 그것이 행복이고 사랑이라 믿었다. 그의 행복의 절정은 전도유망한 젊은 프로듀서로서 상도 받고 그가 존경하는 유명한 영화 감독의 영화 작업에 동참하게 되어 촬영차 아프리카로 떠날 준비를 하는 순간이다. 그러나 이유도 모른 채 일자리에서 쫓겨나고 여자로부터 버림받으면서 "나도 나에 대해 알고 싶다"

고 외친다.

그는 6년간 함께 살았던 클라리스로부터 '타락한 허무주의자'라는 말을 듣는다. 말하자면 엘리아스에게는 알코올 중독이나 자살은 놀랄 일이 아니고, 오히려 잘살고 있는 사람들이 이상하게 보인다는 것이다.

그녀의 비난에 그는 '총살형에 처해진 기분'이 들었고 그녀의 판결이 정당함을 인정한다.

2. 착각에서 깨어난 슬픔

엘리아스는 성실하게 일하고 남을 배려하는 것이 자신의 꿈에 가까이 가는 길이라 믿었다. 알코올 중독자인 여자 친구를 버리지 않고 끝없이 보살펴 주는 것이 사랑이라고 여겼다. 그러나 그의 꿈은 실현 불가능해 보였고, 그의 사랑은 배신으로 돌아온다. 그래도 엘리아스는 상대방에 대해 마음의 문을 열고 더 알고 싶어 한다. 그런 점이 앙투안에 비해 많이 성숙해진 모습이다.

"우리는 사랑하는 사람들을 행복하게 만들어 주고, 그들이 우리에게 똑같이 갚아 주리라고 믿는 수밖에 없다. 이 모든 것은 부서지기 쉽다. 우리를 도와주기 위한 종교도 철학도 없다. 우리에게는 사랑할 수 있는 부드러우면서도 단호한 능력밖에 없다"라고 엘리아스는 말한다.

3. 완전한 자유, 그러나 불확실한 미래

빅토르 문제를 해결하기 위해 아프리카로 떠났다 파리로 돌아온 엘리아스는 더 이상 퇴폐적 허무주의자가 아니다. 그것은 젊은이의 허영이었을까. 그는 출세주의자 빅토르의 비참한 말로, 그리고 빅토르의 목숨보다 자신의 일을 더 소중히 여기는 칼데이라의 냉정함을 보며 꿈에서 깨어난다. 그는 이제 더 이상 꿈을 꾸지 않는다. 그는 아직 파리 날씨에 맞는 옷을 장만하지 못해서 추위에 떨고 있지만, 전문가 조직이 주는 '더운물 샤워나 진정제가 주는 효과와 같은 부드러움'에 안주하지 않기로 한다. 스튜디오에 사직서를 제출하고 그 건물을 나오면서 자신의 미래가 순탄치 않을 것임을 의심치 않는다. 이제 그에게 필요한 것은 두 가지뿐. 그것은 '일과 일하려는 욕망'이다.

자유를 얻은 대신 불확실한 미래를 혼자 감당하게 될 엘리아스의 앞으로의 활동이 기대된다.

옮긴이 용경식

서울대 불문학과를 졸업했다. 동대학원에서 〈디드로의 사실주의에 관한 연구〉로 석사 학위를 받았으며, 박사 과정을 수료했다. 1986년 동서문학 제정 제1회 번역문학상을 받았다. 옮긴 책으로 《연인》《배회, 그리고 여러 사건들》《나는 떠난다》《프랑스 혁명과 마리 앙투아네트》《천사와 매》《존재의 세 가지 거짓말》《어제》《그들의 세계는 얼마나 부서지기 쉬운가》《투쟁영역의 확장》《D의 콤플렉스》《칼릴 지브란》《엠므씨의 마지막 향수》 등이 있다.

사람들은 세상의 종말에 익숙하다

초판 1쇄 인쇄일 · 2008년 2월 20일
초판 1쇄 발행일 · 2008년 2월 25일
지은이 · 마르탱 파주
옮긴이 · 용경식
펴낸이 · 임성규
펴낸곳 · 문이당

등록 · 1988. 11. 5. 제 1-832호
주소 · 서울시 중구 장충동 2가 186-39 장충빌딩 3층
전화 · 928-8741~3(영) 927-4990~2(편)
팩스 · 925-5406
ⓒ 마르탱 파주, 2008

홈페이지 http://www.munidang.com
전자우편 webmaster@munidang.com

ISBN 978-89-7456-400-1 03860

값은 뒤표지에 표시되어 있습니다.

잘못된 책은 바꾸어 드립니다.
이 책의 판권은 지은이와 문이당에 있습니다.
양측의 서면 동의 없는 무단 전재 및 복제를 금합니다.